KB155214

www.b-books.co.kr

www.b-books.co.kr

가짜 남편

vol
2

가짜

남편 vol 2

2판 1쇄 찍음 2020년 12월 22일
2판 1쇄 펴냄 2020년 12월 30일

지은이 | 이윤정
펴낸이 | 정 필
펴낸곳 | (주)빨미디어

기획·편집 | 심은지, 이영은, 배자은
표지·디자인 | 우 물

출판등록 | 2002년 9월 11일 (제1081-1-132호)
주소 | 경기도 부천시 소향로17, 303(두성프라자)
전화 | 032)651-6513 팩스 | 032)651-6094
E-mail | dahyangs@naver.com
블로그 | http://blog.naver.com/dahyangs
비북스 | http://b-books.co.kr

값 9,000원

ISBN 979-11-6565-094-0 04810
ISBN 979-11-6565-092-6 04810 (세트)

가
짜

남
편

vol.2

이 윤 정　 장 편　 소 설

DAHYANG ROMANCE STORY

Contents

2부

11. 그게 사랑이라는 것처럼

사랑이 여간해서 멈춰지지 않는 것이라면 이별은 어떨까.

— 백영옥 장편소설 『애인의 애인에게』

✽ ✽ ✽

"도심형 시니어 타운으로 가닥을 잡은 것 같은데, 병원 연계도 그렇고. 쉽진 않을 겁니다. 중국 쪽에서도 더 이상 무리수를 두고 싶진 않은 것 같고요. 아웃렛으로 넘어가면서 투자금 회수가 쉽지 않았을 겁니다. 우리야 손해 볼 건 없지만 고모님 쪽에선……."

"잠깐."

"네?"

재영이 룸미러로 뒷자리의 이도를 바라봤다. 그의 눈은 창가 너머로 향해 있었다.

"세워 봐."

"아, 네."

얼른 갓길에 차를 주차한 재영은 무슨 일인지 묻기도 전에 차 문이 열리고 닫히는 소리를 들어야 했다. 이도는 이미 목표물을 향해 직진하듯 상가 쪽으로 걸어가고 있었다.

누구라도 만난 건가. 그런 생각이 들자 곧바로 한 사람이 떠올랐다. 재영은 자신이 더 흥분해 얼른 시동을 끄고 차에서 내렸다.

헐레벌떡 이도를 따라가자 꽃집 앞에 서 있는 그를 발견할 수 있었다. 벌써 그 계절인가 싶었다. 작년에도 이맘때였다. 해바라기 철이 지날 때까지 이도는 꽃을 사 모았다. 주지도 못할 꽃을 사면서 그는 그리움을 쌓는 것만 같았다.

"올해는 얼마나 사시려고요?"

재영이 옆으로 다가서 묻자 이도가 기억을 떠올리듯 물었다.

"작년에 얼마나 샀지?"

"백 송이는 넘었을 겁니다."

"오버하지 말고."

"진짜 세어 볼까?"

그가 사 모은 꽃들은 결국 자리를 감당할 수 없어 별장으로 옮겨졌다. 방 하나를 가득 채우고 나서야 그의 해바라기 사재기는 끝이 났다. 그래서 재영에게 별장은 지긋지긋한 곳이었다. 그곳에서 1년 동안이나 출퇴근하는 자신의 보스를 지켜보는 것도 지옥이었다.

한번은 술에 잔뜩 취해 그에게 잔인한 현실을 일러 주었다.

'그렇게 기다려도 안 옵니다. 올 거면 이미 오고도 남았을 겁니다. 정신 차려, 이 바보 같은 자식아!'

멱살까지 잡을 뻔했지만 간신히 이성이 돌아와 멈출 수 있었다. 그랬다면 지금 그는 이도의 곁에 없을지도 몰랐다. 그때부터 금주 상태인 걸 이도는 아는지 모르는지 올해도 바보 같은 짓을 반복할 생각인 것 같았다.

모든 내막을 알았을 때 재영은 어떤 게 정답인지 결론 내릴 수 없었다. 이도 몰래 효은의 뒷조사를 해, 그녀가 외국 어딘가에서 새로운 공부를 시작했다는 걸 알아냈지만 지금 두 사람에게 필요한 건 재회가 아니라 시간이란 생각이 들기도 했다.

그러나 그것이 얼마나 위험한 배팅인지도 그는 잘 알았다. 아버지를 하루아침에 떠나보낼 때도, 오래 투병한 어머니를 요양원에서 눈 감게 했을 때도, 그는 모든 시간을 되돌리고 싶었다. 후회는 늘 뒤늦게 찾아와 그를 괴롭혔다. 시간은 그를 기다려 주지 않았다. 그 시간들을 제대로 붙잡을 수 있는 자만이 행복을 누릴 권리가 있다는 깨달음이 들었다.

"⋯⋯갑시다."

어쩐 일로 이도는 꽃을 사지 않았다. 재영은 그것이 더 불안했다. 그리워할 마음조차 그에게 주어지지 않는다면 너무 아프지 않은가. 그의 사연을 듣고, 권이도가 어찌 살아왔는지 지켜본 그로서는 어린 사모님이 야속했다. 한번 용서해 주는 게 그렇게 힘든 걸까. 하루에도 수십 번 싸우고 화해하는 게 부부인데. 이리도 사랑을 못 잊어 죽어 가는 남자를 두고 홀로서기라니. 그녀가 대단하다는 생각이 들기도 했다.

"제가 저녁에 사서 오피스텔에 가져다 놓겠습니다."

이도는 1년 전 여름이 끝날 무렵 별장에서 올라와 회사 근처의 오피스텔로 들어갔다. 그의 출퇴근 때문에 스트레스를 받는 재영을 위한 배려이기도 했지만, 어느 날부터 그곳으로 내려와 그의 끼니를 챙기기 시작한 강 여사를 본가로 되돌아가게 만들기 위한 이유가 더 컸다.

혹시라도 그에게 무슨 일이 생길까 봐 걱정된 권 회장이 보낸 것이라고 이도는 추측했다. 하지만 진실은 따로 있었다. 강 여사에게 효은이 부탁하고 떠났다는 말을 듣는 순간, 이도는 더 이상 그곳에서 슬픔에 잠겨 있을 수도 없었다.

"꽃은 그냥 꽃이더라고."

그는 체념한 웃음을 보이며 돌아섰다. 그의 말대로 꽃은 효은을 대신할 수 없었다. 이도의 시간은 여전히 그녀가 떠나기 전에 머물러 있었고, 그 시계를 움직이게 만들 수 있는 건 오직 한 사람뿐이었다.

"이도야."

효은이 한국에 돌아왔다는 말을 꺼내야 했다. 재영은 더 이상 지켜볼 수만은 없었다. 이도는 재영에게 고개를 흔들고는 권 상무의 얼굴로 되돌아갔다.

"회의 늦겠습니다."

그리움의 무게도 모두 감당하는 게 그에게 내려진 벌인 걸까. 이도는 자신에게 기회조차 허락하지 않았다. 그게 사랑이라는 것처럼.

❀ ❀ ❀

립스틱을 바르던 효은이 급하게 입술을 닦아 냈다. 이번 색도 마음에 들지 않았다. 단정하게 보이려면 더 톤이 낮고 산뜻한 느낌이어야 할 것 같았다. 다시 색을 고르려는데, 핸드폰에 찍힌 시계 숫자가 그녀를 화장대에서 벌떡 일어나게 했다.

"미쳤어, 미쳤어!"

지금 나서도 안정적인 시간에 도착할 수 있을지 미지수였다.

'효니는 다 좋은데 빠지면 못 나와. 그게 문제야.'

영국에서 석사 과정을 밟을 때 만난 제인은 토종 서양인이었지만, 한국말을 곧잘 했다. 한국의 유명한 아이돌 가수를 좋아해서 배우게 된 한글에 큰 흥미를 느끼게 되어 독학 중이라고 덧붙였다.

자신이 좋아하는 가수와 같은 나라 사람이라는 이유만으로 제인은 그녀에게 호감을 보였다. 두 사람이 룸메이트로 정해졌을 때 제인은 뛸 듯이 기뻐했다. 너랑 같은 방 쓰고 싶었거든. 그러면 한국어 공짜로 배울 수 있잖아. 이유가 너무 확실해 효은은 더 편하게 제인을 대할 수 있었다.

처음 효은이 자신의 이름을 소개했을 때 제인은 '은' 발음이 쉽지 않다며 괴로워했다. 하지만 곧 '그냥 효니라고 부를게.' 라고 말하며 그 누구도 아닌 자신과 깔끔하게 타협했다. 상대를 기분 나쁘지 않게 만드는 시원함이었다. 효은은 뭐든지 솔직한 제인이 마음에 들었다.

뭐, 단점도 있긴 했다. 잔소리가 심한 타입이었다. 효은의 홀로서기에 전혀 도움이 되지 않았다. 꼭 자매처럼 그녀를 챙겨 효은이 자신의 행동을 다시금 반성하게 만들었다. 누군가를 걱정시키고 보호하고 싶게 만드는 어수룩한 모습은 어쩔 수 없는 것인가.

"아얏!"

제인을 생각하며 재킷을 집으려던 효은이 아직 풀지 못한 짐 상자에 발을 찧고 말았다. 아픔을 달래려 그 자리에서 한쪽 발만 들고 콩콩콩 뛰기를 반복했다.

'이러니, 내가 걱정을 안 해?'

제인의 목소리가 다시 들리는 것만 같았다. 효은은 그녀를 떠올리며 발을 쓰다듬었다. 갑작스레 헤어질 당시 눈물을 참지 못하던 제인의 얼굴이 떠올라 가슴이 시큰거렸다.

'가지 마. 나 외롭단 말이야. 1년만 더 같이 있자. 내가 효니 가족이잖아.'

가족은 한국에 있냐는 물음에 짧게 '없다.' 라고 답했다. 제인이 놀라며 미안한 표정을 짓자 효은은 할아버지가 계셨는데 얼마 전에 돌아가셨다는 말을 덧붙였다. 마음의 준비를 했던 터라 그녀 나름의 괜찮다는 설명이었다. 제인은 그때부터 더 그녀를 챙겼던 것 같았다. 그래서였을까. 효은이 한국으로 돌아가자 그리움을 참지 못하고 계속 연락을 해 왔다.

'다시 돌아와. 효니가 그리워.'

그녀의 표현에는 계산이 없었기에, 효은은 그대로를 믿을 수 있었다. 제인은 그런 사람이었으니까. 마음을 계산해야 하는 건 효은에게 상처였다.

효은은 거울 앞에 섰다. 마음을 다스리듯 얼른 옷을 챙겨 입고 가방을 들었다. 이젠 정말 꾸물대다가는 큰일 날 시간이었다. 구두까지 맞춰 신고 나서는 그녀의 걸음이 평소보다도 더 전투적이었다.

마을버스부터 쉽지 않았다. 서울은 그녀가 떠나기 전보다 더 복잡하게 변해 있었다. 2년 전에는 한 번에 직행하는 버스가 있었는데 이제는 여러 번 나눠 타야 했고, 그 중간에 지하철까지 추가되어 정신없음이 옵션처럼 따라붙었다.

차라리 이번 달 생활비를 포기하고 택시를 탈 걸 그랬나. 마을버스 안에서 오징어처럼 말려지는 순간마다 후회가 밀려왔다. 게다가 이런 상황에 핸드폰까지 요란하게 울려 대 패스할 수도 없었다.

진동으로 바꾸려고 화면을 확인하자 반가운 이름이 찍혀 있었다.

마음이 약해진 효은은 어쩔 수 없이 통화 버튼을 눌렀다.

— 효니!

귀가 터질 것 같은 애탄 목소리가 날아왔다.

"응. 제인. 잘 지내지?"

— 진짜 이럴 거야? 나 섭섭해. 한국 갔다고 날 잊은 거야? 우리 사이가 그렇게 라이트하지는 않았잖아. 나 요즘 밤마다 효니 꿈만 꾼단 말이야. 나한테 무슨 짓을 한 거야!

오히려 그녀에게 책임을 전가하는 이전 룸메이트의 서운함이 싫지 않았다. 그녀가 생각해도 갑작스러운 한국행이었다. 석사 과정을 2년 안에 마무리할 수 있다고 해서 영국으로 떠났었다. 남들보다 더 열심히 꿈에 다가선 효은은 뒤도 돌아보지 않은 채 서울로 돌아가는 비행기표를 끊었다.

"보이프렌 생기면 마음이 달라질걸. 제인, 남자를 만나라니까."

— 효니처럼 말이지?

"어?"

— 내가 모를 줄 알아? 효니 한국 간 거 남자 때문이잖아.

어떤 추측을 했기에 그녀는 이런 결론을 내린 걸까. 효은은 궁금해졌다.

"또 소설 쓸 거면 전화 끊고."

— 그럼 그 전화는 뭔데? 남자랑 통화하는 거 다 들었거든. 목소리도 좋고, 아주 다정하고, 효니도 그리워하고. 그럼 딱 답이 나오는 거

아니야?

목소리. 다정함. 그리움. 매치되는 사람이 있기는 했다.

"너 소설 쓰지 말고, 수사관 해라. 아주 명탐정이야."

— 그치? 맞지? 그렇다니까.

"그 남자, 저기 오네. 끊는다."

— 뭐? 야, 효니! 너 정말 이러…….

효은은 얼른 통화 종료 버튼을 누르고 핸드폰을 환승 단말기에 찍었다. 우르르 지하철역으로 향해 가는 사람들 속에서 효은은 그날 밤 남자와 다정하게 통화하던 기억을 떠올렸다. 이렇게 살면 살아져. 정신없이. 내 마음 같은 건 사치다. 극복할 거야. 이겨 낼 거야. 아무 일도 없었던 것처럼. 나중엔 웃을 수 있도록.

웃어야 하는데 효은은 시계를 내려다보며 울상을 짓고 말았다. 시계는 약속한 시간에 가까워져 있었다. 지금이라도 결단을 내려야 했다. 지하철 환승역으로 내려가는 계단 앞에서 그녀는 발길을 돌렸다.

택시를 잡기 위해 큰 도로로 나와 크게 두 손을 흔들었다. 빈차 불빛이 꺼진 택시들만 그녀 앞을 쌩하니 지나쳤다. 서울은 전보다 더 그녀에게 차갑고 싸늘해진 것 같았다. 효은은 포기하듯 뒤돌아섰다.

그 순간, '빵빵' 클랙슨이 울리고 그녀의 앞에 멋진 차 한 대가 멈춰 섰다. 효은이 놀라 뒷걸음질 치자 조수석의 창문이 열리고 익숙한 인물이 나타났다.

"빨리 타!"

"······한승재?"

"그러고 있을 시간 없을 텐데."

맞았다. 효은은 자초지종은 나중에 묻기로 하고, 우선 차에 올랐다. 지도 교수님이 특별히 소개해 준 중요한 면접 자리였다. 첫 취업 도전기를 시간 개념 상실로 실패했다는 오점을 남길 수는 없었다.

"어떻게 된 거야?"

승재는 이미 효은의 면접 장소를 내비게이션에 입력해 넣고 있었다.

"지니는 언제나 주인님이 힘들 때 바람처럼 나타나지."

어제저녁 통화를 할 때만 해도 그는 오늘 1박 2일 일정으로 제주도 출장을 다녀온다고 했다. 잡무가 많은 신입 공무원이 이렇게 비싼 차를 샀을 리도 없었다. 효은은 그녀가 한국에 없는 사이, 승재가 로또에 크게 당첨된 것이 아닌가 의심하게 되었다. 두 사람 중 한 명이라도 당첨이 되면 N분의 1을 하자고 맹세했던 스무 살의 약속은 까맣게 잊은 걸까. 효은은 섭섭함이 찾아왔다. 요즘 돈이 궁해지긴 했다.

"너······ 공무원 된 건 맞아?"

"뭐? 뭔 헛소리야?"

분명히 그의 목에는 시청의 이름이 박힌 공무원증이 걸려 있었다. 그녀가 한국에 들어오던 날. 수교한 나라의 귀빈을 모시듯 큰 플래카드를 흔들며 웃고 있던 녀석이 떠올랐다. 반차를 쓰고 왔다며, 공무원증도 벗지 못한 채였다. 증명사진은 어디서 찍은 것인지 귀가 노랗게 나와 효은을 웃음 짓게 만들었다. 한국으로 돌아와 처음으로 웃은 게 이 녀석 때문이었다.

"그럼 이 과분한 차는 뭔데? 로또 아니면 횡령······."

"장효은!"

"미안. 너랑 이 차가 너무 안 어울려서."

"차 세운다? 걸어갈래?"

"아아. 진정하고. 너, 왜 이렇게 성격이 급해졌어?"

"넌 왜 그렇게 극단적으로 변했어?"

"그렇게 살아야 하는 세상이잖아. 착해서 남는 건 없더라."

효은은 또 그렇게 진지한 깨달음으로 승재의 입을 막아 버렸다. 그녀가 단단해질수록 그는 마음이 아팠다. 상처받지 않길 원했지만 효은은 결국 결혼을 끝내고 홀연히 떠나 버렸다.

그때 승재는 붙잡을 수 없었다. 뻔뻔하게도 기회를 생각했다. 놓쳤던 마음을 이제는 표현할 수 있는 걸까. 효은이 혼자인 게 그는 다행스러웠다.

"너, 원래 안 착했어."

"그래. 알려 줘서 고맙다."

또 그렇게 직선적인 농담으로 마무리되었다. 효은이 웃었다. 승재도 그녀를 따라 웃었다. 이렇게 곁에 있을 수 있는 날을 얼마나 기다렸던가. 그녀와 떨어져 있던 그 세월 동안 그는 마음을 더 키워 버리고 말았다.

"그래서 이 차는 누구 건데?"

"형."

승재는 짧게 진실을 말했다.

"헐. 기수 오빠 로또 됐어?"

효은이 그 이유밖에 없다며 눈을 동그랗게 떴다.

"뭐…… 로또라고 볼 수도 있지. 갑자기 가게가 잘 풀렸어. 마지막
으로 지푸라기라도 잡는 심정으로 망한 가게 살리는 프로그램에 출연
했는데, 형이 오버해서 울고불고한 게 동정 여론이 생겨서 방송 끝나
고 사람들이 미친 듯이 찾아왔거든. 요리 개발한다고 주방에서 나오
질 않더니 지난달엔 분점도 냈어."

헐. 진짜 '헐'이란 표정으로 효은이 승재를 바라봤다.

"왜 말 안 했어?"

"형이 말하는 거 싫어해. 주변 사람들이 자꾸 돈 빌려 달라 한다
고."

효은은 어이없는 웃음을 터뜨렸다. 정말 기수 오빠다웠다. 그래도
그가 잘 풀렸다니 꼭 그녀의 일처럼 기뻤다. 승재와의 인연 못지않게
기수도 그녀에겐 친오빠나 다름이 없었다. 그의 밝음, 철없음, 그러나
포기하지 않는 성실함이 늘 그녀의 마음을 따뜻하게 만들어 주었다.

"그리고 또 놀랄 일이 하나 있는데, 그건 나중에. 너 면접 보고 나
서. 다 온 거 같은데? 여기 아닌가?"

승재가 갓길에 차를 주차하자 효은은 얼른 밖을 내다보았다. 건물

의 간판을 확인한 뒤 곧장 차 문을 열고 내렸다. 그러다 문을 열고 선 채 뒷말을 덧붙였다.

"오늘 성공하면 소고기. 콜?"

"허세는. 잘 보기나 해."

"알았어. 끝나고 전화할게."

돌아서 건물로 향하던 효은은 갑자기 뒤늦은 물음이 떠올랐다. 오늘도 반차를 쓴 건가. 업무 시간에 나타난 승재의 뒷사정을 묻지 못했다. 그것보다 급한 불을 끄기 위해 효은은 가방을 움켜쥐고 뛰기 시작했다.

"편하게 앉아요."

면접관으로 나타난 최윤선 박사는 몇 번인가 찾아본 티브이 화면에서보다 더 젊고 부드러운 느낌이었다. 국내 최고의 부부 심리 연구가로 임상 심리 상담 쪽에서 손꼽히는 인물이었다. 방송 효과가 아니어도 실무적으로 뛰어난 능력자라는 건 그녀가 남긴 업적이 증명해 주었다. 요즘은 노인 심리까지 그 영역을 넓혀 가는 중이라 현재 여러 곳에 분점을 세워 운영하고 있는 심리 센터에 대한 투자를 높이고 있다는 소식까지 기사로 서치하고 온 길이었다.

"신 교수한테 얘기는 들었어요. 영국에서 석사까지 마쳤다고."

"네. 얼마 전에 과정 마치고 돌아왔습니다."

학부 시절, 심리학을 전공한 게 그녀의 진로를 정하는 데 큰 도움을 주었다. 당시엔 그게 취업으로 연결될 것이라는 상상은 하지 않았지만 20대 초반의 효은은 사람들의 마음이 궁금했었다.

그녀가 경험하지 못했던 부모와 자식의 심리 형성 과정을 들으며 효은은 누군가를 이해해 보려고 했었던 것 같았다. 결국 그녀 자신을 먼저 알고 들여다봐야 한다는 깨달음을 얻어 외국으로 향했다.

"솔직히 말하면 현지 내담 경험도 부족하고, 곧장 실전에 투입하긴 힘들다고 봐서…… 김 교수한테는 미안하다는 말을 했었어요."

"아, 네."

효은도 짐작했던 부분이라 이해했다. 한 번에 취업이 될 것이란 생각은 하지 않았다. 유학을 다녀온 게 플러스가 되는 현장이 아니었다. 무엇보다 이곳 내담자들과의 상담 이력이 중요한 직업이었다. 더군다나 최 박사의 상담 센터는 현지에서 경력을 가진 상담사들도 앞다투어 탐을 내는 곳이었다.

"아, 그렇다고 돌려보낼 생각으로 부른 건 아니에요."

최 박사가 얼른 해명의 웃음을 보였다.

"그럼……?"

"혹시, 내 비서로 일해 볼 생각은 없어요?"

효은은 생각지도 못한 제안에 곧장 입을 열지 못했다.

"뭐, 비서라곤 하지만 결국 내가 하는 일이 상담 쪽이니 효은 씨 수련하기에도 좋을 것 같은데. 바로 자리를 마련하기엔 나도 다른 직원들 눈을 무시할 수가 없어요. 마침 요즘 센터 일 말고도 여러 기획 사업을 추진하고 있어 일손이 부족했거든요. 어때요? 강요는 아니고, 거절해도 괜찮으니까……."

"아뇨! 하겠습니다!"

어쩌면 그녀에게 더 좋은 찬스일 수도 있었다. 최 박사의 개인 비서라면 얻는 게 더 많을 것은 확실했다. 그리고 지금 그녀에겐 어떤 것이든 일이 필요했다. 바쁘게 움직이며 그녀의 존재를 증명하고 싶었다.

"흔쾌히 받아 줘서 고마워요."

효은에게 시선을 맞추던 최 박사가 뒤늦게 그녀가 작성해 온 이력서를 훑어 내려갔다. 특별한 사유나 생각이 있다면 자신이 참고해야 할 것이기 때문이었다.

"음…… 결혼은 안 한 거 맞죠? 표기가 안 되어 있어서."

"결혼……했었어요. 지금은 별거 중이고요. 곧…… 이혼할 생각입니다."

'미혼'과 '기혼'의 표기란에서 몇 번이나 망설이던 효은은 무엇이 정답인지 몰라 자리를 비워 두었다. 혹여나 이런 질문을 받는다면 직접 설명하면 된다고 생각했다.

"혹시…… 문제가 되나요?"

한국 사회는 이혼녀에 대한 인식이 외국과 다르다는 걸 상담 사례를 통해서 많이 접했었다. 그녀 자신이 그 일을 겪은 당사자였기에 내담자를 더 잘 이해할 수 있다는 강점을 내세우긴 했지만 현실의 벽은 다룰 수 있었다. 하지만 그런 편견을 가진 곳이라면 그녀도 일할 생각은 없었다.

"그럴 리가요."

최 박사가 웃으며 대답했다.

"내일부터 출근할 수 있어요?"

"아, 네! 가능합니다."

"그럼, 내일 봐요."

윤선이 새 식구를 맞이하듯 효은에게 손을 내밀었다.

❀ ❀ ❀

"노인 심리 상담 센터 건은 지난번 보고드린 박사님을 섭외해 뒀습니다. 방송 출연으로 인지도도 높은 편입니다. 다만, 사업 설명서만으로는 못 미더워하는 눈치입니다. 상무님을 직접 만나서 투자 의도를 듣고 싶다는데, 약속을 잡아 볼까요?"

그런 일까지 이도에게 넘어오지 않도록 팀장 선에서 처리하던 재영이 어쩐 일로 그의 의중을 물었다. 노인 심리 상담 센터는 이도가 1년 전부터 공을 들이고 있는 사업이었다. 스마트 양로의 길을 열기 위해선 보다 전문적인 접근이 필요했다. 이제 사업도 겉이 아니라 속을 들여다볼 수 있어야 대중을 사로잡을 수 있었다.

"나보다 박 팀장이 더 전문적으로 설명할 수 있지 않습니까?"

이도가 다른 서류들을 검토하며 객관적으로 되물었다.

"그거야…… 그래도 칼자루를 쥔 사람을 만나고 싶어 하는 마음이 야 당연한 거 아닙니까?"

재영이 생각을 굽히지 않자 이도가 고개를 들어 올렸다. 다른 이유 가 있느냐는 듯한 그의 눈빛에도 재영은 입을 열지 않았다. 이도가 보 던 서류를 손에서 내려놓고 정답을 알려 주었다.

"그럼, 회장님을 만나야지."

직설적인 대답에 재영은 자신이 실수했다는 생각이 들었다. 2년 전부터 이도는 회사 일에 어느 정도 거리를 두고 지내는 중이었다. 모 두들 권 상무의 열정이 힘을 다한 것이 아닌가 하는 섣부른 추측을 하 기도 했다.

야근도 없었고, 결근도 없었다. 정시에 출근해 정시에 퇴근하는 올 바른 삶을 두고 그가 회장직을 포기한 것이라 결론지어 버렸다. 이도 는 소문 따위에 반응조차 하지 않았다. 지금 그가 맡고 있는 역할만 해낼 뿐이었다.

"제 생각이 짧았습니다. 박 팀장에게 넘기겠……."

"약속 잡아요."

이도의 대답은 예상과 달랐다. 그의 시선은 여전히 재영을 관찰하 고 있었지만 눈빛은 뜻을 알아차릴 수 없도록 변함없는 온도였다. 재 영은 더 이상 말을 붙이지 않고 상무실에서 나갔다. 잠시 생각에 잠겼 던 이도는 서류 파일로 눈을 돌렸다.

　　　　　❀ ❀ ❀

　수입산 소고기 팩을 들려던 효은은 마음을 크게 먹고 한우를 집었다. 할아버지와 살던 집을 정리해 생긴 돈과 그녀가 물려받은 유산을 통장 하나로 만들어 놓은 후 단 한 번도 꺼내 쓰지 않았다.

　유학을 떠나게 되면서 지출한 비용은 모두 이도가 미리 건넨 위자료로 해결했다. 그는 결혼을 유예해야만 주식을 받을 수 있었고, 효은은 그에 대한 대가라면 받겠다고 했다. 아직까지 그들은 부부라는 이름으로 묶여 있었지만 그것은 의미 없는 서류상의 기록일 뿐이라 생각했다.

　효은은 얼른 취업을 해, 그녀가 당당히 번 돈으로 위자료를 돌려줄 생각이었다. 이도가 가져간 주식을 양도받아 할아버지의 이름으로 돌려놓고 싶었다. 태호가 남긴 모든 재산을 그의 이름으로 기부할 것이다. 그래야 그녀를 따라다니는 죄책감에서 조금이나마 벗어날 수 있을 것 같았다.

　앞뒤가 꽉 막히고, 고집이 센 장효은은 결국 한우 소고기 팩을 내려놓고 다시 수입산을 잡았다. 입으로 들어가면 다 똑같다는 건 제인이 말해 준 진리였다.

　― 리얼리? 정말? 진짜 취업한 거야?

　갑자기 전화를 끊어 버린 게 미안해 효은은 먼저 제인에게 전화를 걸었다. 시차가 맞지 않아 아직 잠기운이 가득한 목소리로 제인은 효은의 취업 소식을 재차 확인했다.

"그래. 나도 이제 돈 번다고."

— 진짜 대단하다, 효니. 한국에서 일자리 잡기 힘들다고 하던데. 이렇게 한 번 만에 될 수도 있다니. 넌 정말 축복받은 아이야.

제인의 좋은 점은 칭찬을 아끼지 않는다는 것이었다. 그래서 효은은 그녀에게 더 의지했는지 모르겠다. 삶을 살다 보면 어쩔 수 없이 누군가에게 기대야 하는 순간들이 있었다. 이도에게 당당히 혼자가 되겠다고 했지만 그 말처럼 우습고 철없는 소리는 없었다. 2년 동안 외국 생활을 하면서 효은이 저절로 깨닫게 된 인생의 교훈이었다.

"제인도 같이 있었으면 좋았을 텐데. 아쉬워."

— 그래. 아임 미슈. 그럼 오늘 그 보이랑 축하 파티 하는 거야?

"응. 고기 사서 가는 중."

— 와우. 좋은 시간 보내! 효니가 행복한 것 같아 나도 행복해.

제인에게서 넘치는 응원을 받은 효은은 두 손 가득 음식 재료를 사 들고 마트를 벗어났다. 승재가 퇴근할 시간에 맞춰 그의 집으로 가는 게 목표였다. 아직 취업에 성공했다는 소식은 전하지 않았다. 효은은 설렘을 가득 안고 발걸음을 옮겼다.

✿ ✿ ✿

"너……?"

"연락도 안 받더니, 무슨 일이야?"

"너야말로 언제 아빠가 된 건데?"

"뭐? 아……."

승재는 그제야 자신이 안고 있는 아이를 내려다봤다. 효은이 오해할 만한 상황이긴 했다.

"일단 들어와. 뭘 그렇게 사 왔어?"

"나야…… 취업해서……."

"으앙!"

"잠깐, 효은아."

승재가 어설픈 동작으로 우는 아이를 달래기 시작했다. 하지만 오히려 역효과를 가져왔는지 아이의 울음소리가 격하게 올라섰다. 어쩔수 없이 부엌에 짐을 내려놓고 효은은 승재에게로 다가갔다.

"이리 줘 봐."

효은이 승재에게서 아이를 넘겨받았다. 능숙하게 어깨에 기대도록 만들고 등을 토닥이자 거짓말처럼 울음소리가 그쳤다. 승재는 그런 효은의 모습에 놀라 입만 벌리고 있었다.

"왜, 난 아이 잘 보면 안 돼?"

"아니, 그게 아니라……."

"이름이 뭐야?"

"아, 민서. 한민서."

효은은 민서를 안고 거실을 서성였다. 시간이 조금 지나자 공주님은 그녀의 어깨에 기댄 채 조용히 잠들었다. 승재는 효은을 보고 엄지를 치켜세워 주었다.

"아무래도 요리는 무리겠다. 시끄러우니까."

잠든 민서를 침대에 눕혀 놓은 효은이 주방으로 들어서며 승재에게 말했다.

"전화를 하지 그랬어."

큰 손 장효은이 사 온 재료들을 보며 승재가 고개를 흔들었다.

"서프라이즈 이벤트 하려고 했지. 취업 턱으로."

"어, 진짜? 된 거야? 진짜?"

승재가 큰 소리로 재차 묻자, 효은은 얼른 녀석의 입을 막으며 민서 쪽을 가리켰다. 그 순간에도 승재는 눈빛으로 기뻐하고 있었다. 이렇게 축하해 주는 사람이 곁에 있다는 것만으로도 위로가 되었다.

"그나저나, 빨리 이실직고하시지?"

이 녀석은 언제 그녀 몰래 아이를 만든 것인가. 효은은 궁금함을 참을 수가 없었다. 그래 놓고 자신을 감쪽같이 속이다니. 몇 달은 잔소리를 들어야 할 소식이었다.

"조카……라고 할 수 있지."

"어?"

승재가 어깨를 으쓱했다. 그녀가 없는 사이 한기수 씨의 인생이 아주 스펙터클하게 변한 거 같아 적응하기가 힘들었다.

"결혼한다는 말 없었잖아."

"설명하자면 복잡해."

"그럼, 아기 엄마는?"

"지금은…… 아빠랑 삼촌뿐이야."

승재가 사연을 떠올리듯 작게 한숨을 내쉬었다.

"형 가게 잘나갈 때 들어온 대학생 알바가 있었는데, 착실하고 오래 일해서 형이 아꼈어. 근데 자꾸 배가 불러서 이상하다 싶었지. 그래도 그냥 살찐 줄로만 알았는데, 어느 날 진통이 와서 가게 화장실에 쓰러져 있는 걸 형이 발견했어. 병원에서 퇴원하는 날, 꼭 데리러 오겠다는 편지 한 장 써 두고 사라져 버렸고. 난 무슨 신파 드라마 찍는 줄 알았다."

승재는 체념한 듯 흐리게 웃었다.

"그렇다고 무턱대고 데리고 있는 거야? 그 여자 가족은 있을 거 아니야?"

"세연이, 아, 그 알바한테 남동생이 한 명 있긴 한데, 군대 가 있고. 혼자서 장학금 받고 대학 다니면서 생활비 번 것 같아. 부모님이 일찍 돌아가셨다고 들었거든."

사연 없는 사람이 어디 있겠느냐마는 그런 어린 여자가 갑작스레 임신을 하고 출산을 했으니. 얼마나 당황하고 혼란스러웠을지 효은은 같은 여자로서 이해할 수 있었다. 하지만 저 갓난아기는 어쩐단 말인가. 정말 약속한 대로 돌아오지 않는다면 어떻게 할 것인가.

효은은 저절로 한 아이가 떠올랐다. 영국에서 지내는 동안 위탁 가정에 봉사 활동을 다니곤 했었다. 그곳은 단체 위탁 시설보다는 가정에서 아이를 맡아 주고 출가하도록 도와주는 환경이 발달되어 있었다. 그게 아이의 정서 발달에도 영향을 준다고 생각했기 때문이었다.

그녀가 돌봤던 엘리는 눈동자가 하늘빛이라 자꾸만 바다가 생각나는 여자아이였다. 민서처럼 어린 엄마가 6개월만 맡아 주길 원하고 떠났지만 3년이 지나도 나타나지 않았다. 지금 기수의 마음도 이해되었지만 효은은 어떤 것이 정답인지 섣불리 판단이 서지 않았다.

"그렇다고 남자 둘이 애를 봐? 뭘 할 줄 안다고."

"그 말 좀 우리 형한테 해 주라. 바쁘다고 민서 케어는 나한테 다 맡겨. 나도 엄마한테 전화해서 물어봐야 아는데, 진짜 쉬운 게 아니다. 애 보는 거."

"너, 일 갈 땐 누가 보는데?"

"어린이집 보내지."

"저 어린 걸?"

"그럼, 어떻게 해. 난 형한테도 말했어. 절대 감정적으로 생각할 일이 아니라고. 애 엄마가 안 나타나면 형이 데리고 살 거냐고? 형 인생이 어떻게 될지도 모르는데 잘 결정하라고."

어떤 면에서 승재는 기수보다 이성적이었다. 효은에게도 그랬다. 그녀가 울고 있으면 위로는 해 주었지만 꼭 현실을 직시하도록 했다. 그럴 때마다 감성이 메마른 놈이라며 핀잔을 주기도 했지만 생각해 보면 승재의 이성적인 생각 덕분에 큰 결정을 그르치지 않을 수 있었던 것 같다.

"형이 아무래도 걔를 좋아한 거 같아."

"뭐?"

"나한테는 아니라고는 하는데, 내가 형을 몰라? 알바할 때도 부모 없이 열심히 산다고 기특하다고 칭찬을 끝도 없이 하더니. 그럴 거면 자기가 잘 고백해서 사귀든지. 하여튼 우리 형은 한발 느려서 문제야."

"넌 빠르고?"

효은의 기습적인 물음에 승재는 곧장 얼굴을 붉혔다. 꼭 그의 마음을 알고 묻는 질문 같았다.

"아, 난…… 당연히 스피드지. 최단 기간 공무원 시험 합격. 그거, 우리 시골 가면 아직도 붙어 있어. 네가 아직 대한민국 공시생의 치열한 경쟁률을 모르는구나?"

갑자기 승재가 하소연을 하기 시작했다. 효은은 그러냐며 고개를 몇 번 끄덕여 주고는 간단히 만들어 먹을 음식을 준비했다. 예전보다 요리 솜씨가 많이 늘어 이젠 간단하게 해 먹는 음식은 곧잘 만들었다. 그 음식의 맛이 늘 최고라고 엄지를 세워 주는 제인은 없었지만 승재도 다르지 않을 것이라 생각했다.

"이게…… 무슨 맛이야?"

그 생각은 아주 오산이었다.

＊ ＊ ＊

이도는 익숙한 숫자 네 자리를 누르고 문을 열었다. 현관에 가지런
히 놓여 있는 여자 구두가 보였지만 신경 쓰지 않고 거실로 걸어 들어
갔다. 주방 냉장고 쪽에 서 있던 여자가 그를 발견하고 동작을 멈췄지
만 그는 익숙한 루틴처럼 드레스 룸으로 들어섰다.

가벼운 복장으로 갈아입고 나와 주방으로 향했다. 그때까지 여자
는 도둑질이라도 한 사람처럼 거실 한가운데 두 손을 모으고 서 있었
다. 이도는 냉장고 문을 열어 냉수 통을 꺼내고 식탁 위에 놓아둔 유
리잔을 들어 물을 따랐다. 그리고 냉장고에 다시 물통을 집어넣는 동
작에서 여자를 의식하는 것은 없었다.

"오빠."

결국 참지 못하고 입을 연 것은 여자 쪽이었다.

"그냥 가."

이도는 그녀에게 시선조차 주지 않았다.

"미안해요. 그냥…… 강 여사님이 반찬 가져다주신다기에……."

"이제 여사님도 못 오시게 할 거야. 그 원인 제공은 네가 했고."

"오빠."

"……그만 좀 하자."

어둠 속에 갇혀 있던 이도의 눈빛이 찌를 듯이 민아에게로 향했다.

"나한테도 기회를…… 줘요."

"무슨…… 기회?"

"오빠 이렇게 사는 거, 원한 적 없어요. 알아요, 내 잘못으로 시작됐다는 거. 내가 돌리고 싶어요. 그렇게 하게 해 줘요."

"너…… 뭔가 착각하고 있나 본데, 네가 참견할 자격 같은 건 없어. 이 정도로 봐주고 있는 것도 내가 너한테 무관심하기 때문이니까, 더 이상 내 눈에 띄지 마."

이도는 거칠게 냉장고 문을 닫았다.

"새언니…… 한국 온 거 알아요?"

하. 웃음이 샜다. 이도는 돌아서 민아에게로 다가갔다.

"나가라고."

얼음 같은 이도의 목소리가 목을 조르는 것만 같았다. 민아는 더 이상 버티지 못하고 오피스텔을 빠져나갔다.

이도는 곧장 냉장고로 돌아가 그녀가 가져온 반찬들을 꺼내 쓰레기통에 처박았다. 아무 일 없던 것처럼 돌아서 거실 소파에 기대앉은 이도는 눈을 감고 숨을 골랐다. 감정이 가라앉을 즈음 몸을 일으킨 이도는 며칠 전부터 그 자리를 지키고 있는 서류 봉투를 내려다봤다.

[합의 이혼 신청서]

발신인에 효은의 이름이 적혀 있는 서류가 뜯기지도 않은 채 놓여 있었다.

12. 어쩔 수 없는 마음

첫 출근이었다. 승재의 모닝콜 덕분에 제시간보다 앞서 지하철에 올랐다. 넉넉하게 잡아도 출근 시간보다 30분 일찍 도착할 것 같았다. 한국에서의 생활이 순조로웠다. 이렇게 시작하면 되는 것이다. 누구에게도 당당하게. 바쁘게 움직이는 사람들을 보며 그녀는 에너지를 얻었다. 스물여섯. 남들처럼 이리 흘러가는 것이 맞았다.

"아가씨, 내가 좀 들어 줄게요."

혹시 몰라 전공 서적을 챙겨 나온 효은은 한 손 가득 짐 가방을 들고 있었다. 괜찮다고 말해도 어르신은 손녀가 생각나는지 기어코 짐을 가져가 자신의 무릎 위에 올려놓았다. 목에 두른 스카프와 단정한 차림을 보자 한 사람이 생각났다.

'꼭 가야겠지…… 그래야겠지요?'

되묻던 물음이 아직도 가슴에 남았다. 효은이 그 집안에서 가장 의지할 수 있었던 사람이었다. 어쩌면 남편이었던 이도보다도 그녀에게 더 마음을 내주었던 것 같기도 했다.

'혹시……, 혹시라도, 별장에서, 바보같이 그러고 있으면, 좀…… 챙겨 주세요.'

부탁은 단 하나였다. 그런 남자였으니까. 미워할 수도 없었으니까. 나쁜 사람으로 남아 달라고 말했지만 정말 그게 가능할까.

그녀는 유학 생활 내내 생각했다. 첫사랑이었고, 가짜라는 이름을 붙였지만 남편이었다. 모든 기억은 그때의 감정으로 남겨진다는 걸 심리학을 공부하는 내내 배웠다. 이도가 그녀의 인생에 큰 의미였다는 걸 무시할 순 없었다.

"난 이제 내리니까, 여기 앉아요."

자리에서 일어난 어르신이 효은을 끌어와 앉혔다. 어쩔 수 없이 자리에 앉게 된 그녀는 생각을 비우기 위해 손가방에 담아 온 전공책 한 권을 꺼내려 했다. 책을 집어 드는 순간, 딸려 온 서류 하나가 동작을 멈추게 만들었다.

2년 정도면 충분하다는 생각을 했다. 그가 그녀로 인해 가질 수 있는 권리를 뺏기지 않을 시간. 그들이 자연스럽게 헤어져도 의심받지 않을 시간. 효은은 이제 그를 정리하게 맞는다는 결론을 내렸다.

곧장 연락이 올 줄 알았던 남자에게선 아직 소식이 없었다. 한 번씩 핸드폰을 내려다보는 습관은 그로 인해 생겨난 것이었다. 무슨 생각을 하고 있을까. 정리 같은 건 의미가 없다며 무시하고 있는 걸까.

혹시나 바보같이 아직도 그녀를 기다리고 있는 걸까.

그럴 남자는 아니란 생각이 들었다. 2년 동안 그녀를 찾지 않았던 남자였다. 딱 그녀가 부탁한 그대로. 나쁜 남자로 남아 있어 달라는 말만 들어주는 멍청한 사람. 효은은 정리도 그녀의 손으로 끝내야 한다고 결심했다.

새로운 삶을 살고 싶었다. 지난 과거는 모두 잊는 게 맞았다.

❀ ❀ ❀

비서의 일이란 기다림의 연속인 걸까. 종편 토크쇼에 패널로 초대된 최 박사가 촬영에 들어간 이후부터 효은은 그저 그녀를 기다리는 것밖에 할 일이 없었다. 잠깐씩 휴식을 위해 촬영이 중단되면 그녀의 앞에 물을 내밀고 상담 센터로 연락할 스케줄을 전달하는 게 오늘 그녀의 임무였다.

"나한테 너무 신경 쓸 필요는 없어요. 효은 씨 개인 공부를 해도 좋아요. 버리는 시간이 너무 아깝잖아요."

윤선은 좋은 멘토였다. 자신의 위치를 무기로 아랫사람을 함부로 휘두르는 오너가 아니라 모두가 함께 만족할 수 있는 결과물을 낼 수 있도록 합리적인 사고를 하는 사람이었다.

효은은 자신이 운이 좋은 행운아라고 생각했다. 긍정적인 생각. 그것이 행동과 미래를 바꾼다고 상담가들은 수없이 내담자들을 설득했다.

그녀 또한 자신에게 실천해 보았다. 태어난 처음으로 돌아가 마음을 먹었다. 부모가 없는 건 죄가 아니다. 할아버지를 그렇게 떠나보낸 건 너의 탓이 아니다. 그 남자를 사랑했던 건, 네 인생에서…….

"거기 핸드폰 소리 뭡니까?"

생각에 빠져 있던 효은은 놀라 벌떡 자리에서 일어났다. 지적당할 일을 저지른 사람은 그녀였다. 얼른 주머니에서 핸드폰을 꺼내 진동으로 돌리고 세트장을 빠져나갔다. 전화를 건 사람은 승재였다. 바빠 죽는 말단 공무원이라더니 순 거짓말이었다. 할 일이 전화밖에 없는 사람처럼 녀석은 수시로 그녀를 찾았다.

"왜?"

— 그냥. 일 잘하나 해서.

이유도 없었다. 효은은 허무하다 못해 웃음이 났다. 외로워서 이러는 건가. 또 나름의 직업병이라고 녀석의 행동을 해석하려 들었다.

"오늘 첫 출근 했거든."

— 원래 첫날이 젤 중요한 거야.

"네 걱정이나 하시지? 툭하면 반차 쓰는 신입이 미운 털 박힌 건 당연할 테고. 너 혹시…… 왕따당해? 친구 없어서 시간 채우는 느낌이 나는데? 이 누나한테 다 말해 봐. 내가 상담료는 친구 디씨로 싸게 받을게."

— 뭐라는 거야? 너희 박사님 첫날부터 영업까지 시켜? 내가 노동청에 동기가 있는데, 신고……

"바빠. 끊는다."

이 녀석이 2년 동안 말재주만 늘었는지 이길 수가 없었다. 효은은 더 이상 농담으로 지체할 시간이 없을 것 같아 통화 종료 버튼을 누르려 했다.

— 잠깐! 저, 저녁 먹자.

승재가 급하게 말했다.

"무슨 저녁?"

— 마, 맛있는 거. 칼도 쓰고 하는 거. 어제 제대로 못 먹었잖아.

어울리지 않게 녀석이 쭈뼛거렸다.

"민서는 어쩌고?"

— 오늘 형 휴무. 아무튼 저녁 시간 비워 놔. 회사 앞으로 갈게.

"야, 한승……."

녀석의 이름을 부르기도 전에 전화는 끊어져 버렸다. 효은은 굳이 태우러 올 필요는 없다고 말하려다가 편한 길을 놔두고 돌아갈 이유는 없단 생각을 했다.

"효은 씨, 여기 있었네요."

"아, 끝나셨어요?"

촬영이 모두 종료됐는지 패널들과 스태프들이 우르르 세트장 밖으로 흘러나왔다. 효은은 얼른 비서 모드로 전환하며 가지고 있던 최 박사의 가방과 핸드폰을 건네주었다. 부재중 통화를 확인한 최 박사는 몇 통의 전화를 이어 가며 주차장으로 향했다. 효은은 그녀를 뒤따르며 재빠르게 운전대를 잡았다.

"저녁 약속이 하나 잡혔는데, 태워 줄 수 있겠어요? 도착하면 퇴근 시간이 지날 것 같아서요."

"아, 괜찮습니다."

효은은 마지막까지 최선을 다하는 사람이 되고 싶었다. 얼른 그녀가 알려 준 주소를 내비게이션에 입력하고 차를 출발시켰다. 승재에게 조금 늦을 것 같다는 문자를 보낼 생각이었다.

❋ ❋ ❋

약속 장소는 도시에서 조금 벗어난 곳에 위치한 전통 한식집이었다. 예쁘게 꾸며진 돌담이 인상적인 곳이었다. 효은은 주차장에 차를 세우고 최 박사에게 차 키를 내밀었다.

"약속 없으면 효은 씨도 같이 저녁 할래요?"

"네? 저도요……?"

오늘 미팅에 관한 서류를 모두 훑은 윤선이 간단한 일처럼 제안했다.

"여기서 뭘 태워 보내기도 그래서요. 이렇게 먼 곳에 장소를 잡았을 줄은 몰랐어요. 사업하는 양반들이야 이런 곳에서 만나는 일이 흔하겠지만, 난 그냥 시내에 있는 조용한 찻집에서 만났으면 했는데, 내 의견이 잘못 전달된 것 같네요."

사업 미팅이라면 그녀도 도와야 할 일이었다. 효은은 잠시 고민하다가 고개를 끄덕이고 윤선과 함께 차에서 내렸다. 승재와의 저녁은 언제든지 먹을 수 있는 날이 많았다. 얼른 녀석에게 약속을 미루자는 문자를 보냈다.

"우리가 조금 일찍 도착했는데, 먼저 들어가 있을까요?"

"네."

효은은 윤선을 따라 가게 안으로 들어갔다.

"선흥이라고 알아요?"

찻잔을 들던 효은이 그대로 멈췄다. 가방 안에서 사업 설명서 파일을 꺼내던 최 박사는 그녀의 행동을 눈치채지 못하고 자신의 말을 이어 갔다.

"의료 시니어 사업 쪽으로 유명한 회산데. 오늘 그쪽 담당자랑 만나기로 했어요."

"……네?"

효은이 너무 놀란 표정을 짓자 최 박사는 다른 쪽으로 그녀의 생각을 읽었다.

"내가 너무 사업 쪽으로 치중하는 것 같아요?"

"아니, 그게 아니라……."

"이해해요. 요즘 센터 식구들도 불만이 많아요."

최 박사는 어쩔 수 없이 나름의 변명을 시작했다.

"없는 시간 쪼개서 티브이에 얼굴 알리고, 센터 광고 키우고, 그게 다 사업 하나 제대로 차려서 장사하려는 속셈이라더군요. 뭐, 맞는 말이긴 해요. 난 심리 상담이 틀 안에 갇혀서 병으로만 인식되길 원하진 않아요. 대중화가 되기 위해선 사업처럼 생각할 필요가 있어요. 또 거기서 수익을 얻는다면 당연히 감사한 것이고요. 효은 씨 생각은 어때요?"

효은은 자신의 생각을 말하는 게 의미가 있을까 싶었다. 현장에서 뛰어 본 경험도 부족했고, 개인의 야망과 사회적 활동을 구분하는 건 온전히 본인에게 솔직할 때 가질 수 있는 양심일 뿐이란 생각도 들었다.

"제가 조언할 수 있는 입장이 아니란 거, 박사님이 더 잘 아실 것 같은데요. 들어 드리는 건 얼마든지 할 수 있어요. 언젠가 저희 지도 교수님이 수업 시간에 그러시더라고요. 상담사들은 수많은 내담자의 이야기를 들어 주지만 정작 그 상담사들은 어느 누구에게도 말할 수 없게 된다고요. 누구에게든 털어놓는 연습을 하라고 하셨어요. 잘 말할 수 있어야 잘 들어 주잖아요."

최 박사는 효은의 말에 자신의 선택이 옳았다는 생각을 했다.

"자꾸 효은 씨를 놓치고 싶지 않았던 이유, 이제야 알겠네요."

"네⋯⋯?"

"내가 인복이 많다고요."

효은은 뒤늦게 최 박사의 말을 이해했다.

"아니에요. 좋게 봐 주셔서 감사합니다."

"나야말로, 잘 부탁해요. 내 비밀 상담사님."

두 사람이 웃음을 나누는 사이, 방문을 두드리는 소리가 들렸다.

"아, 왔나 보네요. 내가 그쪽 상무님을 보고 싶다고 좀 세게 나갔거든요. 혹시나 권력 앞에서 약한 모습 보이면 효은 씨가 정신 차리게 해 줘요. 알았죠?"

윤선이 찡긋, 눈짓을 보내는데 효은은 심장이 멈춘 것처럼 숨 쉬는 게 어려워졌다. 설마, 그럴 일은 없을 것이라 생각했다. 아무리 선흥이라도 이렇게 만나게 된다고? 그건 너무 운명의 장난 같았다. 이런 재회를 원하지는 않았다. 더군다나 그를 만날지도 모른다는 것만으로 아직까지 반응하는 심장이라니. 효은은 갑자기 혼란스런 감정에 정신을 차릴 수 없었다.

"제가 좀 늦었습니다."

그 순간, 방문이 열리고 한 남자가 들어섰다.

"박태수 팀장입니다."

두 사람에게 깍듯이 인사한 남자가 명함을 내밀었다.

"아…… 팀장님이 오셨군요. 전, 상무님이 오실 거라고 연락을 받았거든요."

윤선은 자신의 의견이 묵살된 것 같아 기분이 좋지 않았다. 그녀의 방식대로 차분하게 설명을 요구했다. 박태수 팀장이 미안한 얼굴로 다시 한번 고개를 숙이며 윤선에게 사과를 전했다.

"상무님이 오시는 길에…… 교통사고가 나셨습니다. 일부러 절 보낸 건 아니시니 오해하지 않으셨으면 합니다. 약속을 어기게 되어서 죄송하단 말씀, 꼭 전해 달라고 하셨습니다."

"아, 그런 사정이라면……. 죄송해요. 혹시, 많이 다치신 건 아니시죠?"

"전달받기로는, 괜찮으신 것 같습니다. 그럼, 저도 이제 좀 앉을까요?"

박 팀장은 꼭 벌을 서는 사람처럼 계속해서 상황을 설명했다. 윤선은 얼른 미안함을 표시하며, 자리에 앉을 것을 권했다.

박 팀장이 착석하자 곧 종업원이 들어왔고, 주문은 순조롭게 이루어졌다. 조금 여유가 생기자 박 팀장의 시선이 윤선의 옆자리로 향했다.

"이분은……?"

그때까지도 효은은 얼음이라도 된 것처럼 굳어져 인사조차 잊고 있었다. 윤선은 그녀가 낯을 가리는 건가 생각하며 얼른 박 팀장에게 소개했다.

"제 일 봐주는 비서예요. 미래에 아주 큰 역할을 할 상담사이기도 하고요."

"아, 그러시군요. 미리 만나 뵙게 되어서 영광입니다."

태수가 밝게 웃으며 효은에게 악수를 청하듯 손을 내밀었다. 당연히 받아 주는 말이 나와야 하는데 효은에게선 반응이 없었다. 그녀의 눈은 박 팀장을 보고 있지 않았다. 윤선도 이상하다는 생각이 들어 효은을 바라봤다.

꼭 충격을 받은 사람처럼 그녀의 눈동자가 멍했다. 그럴 만한 이유를 추측하려 해도 상황은 별다를 게 없었다. 만약 앞에 앉은 박태수라는 남자가 원인이라면 그와 그녀가 아는 사이 정도는 되어야 했다. 자신이 봤을 때 박태수 팀장은 효은을 전혀 알지 못하는 눈치였다.

"효은 씨?"

"……네?"

그녀의 이름을 부르자 효은은 그제야 정신이 돌아온 듯 윤선을 바라봤다.

"아, 죄송합니다. 다른 생각을 좀 한다고……. 죄송해요."

"다행이네요. 혹시 상무님이 아니라 제가 와서 서운하신 건가 했습니다."

분위기를 풀려는 태수의 농담에 효은은 얼른 그를 향해 고개를 흔들었다.

"그, 그런 거 아니에요."

"제가 보기엔 우리 비서님은 더 젊고 센스 있으신 박 팀장님 쪽을 좋아할 것 같은데요?"

윤선은 그가 기분 나쁘지 않게 얼른 농담을 받아 주었다.

"아, 말씀만으로도 감사합니다. 그런데……최 박사님, 아직 저희 상무님 얼굴을 보신 적이 없으시군요."

"왜요? 설마, 박 팀장님보다 더 멋진 분이세요?"

특별히 상무의 얼굴까지 검색해 볼 필요는 없었다. 윤선은 당연히 나이 많고, 권력에 대한 야망이 있는, 흔해 빠진 기업인들 중 한 사람일 것이라 추측했다. 한국 사회는 그런 사람이 기업을 이끌어 나가야 성공할 수 있는 구조였기 때문이었다.

"저는 비교 대상이 안 됩니다. 나이, 외모, 능력 모두 갖추신 분이죠. 차세대 리더 후보로 기업 잡지에도 많이 소개되셨었는데, 제가 한 권 들고 올 걸 그랬습니다."

박 팀장은 선 굵고 차가운 외모와 다르게 아부를 잘하는 타입인 것 같았다. 젊은 나이에 팀장 자리에 앉으려면 그만의 노하우가 있었을 것이다. 윤선은 자신의 상사를 PR 하기 위해 열을 올리는 담당자를 보자 조금 우습기도 했다. 상무가 아무래도 선흥의 실세가 확실한 듯 보였다. 어쩌면 오너가의 핏줄이거나. 너무 뻔한 시나리오에 흥미가 떨어지는 기분이었다.

"정말요? 다음에 꼭 한번 만나 뵙고 싶네요. 그럼, 우리 이제 일 얘기를 해 볼까요?"

"아, 그럼 시작하겠습니다."

박 팀장은 얼른 윤선의 표정이 의미하는 바를 파악하고 긴장의 끈을 조였다.

두 사람이 사업 설명서를 차근차근 짚어 가는 동안에도 효은은 다른 생각의 끈을 놓을 수가 없었다.

✳ ✳ ✳

"3일은 계셔야 합니다."

재영의 말에 이도는 웃음을 흘리며 서류를 내려놓았다.

병동 VIP실은 그의 집무실과 크기가 비슷했다. 이곳이 병원이라는 걸 알게 해 주는 건 그가 입고 있는 병원복과 팔에 꽂힌 링거 바늘뿐이었다.

호화로운 액세서리를 차고 있는 것처럼 이도는 마음이 불편했다. 언제부턴가 그가 누리고 있는 이 모든 부들이 가슴을 짓누르는 삶의 무게처럼 다가왔다. 정말 벌이 맞았다. 효은은 그가 어느 부분에서 가장 고통받는지 똑똑하게 찾아냈다. 그 감옥에서 벗어나지 못하게 만드는 방법까지도.

"차가 흔들리지도 않았어. 오버하지 마."

사고는 어이없는 순간에 일어났다. 지방 공장을 둘러보고 올라오던 길에 점심을 거른 이도가 걱정된 재영이 차 안에서 간단히 먹을 음식을 사러 나간 참이었다. 어느 누가 갓길에 주차된 차로 달려와 부딪칠 줄 알았겠는가. 그것도 어마무시한 수리비를 지불해야 하는 외제 차를.

가해자는 살짝 술 냄새를 풍기는 젊은 대학생이었다. 재영은 뒷일을 처리함과 동시에 이도를 곧장 병원에 입원시켜 버렸다. 만약을 대비하기 위함이었다. 그리고 이참에 건강 검진을 제대로 받아 보는 것도 나쁠 건 없었다.

한편으론 조금 다른 환경에서 이도가 생각을 전환했으면 하고 바라기도 했다. 사람이 아프면 절박해지고, 소중한 것이 떠오르기 마련이었다.

"저 잘리는 꼴 보고 싶지 않으시면 제 말 들으십시오."

"누가 선배를 잘라? 잘라도 내가 잘라."

"자를 생각은 있으신 거 같습니다?"

"그런 짓을 계속하고 있네."

이도는 얼른 이 공간에서 벗어나게 만들라는 무언의 눈빛을 보냈다. 재영은 능구렁이처럼 이도의 눈길을 피하며 탁자 위에 놓인 서류 뭉치를 붙잡아 들어 올렸다.

"오늘은 일하지 마십시오."

"……."

이도는 대답 없이 창가로 시선을 주었다. 이 자리, 이 공간에 누워 있던 한 여자가 떠올랐다. 그의 눈조차 바라봐 주지 않았던 야속한 사람. 그의 시간은 자꾸만 미래가 아닌 과거로 향하고 있었다.

❀ ❀ ❀

"……아웃렛?"

"그래. 하루 종일 집에 있으면 뭐 해?"

주말이었지만 효은은 승재의 집으로 출근을 해야 했다. 우는 민서를 재우기가 너무 힘들다고 하소연을 해 오니 그녀도 어쩔 방법이 없었다. 졸지에 두 사람은 젊은 부모가 되어 주말 시간을 민서와 함께 보내야만 했다.

"차라리 나가면 시간이 더 잘 갈 거야."

아이디어를 낸 건 효은이었다.

마음이 복잡할 땐 다른 곳으로 생각을 돌리라고 배웠다. 교통사고가 났다는 남자를 생각하느라 며칠을 넋이 나간 채로 살았다. 2년의 노력이 무슨 소용인가 싶었다.

쿨하게 이혼 서류에 합의하고 법원을 걸어 나오면 된다고 생각했다. 그의 존재는 이제 그녀에게 지나가는 과거일 뿐이라고. 다짐은 쉬웠다. 하지만 현실은 미련했고, 그녀를 예상치 못한 감정으로 몰아넣었다.

"그래. 집에 있는 것보다 낫겠지. 가자. 가 보자."

승재는 효은과 함께 민서의 준비물을 챙겨 집을 나섰다.

"그냥…… 집이 더 나았겠는데?"

시장통도 이러진 않을 것이다. 요즘은 시장이 더 조용했다. 모든 사람들이 아웃렛으로 튀어 들어온 것처럼 공간은 발 디딜 틈 없이 꽉 차 있었다. 대부분 유모차를 한 대씩 끌고 다니는 젊은 부부였다.

이렇게 세대의 문화는 변해 갔고, 돈을 버는 구조도 달라졌다. 윤선이 노인 심리 센터에 사활을 거는 것도 모두 그런 이유였다. 흐름을 파악하고, 남들보다 한발 앞서가야 살아남을 수 있는 세상이었다.

그 치열한 전쟁터에서 지지 않기 위해 넥타이를 조여 맨다는 한 남자가 떠올랐다. 모든 게 연상 작용이었다. 효은은 작은 한숨을 내쉬며 유모차를 쉼터 끝에 세웠다.

조심히 민서를 바라보자 아이는 어느새 새근새근 잠들어 있었다. 효은은 잠든 아기는 천사라는 말을 지금 이 순간 절감하는 중이었다. 칭얼대며 울음을 그치지 않을 때면 지치는 건 어쩔 수 없는 일이었다. 그래도 한번 웃어 주거나, 조용히 잠든 모습을 볼 때면 육아의 피로가 단번에 씻겨 나가는 것 같았다.

할아버지도 이런 마음으로 그녀를 키웠을까. 지금의 승재처럼 어설픈 남자의 손으로, 그러나 효은이 주는 잠깐의 행복을 위로 삼아, 자신의 모든 걸 걸고 책임지겠다고 마음먹은 것일까. 물음은 질문이 되어 나가지 못했다. 그는 지금 그녀의 곁에 없으니까.

아이를 가지고 싶었다. 그 남자의 아이를. 만약 그랬다면 지금 그녀의 삶은 달라졌을까. 효은은 확실한 답을 알 수 없었다. 할아버지를 위한 일이라고 생각했지만 진심은 달랐을지도 몰랐다. 그렇게 해서라도 그의 마음을 붙잡고 싶었기 때문이 아니었을지. 멍청한 노력은 끝내 결실을 맺지 못했다.

"……민서 잠들었어."

"그러네. ……이제 천사 같다."

승재도 효은의 옆에 자리를 잡고 앉아 잠든 민서를 감상했다.

"형이 그러더라고. 이 모습 때문에 어디를 못 보내겠다고. 이렇게 예쁘게 잠드는 천사를 보내면 벌받을 거라고. 이제 사업도 잘되고 성공했는데 망하면 어떻게 하냐고. 그걸 왜 민서 일에 갖다 붙이는지는 모르겠지만."

"그냥, 보내기 싫은 거겠지. 그래서 이것저것 핑계를 대는 거야. 인생엔 답이 정해진 일들이 있다고 하더라고. 어쩔 수 없는 마음, 같은 거. 기수 오빠한테는 민서가 그런 거겠지."

어쩔 수 없는 마음. 승재는 효은의 말을 곱씹었다. 그도 그런 마음을 알았다. 그런데 그 감정의 방향이 다르다면 어떻게 해야 할까. 내 쪽으로 끌어와야 할까. 노력이라도 해 봐야 하지 않을까. 갖은 핑계를 갖다 대면서 지키려 했던 그 마음을 그도 이제는 욕심부려 보고 싶었다.

"효은아."

"아, 기저귀는?"

효은이 승재의 말을 덮으며 물었다.

"네 가방 안에 넣었어."

"우유도?"

승재는 아차, 싶었다.

"아, 그건 차에 두고 왔다."

"으앙!"

두 사람의 소곤거림이 컸던지 민서가 잠에서 깨 버렸다. 승재는 우유를 가지고 오겠다며 곧장 주차장 쪽으로 뛰어갔다. 효은은 얼른 민서를 안아 들고 몸을 흔들어 달랬다. 그러면서 아기가 울음을 그칠 만한 장소를 보여 주려 이리저리 몸을 틀었다.

"상무님. 발표 10분 전입니다. 지금 가셔야 합니다."

한 남자가 그녀를 바라보며 멈춰 서 있었다.

"민서 많이 울어? 여기 우유 가져왔······."

승재는 효은의 시선이 닿아 있는 곳을 바라보았다. 익숙한 남자. 다시는 마주치지 말았으면, 숨긴 마음속에서 끝도 없이 빌게 만들었던 사람. 그가 또다시 거짓말처럼 효은의 앞에 서 있었다.

"가자."

"어?"

효은은 서둘러 민서를 유모차에 태우고 승재를 재촉했다. 그녀는 앞에 서 있는 남자를 투명 인간 취급 하며 걸음을 빨리했다. 차라리 편하게 인사를 나눴다면 이리도 마음이 불안하지는 않았을 것이다.

효은은 2년이란 시간은 아무 소용이 없었다는 것처럼 흔들리고 있었다. 웃고 있었지만 꼭 울고 있는 것만 같았다. 그립고 그리워 홀로 밤을 지새우며 아파했던 사람처럼, 그래서 그런 효은을 바라보는 승재의 마음까지 뒤흔들리게 만들고 말았다.

"효은아."

"우리, 맛있는 거 먹으러 갈래? 칼도 쓰고 하는 거. 그런 거."

효은이 승재의 말을 막았다. 그의 입을 통해 흘러나올 과거들이 툭, 하고 하나를 건드리면 우르르, 모두 무너지고 말 것이라는 것처럼, 악착같이 버텨 내려는 것만 같았다. 승재는 더 이상 그녀를 지켜볼 수만은 없었다.

"여기, 좋다. 아기들 자리까지 챙겨 주고."

아웃렛 근처 고급 레스토랑은 마치 정해진 코스인 것처럼 아이를 데려온 젊은 부부들로 가득 차 있었다. 단란한 가족 속에 승재와 효은도 민서와 함께 자리를 잡았다. 착한 민서는 칭얼거림 없이 잘 놀아 주었고, 두 사람의 식사는 평화롭게 이어졌다.

효은은 평소보다 더 밝은 목소리로 유학 시절의 에피소드를 꺼내 놓았다. 절반이 제인과 함께한 일들이었지만 그녀가 마냥 아팠던 것만은 아닌 것 같아 승재는 마음이 놓였다.

내가 갈게. 내가 네 옆으로 갈게. 그 말을 수십 번이고 연습했었다. 아플 때 혼자 있으면 더 아파. 너 왜 그렇게 미련해. 우린 왜 이렇게 미련하게 사는 거야. 너 말고 나, 나 말이야.

어쩌다 효은과 전화가 연결될 때면 승재는 연습한 말은 한 마디도 내놓지 못하고 엉뚱한 소리들로 아까운 시간을 멍청하게 흘려보냈다. 한국에 있을 땐 절대 금지하던 그의 군대 얘기를 들으면서도 효은은 '한국말이 좋다, 참 좋다, 아무 말이라도 좋다' 그렇게 말해 주어 그의 가슴을 먹먹하게 만들어 버렸다.

"나, 이혼할 거야."

효은은 앞뒤가 맞지 않는 얘기처럼 불쑥 다른 소리를 했다. 하지만 앞의 에피소드를 이어서 말하는 것처럼 담담한 목소리였기 때문에 그 말이 전혀 심각하지 않고, 평범한 일상처럼 단순해 보였다. 그것을 노렸다는 것처럼 그녀가 웃었다.

"서류도 보냈어."

"이혼한 줄 알았어."

승재도 심각하지 않게 말을 받았다. 정말 그런 줄로만 알고 있었으니까.

"뭐, 이혼한 거나 마찬가지지. 그래도…… 제대로 하려고. 깔끔하게. 정말, 바이 바이."

"근데 왜 도망쳤어?"

그의 질문이 비수처럼 효은의 가슴에 와 박혔다.

"……그러게. 도장 찍어서 가져왔을 수도 있는데. 그 사람, 바쁜 사람이니까 우연히 만났을 때 주려고 가방에 가지고 다녔을 수도 있는데."

"바보냐?"

"그런 거 같아."

효은이 곧장 수긍했다.

"다음에 우연히 만나면 꼭 서류 달라고 해."

승재가 더 바보같이 말했다.

"그래. 그럴게."

"그리고 다른 멋진 남자도 좀 만나고."

"그래. 그…… 뭐?"

"나는 어때?"

"……."

효은은 황당해 웃어 버렸다. 하지만 승재는 웃지 않았다.

이어지는 녀석의 진지한 눈빛에 효은도 천천히 웃음을 지웠다.

❋ ❋ ❋

아침부터 바빴다. 최 박사의 스케줄은 일정한 루틴으로 이뤄지지 않고 동시다발적으로 몰아칠 때가 많았다. 그나마 그녀가 방송 촬영이라도 들어가야 숨을 돌릴 시간이 있었다.

하지만 며칠째 윤선은 상담 센터 밖을 나서지 않고 효은에게 다양한 분야의 자료를 요청했다. 익숙하지 않은 일이니 시간이 걸리는 건 당연했다. 화장실에 갈 신호조차 미뤄 두는 기분이었다.

하루는 아주 바쁘게 흘러갔다. 아무 생각도 할 수 없도록. 차라리 잘된 것만 같았다. 우연히 만난 한 남자의 생각만으로도 머리가 아픈데, 믿었던 한승재마저 그녀에게 고민거리를 안겨 주었다.

'*나 너 좋아해. 여자로. 오래됐어. 그렇게 돼 버렸어.*'

효은은 다시 고개를 흔들었다. 이런 시나리오를 상상한 적은 없었다. 그 옛날, 서민아라는 여자가 그녀에게 경고하듯 두 남자를 다 가질 생각이냐고 물었을 때도 심각하게 생각하지 않았다. 녀석은 그녀의 가장 친한 친구였으니까.

'혼란스러운 거 알아. 그래도 고민은 해 줘. 그건 가능하잖아.'

고민하면. 그러고 나면. 효은은 승재를 잃고 싶지 않았다. 정말 이건 그녀의 욕심인 걸까. 그녀도 모르는 사이, 녀석이 마음을 품도록 만들어 놓고 고통스럽게 모른 척한 것일까. 책임을 따지기 전에 그녀의 감정부터 되돌아봐야 했다.

"효은 씨?"

"네?"

윤선이 어느새 그녀의 책상 앞에 다가와 있었다.

"왜 이렇게 넋을 놓고 있어요? 혹시, 일이 많아서 그만둘 생각 하는 건 아니죠? 나 효은 씨 못 놔줘요. 이미 마음에 쏙 들어 버려서."

"아, 그런 거 아니에요. 잠깐, 점심 뭐 먹을까 생각하고 있었어요."

효은은 얼른 변명을 가져와 붙였다.

"그럼, 나랑 먹을 생각도 있어요? 불편한 자리가 생겼는데 지원군이 필요해서요."

최 박사는 다른 직원들에게 들리지 않도록 소곤거렸다.

"네. 얼마든지요."

효은이 흔쾌히 웃으며 답했다.

"그럼, 10분 뒤에 지하 주차장에서 봐요."

고개를 끄덕인 후 효은은 얼른 나머지 일을 정리하기 시작했다.

❀ ❀ ❀

"먼저 와 계셨네요."

안내받은 한정식 음식점 안으로 들어설 때만 해도 효은은 의심조차 하지 않았다. 설마, 또 그런 우연이 있을까. 아니, 이것은 우연이 아니라 적극적인 요구에 의한 만남인 걸까.

"처음 뵙겠습니다. 권이도라고 합니다."

방 안에는 당연한 것처럼 이도가 앉아 있었다.

윤선은 걸어가 이도가 내민 악수를 받았다.

"듣던 대로 멋진 분이시네요."

"누가…… 제 이야기를 하던가요?"

이도는 아무 일 없었던 사람처럼 효은을 바라봤다. 너무 자연스러워 오히려 화가 날 정도였다. 도망쳤던 그녀가 억울하고 부끄럽기까지 했다. 그래. 당당하지 못할 이유가 없었다.

"박 팀장님이 상무님을 아주 많이 존경하시는 것 같더라고요."

"아마, 이번 달 보너스가 만족스러웠나 봅니다."

이도는 윤선이 건네는 말들을 부드럽고 유머 있게 받아넘겼다. 회사 일을 할 땐 이런 모습이구나. 효은은 그가 다르게 느껴지기도 했다. 아니면 2년 동안 그가 변했을 수도 있었다.

아웃렛에선 자세히 보지 못했는데 그의 얼굴은 좀 더 성숙하게 변해 있었다. 효은이 늘 안타깝게 쓸어 내던 미간이 더 날렵하게 미끄러져 내려와 함부로 다가설 수 없는 깊은 분위기를 만들어 냈다.

"아, 여기는 센터에서 같이 일하는 장효은 씨예요. 같이 자리해도 괜찮을까요? 어차피 노인 심리 센터 사업 쪽 실무 일을 맡을 예정이라서요."

"……잘 부탁드리겠습니다."

이도는 윤선에게 했던 것처럼 효은에게도 손을 내밀었다. 효은은 잠시 망설이다 그의 손을 잡았다. 공은 공으로 받아들이면 그뿐이었다. 멋진 커리어 우먼처럼 산뜻한 표정까지 지었다. 가진 모든 힘을 쏟아 내 힘껏 입꼬리를 올리는데 이도가 그녀만 아는 얼굴로 웃었다. 기 싸움에서 진 것처럼 가슴이 시큰거리고 말았다.

식사가 차려지고, 사업 이야기는 물 흐르듯이 이어졌다. 효은은 귀에 들리는 대로 수첩에 받아 적었지만 제정신일 리가 없으니 의미도 없었다. 이도는 노인 심리 센터에 대한 자신의 목적을 확실하게 설명했고, 그 가치점이 최 박사와도 맞닿아 자리의 분위기는 훈훈했다.

이도는 최 박사가 선흥에서 원하는 목표를 해내 주기만 한다면 보상은 예상한 것보다 클 것이란 당근을 내밀다가도, 그 과정에서 신뢰를 잃는 행동을 하나라도 저지른다면 계약은 가차 없이 파기되고 그 책임은 최 박사 쪽에서 모두 지게 될 것이란 오싹한 채찍을 휘두르기도 했다.

윤선은 오히려 이도의 마인드를 반겼다. 어쭙잖고 썩어 빠진 기업의 방식을 당연한 것처럼 밀어붙이지만 않는다면 그녀도 무서울 건 없었다. 도전은 늘 실패라는 위험 부담을 가지고 있었지만 그만큼 열매는 달았다.

"그럼, 프로젝트 이야기는 여기까지 할까요? 혹시 더 궁금한 게 있으신가요?"

윤선이 자리를 정리하듯 서류를 정리하자 이도는 다른 할 말이 있다는 것처럼 그녀를 바라봤다.

"혹시, 센터에서 부부 상담도 가능합니까?"

이도의 갑작스런 질문에 윤선은 놀랄 수밖에 없었다. 어쩌면 센터의 수준을 알아보기 위한 확인 절차일 것이란 추측도 들었다. 그녀가 보기에도 이 젊은 상무는 그저 허수아비로 그 자리를 지키는 것 같지는 않았다.

"어느 분이 받으시는 건가요?"

"저니까 여쭙겠죠?"

이도는 질문이 이상하다는 듯 되물었다.

"아……."

윤선은 수많은 기업인들의 심리 상담을 비밀리에 진행한 적이 많았다. 그들은 늘 꼭대기 자리를 지켜야 했기에 그만큼 심리적으로 힘든 상태였다. 그것을 감추고 숨기기 위해서 더 병을 키웠고 도피처를 찾다가 도박이나 마약에 빠져 결국엔 가진 것을 송두리째 잃기도 했다.

그런데 이도의 입에서 나온 말은 분명 '부부 상담'이었다. 이 젊은 상무님이 결혼했다는 전언은 없었다. 일전에 만난 박 팀장은 그가 많은 여자들의 이상형으로 꼽히는 싱글이란 뉘앙스를 풍겼다.

"결혼하신 줄은 몰랐어요. 그런데…… 제 상담 스케줄이 당장은 힘들 것 같아요. 요즘은 방송이나 사업 쪽으로 관심을 쏟다 보니까. 혹시나 괜찮으시면 다른 상담사를 소개해 드려도 될까요?"

윤선은 이도가 당연히 자신이 아니면 안 된다고 말할 것이라 생각했다. 최고들은 꼭 그 세계의 최고를 찾았고, 최고가 아니면 믿지 않았다.

솔직히 속내로는 그녀 쪽에서 거절 의사를 보이고 싶었다. 기업가들의 부부 상담은 이혼으로 이어지는 경우가 많았다. 이슈화가 되면 센터의 이미지에 좋을 리 없었고, 지금은 그런 모험을 해야 할 때가 아니었다.

"꼭 박사님이 아니어도 좋습니다."

이도의 시선이 효은에게 향했다. 윤선도 그 눈길을 좇아 효은을 바라봤다. 지금 이 수련의에게 상담을 받겠다는 것인가.

그러자 다른 생각이 불쑥 찾아들었다. 눈빛은 속일 수가 없었다. 사업에 관한 이야기를 나누면서도 이도의 눈동자는 한 번씩 그녀의 옆자리에 앉은 효은에게로 향했다. 아는 사이인 걸까. 아니면, 뜻하지 않게 이상형이라도 만난 걸까.

"이쪽, 효은 씨는 아직 수련 중이라……. 얼마 전에 유학을 다녀왔거든요. 상무님께 맞는 상담사를 찾아볼게요."

윤선은 나서서 이도의 관심을 끊어 냈다. 사생활이야 그녀가 상관할 바가 아니었지만 호적 정리도 하지 않은 직원에게 추파를 던지는 남자를 붙일 수는 없었다. 한 재벌가의 젊은 상무가 상담사와 바람이 났다는 소문이라도 돌면 부부 상담을 실패했다는 이력보다 더 큰 흠집이 센터에 남을 것이다.

"제가 첫 번째 내담자가 되어도 괜찮습니다. 상담사님 생각은 어떠신가요?"

이도는 윤선이 아닌 효은에게 답을 요구했다.

13. 증명해 봐요

산소는 바다가 한눈에 내려다보이는 곳에 있었다. 태호의 유언장에 첫 번째로 적혀 있는 내용이 그것이었다. 자신을 만나러 오는 사람들에게 작은 선물이라도 주고 싶었던 걸까. 탁 트인 바다를 보고 앉아 있노라면 세상의 시간이 잠시 멈춘 것만 같았다. 근심, 걱정 따위가 무슨 의미인가. 마음을 앓아 봐야 돌아오는 건 고통이지. 아프지 마라. 미련하지 마라. 그렇게 위로받고 떠나게 만들어 주었다.

"효은이…… 만났습니다."

이도는 한 달에 한 번, 재영도 모르게 태호의 산소를 찾아갔다. 근처의 조그만 슈퍼에서 소주 한 병과 마른오징어 한 마리를 사 들고 올라가 반은 태호의 몫으로 뿌리고, 나머지 반은 자신이 마셨다. 그러기 위해선 차는 가지고 갈 수가 없었다. 버스를 세 번 갈아타고 도착한 어촌의 작은 언덕은 이제 이도의 힐링 장소가 되어 버렸다.

"여전히…… 예쁘던데요."

말간 눈동자와 목련 같은 새하얀 얼굴. 하나도 달라진 게 없는 여인이 2년 만에 돌아왔다. 잔인하게 이혼 서류까지 보내 놓고, 잘 지냈냐는 인사도 없이 도망치더니, 당당한 커리어 우먼처럼 그의 손을 잡으며 악수에 응했다.

도무지 짐작할 수 없는 여자였다. 이도는 그녀를 생각하며 혼자 웃었다. 그런 그녀라도 얼굴을 보니 살 것만 같았다. 어찌 이럴 수 있는가. 그녀는 그에게 무슨 짓을 한 걸까.

"2년이면 충분하지 않습니까?"

이도가 태호의 무덤을 돌아보며 물었다.

'잘못했습니다. 그녀를 아프게 했습니다. 떠나보냈습니다. 붙잡지 못했습니다.'

태호를 만나러 올 때마다 이도는 무릎을 꿇고 그에게 빌었다. 시간이 지날수록 억울하기도 했다. '꼭 그때 가서야만 했습니까?' 그리움을 견디지 못해 멍청한 물음을 뱉어 낼 때도 있었다. 소중한 게 딱 하나 생겼는데, 그 사람만 곁에 있으면 뭐든 다 견디고 살아갈 수 있었는데. 그냥 아무것도 모르게 두실 수는 없었는지. 뻔뻔하게도 반성은 원망으로 변해 갔다.

"압니다. 못난 놈이라는 거……."

소주 몇 잔에 취기가 오른 이도는 풀밭에 누워 버렸다. 어느새 하늘이 높고 파란 가을이었다. 차가운 바람이 뺨을 스쳤다. 효은이 그를 떠난 계절. 그 높고 푸름이 싫어 이도는 한 팔을 들어 눈을 가렸다. 앞이 보이지 않자 모든 게 고요해졌다. 잠이 온다고 생각했다. 꿈속으로 들어가는 중일 거라고.

"누가…… 여기 오래요?"

효은의 목소리였다. 이도는 눈을 가리고 있던 팔을 내렸다.

앞서 걸어 내려가는 효은의 발걸음에 화가 묻어 있었다. 그것조차 좋아 이도는 뒤따라 걸으며 웃었다. 이렇게 만날지도 모른다는 걸 예상하지 못했다면 거짓말이겠지. 철저하게 계산하며 그녀를 기다린 것이겠지. 권이도가 어떤 놈인데. 그는 자신의 행동을 객관화하며 효은이 무슨 말이든 더 걸어 주길 바랐다. 바람이 이루어지려는 것인지 갑작스레 걸음을 멈춘 효은이 돌아섰다. 이도도 같이 멈춰 섰다.

"앞으로 오지 마요."

날카로운 목소리가 가슴을 찔렀다.

그가 말을 건네려 하자 효은이 다시 돌아서 걸었다. 그러다 또 할 말이 생각난 듯 뒤를 돌아봤다. 눈빛은 여전히 칼날 같았다.

"오기만 해 봐요."

또 돌아섰다. 이번엔 걷지도 않고 다시 뒤돌았다.

"하려면 제대로 하든지. 할아버지 소주 못 마시거든요."

그러곤 또 돌아섰다. 이도는 이제 웃을 수밖에 없었다. 효은이 또다시 뒤로 돌았다.

"웃음이 나와요?"

"우연이…… 세 번이면, 필연이라던데."

이도는 엉뚱하게 전혀 다른 말을 했다. 효은이 헛웃음을 터뜨렸다.

"그게 무슨 우연이에요? 첫 번째는, 그래요. 우연이라고 쳐도. 두 번째는 다 알고 찾아온 거잖아요. 그리고 지금은…… 내가 올 줄 몰랐다고 말할 수 있어요?"

어느새 두 사람은 거리를 좁힌 채 마주 서 있었다. 예전처럼 말을 섞으며 서로를 바라봤다. 이도는 그 세 번 중 두 번이 그가 꾸민 짓이라 해도 알겠다며 피할 생각은 없었다.

"그래서, 내 상담 해 주는 건 생각해 봤어?"

미끼는 얼마든지 던질 수 있었다.

"이혼 서류나 주고 얘기하시죠?"

효은도 호락호락하지 않았다.

"그럼, 밥부터 먹자."

이도가 그녀의 손을 붙잡았다. 효은이 풀어내려 하자, 그가 더 꽉 붙잡으며 얄밉게 말했다.

"밥 먹으면, 원하는 대로 해 줄게."

이 밥 귀신. 또 시작이라는 생각이 들었다. 말려들지 말자 다짐하면서도 어쩔 수가 없었다. 효은은 이도에게 손을 붙잡힌 채 산소 아래로 터벅터벅 내려갔다. 어느새 그들의 뒤편에서 노을이 그림처럼 흐르고 있었다.

✽ ✽ ✽

뜨끈하게 끓인 국수 두 그릇을 앞에 놓고 두 사람은 마주 앉았다.
산소 근처에서 그나마 제대로 먹을 만한 걸 파는 곳은 허름한 국수집
뿐이었다. 태호를 만나고 돌아가는 길에 이도가 꼭 들르는 단골집이
기도 했다.

이곳에 앉아서 먹는 음식만큼은 배고픔을 가시게 해 주었다. 먹어
도 될 것만 같았다. 뭘 그렇게 잘못한 것이냐고 따져 물을 때도 있었
지만 그는 늘 외국 어딘가에서 홀로 자신과 싸워 내는 한 여자를 생각
하면서 그 어떤 것에도 맛을 느끼지 말아야 한다는 강박으로 살았다.

"먹어."

이도는 효은 쪽으로 국수 그릇을 더 밀어 주었다. 효은이 작은 한
숨을 내쉬며 젓가락을 들다가 생각난 것처럼 입을 열었다.

"그 레스토랑에서 스테이크 썰던 이혼한 부부가 결국 어떻게 됐는
지 알아요?"

결혼식을 준비하던 호텔에서 무료 식사권을 미리 써 버렸던 그때,
해 주었던 이야기를 말하는 것 같았다. 우리는 그러지 말자고. 이게
처음이자 마지막이라고. 미련 같은 건 갖지 말자고 얄밉게 말하던 그
녀가 떠올랐다.

"어떻게 됐는데?"

이도는 궁금하지 않았지만 물어 주었다.

"둘 중 한 사람이 좋은 사람 만나서 재혼했어요. 다른 한쪽은 아무렇지 않게 결혼식에 가서 축가까지 불러 주고요."

"설마, 나한테 축가 불러 달라는 소리는 아니지?"

이도가 반응 없는 표정으로 되물었다.

"내 결혼식에 아저씨가 왜 와요? 오기만 해 봐요."

오히려 발끈한 건 효은이었다. 귀여웠던 여자는 2년이 지났어도 여전히 귀여웠다. 이도는 효은과 이렇게 나누는 일상이 얼마나 소중한 것이었는지 그녀를 보내고 나서야 깨닫고 말았다. 여전히 멍청하게.

"아무튼, 미련이 남았어도 결국 그건 미련일 뿐이라는 걸 알았다는 거예요. 서로 새로운 인생을 축복해 주는 게 해피 엔딩인 거죠."

그 뒤의 진짜 결말은 쏙 빼놓고 효은은 이도에게 충고했다. 어디다가 해피 엔딩을 갖다 붙이냐는 표정으로 그가 자신을 보자 효은은 만족스러운 얼굴로 젓가락을 들었다.

"잘 먹을게요."

그녀는 호호 불며 국수를 맛있게 먹기 시작했다. 이도는 그 드라마가 어떻게 끝났든 상관없는 사람처럼 효은을 따라 국수에만 집중했다. 맛이 좋아 두 사람은 말도 없이 국수 한 그릇을 다 비워 냈다.

"다 먹었어요."

그러니까 원하는 대로 해 달라는 것처럼 효은의 눈빛에는 못다 한 말이 가득 담겨 있었다. 이도는 시선을 피하며 다시 젓가락질을 했다.

"내 부탁 들어주면 원하는 대로 해 줄게."

"밥 먹자면서요? 들어줬잖아요. 지금."

"이번 한 번이라고 말한 적은 없어. 평생 같이 밥 먹어 달라는 거면 어떡하려고?"

이 아저씨가 정말. 효은은 이도를 노려봤다. 사기 칠 게 따로 있지, 또 바보같이 그를 믿은 게 잘못이었다. 효은은 가방을 챙겨 자리에서 일어났다.

"장효은."

"난 장난 아니에요."

그제야 효은이 제대로 된 눈빛으로 이도를 바라봤다.

"나도 아니야."

이도 역시 진지하게 그녀를 올려다봤다. 농담으로 감정을 숨기고 뒤로 미뤄 봤자 소용없었다. 두 사람은 이제 진심으로 서로에게 다가설 수밖에 없었다.

"네가 원하는 대로 보내 줬어. 벌받으라고 해서 받고 있는 중이야. 그러니까 너도 나한테 기회란 걸 줘야 하는 거 아니야? 굳이 따지자면 서로 원하는 걸 갖기 위해 계약처럼 한 결혼이야. 너도 거기에 대한 책임을 져야지."

하. 효은은 어이가 없어 다시 그 자리에 주저앉았다.

"그래서…… 원하는 게 뭔데요?"

들어나 보자 싶었다.

"상담해 달라는 거 진심이야."

역시나. 괴롭히는 방법도 가지가지였다. 최 박사는 이도의 의중을 좋게 바라보지 않았다. 적당하게 거절할 수 있도록 상황을 만들겠다고 했다. 효은도 그 생각에 동의했다.

"다른 사람 찾아요. 난 전문가 아니에요."

"네가 해야 고칠 수 있는 병이야."

이도는 더 이상 할 말이 없게 만들어 버렸다.

두 사람의 시선이 가만히 얽혀 들기만 했다. 뭐라고 할까. 무슨 말을 해야 할까. 당신이 아픈 걸 내가 왜 고쳐야 하냐고 따져 물어야 하나. 아픈 건 나도 마찬가지인데. 왜 서로를 힘들게 하며 과거를 되새기는 짓을 해야 하는지 이유를 모르겠다고 더 크게 그에게 상처를 줘 버려야 하나.

효은은 깊이 생각하기 싫었다. 원하는 걸 해 주고 원하는 걸 받자 싶었다. 못 할 것도 없었다. 상담은 이제 그녀가 끝도 없이 해야 할 일이었으니까. 공적으로 대하면 그뿐이었다.

"알았어요. 특별한 케이스니까 돈도 많이 받을 거예요. 진짜 내담자처럼 대할 거고요. 다른 걸 원하면 그만둘 거예요. 그리고 끝나면 꼭…… 이혼해 준다고 약속해 줘요."

"……."

그녀의 입에서 아무렇지 않게 나오는 '이혼'이란 단어가 이도는 야속하기만 했다. 내가 왜 바보처럼 2년을 잠자코 기다리기만 했는지 아냐고 따져 물을 수도 없었다.

"지금은, 여전히 남편이긴 한 거야?"

서운함은 결국 비꼬인 말로 튀어나오고 말았다.

"가짜였잖아요. 무슨 의미를 찾아요?"

효은은 그렇게 믿고 있었다. 하지만 이도는 이제 물러날 생각이 없었다. 변명이라도 해야 살 수 있었다. 악착같이 기회를 붙잡을 것이다.

말없이 일어난 그가 효은을 일으켰다. 그들의 투닥거림을 지켜보고 있던 주인장에게 밥값을 지불하고 또다시 효은의 손을 붙잡았다.

단단한 완력에 이끌려 나가며 그녀는 이도의 뒤통수만 노려봤다. 미워할 수도, 그렇다고 좋아할 수도 없는 감정이었다. 설명할 수가 없어 답답해 미칠 것 같은 막막함이었다.

"혼자 갈 수 있어요."

"내가 못 가겠어."

이도가 또 그녀의 입을 막아 버렸다.

✾ ✾ ✾

"상담을…… 해 보겠다고요?"

윤선의 질문에 효은은 고개를 끄덕이며 대답했다.

"네. 높으신 분이니 이력에 도움이 될 것 같아서요. 제가, 내담자를 가릴 처지는 아니잖아요."

효은의 결정은 의외였다. 최 박사의 추측은 역시나 두 사람이 모르는 사이가 아니라는 것에 맞춰지고 있었다. 효은이 한다고 하면 그녀가 말릴 이유는 없었지만 걱정스러운 건 여전했다. 더군다나 첫 내담자였다. 그게 효은이 앞으로 걸어갈 상담사의 길에서 얼마나 큰 부분을 차지하는지 누구보다 최 박사 자신이 잘 알고 있었다.

"알겠어요. 상담 일지는 나한테 보고하도록 해요. 막히는 게 있으면 언제든지 묻고."

"네. 열심히 해 보겠습니다."

"아, 그럼 양쪽 같이 진행하기로 했어요?"

윤선이 당연한 듯 물었다.

"네?"

"와이프 쪽도 참여하는 게 좋을 텐데."

"아……."

효은은 어떻게 대답해야 할지 곧바로 말을 찾지 못했다. 그 와이프가 자신이라는 소리만큼 쇼킹하고 황당한 게 없으리라. 이도의 억지로 결정한 일이지만 정말 이게 무슨 짓인가 싶기도 했다.

"그렇다고 너무 부담 갖지는 말고요. 문제가 그 상무 쪽일 수도 있으니까. 잘 풀어 나가 봐요."

"아, 네네. 잘 진행해 보겠습니다."

얼른 마무리 대답을 하고 효은은 최 박사의 집무실을 빠져나갔다.

한국에 돌아오자마자 모든 일이 한꺼번에 쏟아지는 기분이었다. 바쁘게 일하길 원했지만, 그 남자로 인해 그렇게 되길 원한 건 아니었는데. 효은은 깊은 한숨을 내쉬고 자리에 앉았다. 업무를 시작하기 전에 핸드폰을 확인하니 문자가 두 통이나 들어와 있었다.

[오늘 칼퇴근 예상. 저녁 먹자.]

승재는 그녀를 기다리고만 있을 생각이 아닌 것 같았다. 망설이느라 곧장 답장을 보내지 못하고 다음 문자를 누르자 머리가 지끈거렸다.

[상담 오늘부터 할 수 있을까?]

효은은 머리를 감싸 쥐며 책상 위로 고개를 숙였다.

❀ ❀ ❀

"여기."

승재가 효은을 발견하고 손을 흔들었다. 굳이 센터 앞까지 데리러 온다는 걸 말릴 순 없었다. 어느새 기수의 차는 승재의 것이 되어 버린 걸까. 아니면 사정을 말하고 장기간 빌리기라도 한 건가. 그게 효은에게 점수를 따기 위한 것이라면 그녀는 죄책감이 더 커질 수밖에 없었다.

"파스타 괜찮지?"

효은이 차에 오르자 승재가 그녀의 안전벨트를 체크하며 물었다.

"어. 아무거나."

그날의 고백 이후 두 사람 사이에 흐르는 공기는 더할 나위 없이 어색하기만 했다. 승재와 시선이 마주치면 효은은 어색하게 웃으며 피해 버렸고, 시답잖은 얘기를 하며 분위기를 예전으로 돌리기 위해 아주 많은 노력을 해야 했다. 곧 누구 하나가 터져 버려서 솔직해지기 직전의 긴장감이 식당으로 가는 내내 둘 사이를 감돌았다.

이럴 줄 몰랐다면 거짓말이겠지. 하지만 승재는 자신의 고백을 후회하지 않았다. 더 이상 효은이 아픈 것이 싫었고, 그녀를 웃게 해 주고 위로해 줄 사람이 자신뿐이었으면 하고 욕심을 내 보려 했다. 효은이 떠났던 2년이란 시간이 그에게도 감출 수 없는 용기를 주었다.

"여기…… 너무 비싼 곳 아니야?"

레스토랑은 말단 공무원이 부담 없이 한 끼 식사를 하기엔 부담스러운 분위기였다. 언젠가 이도와 가 본 적 있는 한강이 내려다보이는 뷰가 아주 좋았던 그곳과 비슷했다.

"내 버킷 리스트. 너랑 이런 곳에서 꼭 밥 한번 먹고 싶었거든."

승재의 말에 효은은 더 이상 부담스런 내색을 할 수가 없었다. 녀석이 그녀에게 어떤 마음을 품고 있는 것인지 정확히 알 수는 없었지만 그들에게는 친구였던 시간이 존재했다. 차분히 감정을 구분할 대화는 나누어야 한다는 생각이 들었다. 그 기회조차 승재에게 주지 않는다면 효은 역시 후회할지도 몰랐다. 무엇보다 그녀의 현재 감정을 녀석에게 털어놓는 게 우선이라는 생각이 들었다.

"나는, 승재야."

"밥 먹고. 먹고 해도 되잖아."

승재가 그녀의 말을 막았다. 불안하게 흔들리는 녀석의 눈빛이 안타까웠다. 우리는 왜 이렇게 되어 버린 것일까. 누구보다 그녀를 사랑해 줄 남자라는 건 의심의 여지가 없었다.

"알았어. 먹고, 얘기해. 그래도 안 늦어."

효은이 웃으며 대답했다.

❀ ❀ ❀

[오늘은 불가능합니다. 상담 일정 잡아 연락드리겠습니다.]

딱딱하게 날아온 문자에선 찬바람이 쌩쌩 부는 것만 같았다. 이도는 자신의 뜻대로 만남이 성사되리라 예상하지 않았지만 어쩐지 마음은 서운함으로 가득 차 버렸다. 태호의 산소에서 만난 날, 집 앞까지 데려다주겠다는 그의 제안을 순순히 따르는 효은을 보며 조금은 가능성을 내어 준 것이라 착각하기도 했다.

하지만 요령 없는 연애 고자가 이혼 서류를 내민 와이프의 마음을 돌리기가 쉬울 리 없었다. 이도는 도움을 요청하기 위해 앞에 앉은 재영을 한 번 바라보다 곧장 고개를 흔들었다. 어느 날의 기억이 떠오르는 것도 같았다.

"안 만나 준답니까?"

그의 모든 걸 읽고 있었던 사람처럼 재영이 불쑥 말을 던졌다.

"어떻게 알았어?"

"저 어디 가면 유능한 비서 소리 듣습니다."

"자기 보스 뒷조사하는 게 유능한 건가?"

"기어코 후배 멱살 잡아서 잘리는 일은 없도록 해야 하니까."

재영의 도발에 이도는 그저 웃고 말았다. 술에 취해 효은은 돌아오지 않을 것이라고, 그에게 정신 차리라 소리치던 재영이 떠올랐다. 어쩌면 그때쯤 인정하기 싫었던 현실을 받아들였던 것도 같았다.

"최 박사, 추천한 것도 선배가 한 일이야?"

"내가 아니면 누가 하겠어."

"또 혼나겠군."

효은의 날카로운 눈을 떠올리며 이도는 포기하듯 웃었다.

"사랑이 그런 거야. 구질구질하고. 악착같고. 나라고 재은이 엄마 집 앞에서 울면서 무릎 꿇은 적 없을 줄 알아?"

"굳이 선배의 흑역사를 듣고 싶진 않아."

"그래도 들어. 또 멍청하게 놓치지 말고. 그 여자를 위해서 보내 준다, 놔준다, 그런 웃기는 핑계 대지 말라 그래. 나한테 조금이라도 마음이 남아 있다 싶으면 죽도록 매달리는 거야. 너 없으면 내가 못 산다고. 나 좀 살려 달라고. 그게 사랑이야."

사랑이 이토록 한 인간을 뒤흔들 줄 알았기에 시작조차 하고 싶지 않았던 걸까. 하지만 기어코 그는 사랑이란 걸 앓고야 말았다. 피할 수 없는 운명처럼, 그는 효은을 놓을 수 없었다.

"그리고 사모님도 마냥 그러고 있을 것 같아? 네 눈에 예쁘면 다른 사람 눈엔 더 예뻐. 놓치기 전에 얼른 서두르라고, 인마."

재영은 이제 작정하고 이도를 채근했다. 이도는 저절로 한 남자가 떠올랐다. 효은과 함께 다정하게 아이를 보살피던 친구. 늘 우징이라는 이름으로 효은의 곁을 지키는 남자.

불안감을 느낀 건 어쩌면 그 녀석을 처음 만났을 때부터였을지도 모르겠다. 운명은 늘 그의 편이 아니라고 생각했지만 효은을 사랑할 수 있었던 것을 보면 꼭 그런 것만은 아닌 것 같았다. 그가 그녀를 기다렸듯 그 녀석도 효은에 대한 마음을 키웠을까. 이도는 생각의 끝을 맺을 수 없어 피로한 눈을 감아 버렸다.

❀ ❀ ❀

"요즘 뜨는 곳이라고 해서 예약했는데, 마음에 드세요?"

박 팀장은 에스코트하듯 민아를 레스토랑 안으로 이끌었다. 그의 목적이 무엇인지 모르지 않았다. 며칠 전, 어머니 선영이 그녀와의 식사 자리에 태수를 불러들였을 때, 그 뜻을 알아듣지 못했다면 거짓말일 것이다.

'너도 이제 결혼해야지.'

영원히 이용만 당하다가 가차 없이 버려질 운명인 줄만 알았는데, 선영은 아직도 그녀를 쓸모 있게 생각하는 것 같았다. 그 이유는 잘 알고 있었다.

이도의 비밀을 손에 쥐고도 선영은 회장 자리에 오르지 못했다. 이도가 효은의 할아버지로부터 받은 주식은 선영이 함부로 폭탄을 터뜨리고 선흥을 정복하기엔 위협적인 숫자였다. 그리고 비밀이 새어 나가면 권 회장의 모든 재산이 이도에게로 넘어갈 거란 협박 아닌 협박을 받은 상태였다.

달라진 것은 하나도 없었다. 모든 건 제자리였다. 이도도, 선영도, 회장 자리에 오르지 못한 채 각자의 위치에서 결전의 날만을 준비하고 있었다.

좀 더 자신의 편을 만들기 위해, 더 많은 노력을 해야 할 사람은 당연히 선영이었다. 그녀는 이제 가면을 벗듯 여동생 영란보다 더 악독하게 이도의 뒤통수를 노리고 있었다. 효은의 부재는 그녀에게 기회였다. 그리움에 허덕이는 이도보다 더 회장 자리에 가까이 다가가야 했다. 그 목표를 위해 민아를 이용하는 건 어쩌면 당연했다.

민아가 이제껏 그 비밀을 쥐고 있으면서도 어머니인 그녀에게 말하지 않았던 이유에 대해선 캐묻지 않았다. 한 번 더 민아에게 기회를 주겠다는 것처럼 이도의 측근인 박태수를 딸의 옆에 붙였다. 결혼이라는 그럴듯한 이유를 들어 가면서.

"한강이 잘 보이네요."

"그렇죠? 그게 이곳 포인트랍니다."

민아는 한강이 잘 보이는 곳으로 조금 더 걸어 들어가다 걸음을 멈쳤다. 화사하게 웃고 있는 여자. 밝고 행복한 모습으로 수시로 그녀의 목을 졸랐던 한 여인이 전혀 달라진 것 없이 창가 자리에 앉아 있었다.

"어쩌죠? 갑자기 처리할 일이 생각났어요."

민아는 효은이 저를 알아보기 전에 얼른 고개를 돌렸다. 그녀의 앞에 앉은 남자가 누구인지 안다고 한들, 이제는 모든 걸 포기해야만 했다. 조연으로서의 역할은 이미 끝났다. 이도가 행복했으면 하는 마음은 진심이었고, 더 이상 방해꾼으로 전락하고 싶진 않았다.

"아, 회사로 들어가실 거면 제가……."

"죄송해요. 택시 타고 먼저 갈게요. 그럼."

민아가 돌아서 엘리베이터 쪽으로 향했다. 태수는 이 상황을 어찌해야 하나 판단이 되지 않아 움직이지 못하고 그 자리에 멈춰 서 있었다. 레스토랑 관리자가 그의 쪽으로 다가와 예약을 확인하자 취소하고 돌아설 수도 없었다.

이곳을 예약한다고 지불한 돈이 한 달 치 생활비와 맞먹었다. 갑자기 헛웃음이 흘러나왔다. 욕심이 없었다면 거짓말일 것이다. 사주의 외손녀였고, 그녀의 어머니는 가장 강력한 회장 후보였다. 결혼 전제로 한 맞선 자리를 제안받았을 때 팀장 자리까지 올라오기 위해 악착같이 버텨 온 시간들이 주마등처럼 스쳐 지나갔다.

하지만 당사자인 민아는 그에게 관심조차 보이지 않았다. 이런 게 재벌들의 결혼이라면 그도 맞춰야 하나. 현대판 남자 신데렐라가 되려면 이런 것쯤은 감수해야 하나. 몇 날 며칠을 고민했지만 결론은 그가 노력해야 한다는 것이었다. 그녀의 마음을 가져 보겠다는 생각이었다.

"어…… 안녕하세요?"

분에 넘치는 혼밥을 하느냐 마느냐 고민하는 사이, 누군가 그의 반짝이는 레이더에 걸려 왔다. 기억력 하나는 최고라 자부하는 그는 곧장 그녀가 누구인지 떠올렸다. 교통사고를 당한 권 상무를 대신해 급하게 심리 센터의 최 박사를 만나러 갔을 때 조용히 옆에 앉아 있었던 비서. 어쩐지 자꾸만 눈길이 가던 여자였다.

"이런 우연이. 데이트 왔어요?"

태수의 시선이 승재에게로 향했다.

효은은 식사를 마치고 승재와 레스토랑을 빠져나가던 길이었다.

"아…… 안녕하셨어요. 식사하러 오셨나 봐요."

"네. 그랬는데, 보시다시피 혼밥 해야 할 상황이네요."

"아, 저런……."

효은은 위로 차원에서 흐리게 웃었다.

"그러고 보니, 제가 이름도 기억을 못 하네요."

"아, 장효은입니다."

효은은 얼른 지갑에서 종이 한 장을 꺼내 내밀었다. 뜨끈하게 만들어 처음으로 내밀어 보는 그녀의 이름이 정직하게 박힌 자랑스러운 명함이었다.

"잘됐네요. 만난 김에 다음 회의 일정 좀 잡을까요? 저희 상무님이 이번 프로젝트에 관심이 많으신 편이라. 마무리 보고서는 다음 주 중에 보내 드릴 것 같습니다. 지금 주신 명함에 적힌 메일로 보내 드리면 되겠죠?"

"아, 네. 그렇게 해 주시면 제가 박사님과 일정 잡아서 연락드리겠습니다."

어쩌다 보니 일 얘기만 한 것 같아 태수는 얼른 효은의 옆에 서 있는 남자에게 짤막하게 인사를 건네고 덕담을 덧붙였다.

"그럼, 효은 씨라도 즐겁게 데이트하세요."

데이트란 말에 효은도, 그 옆의 남자도 잠깐 어색하게 얼굴을 붉혔다. 시작하는 연인인가. 태수는 좋을 때라 생각하며 레스토랑을 벗어나는 두 사람을 흐뭇하게 바라보았다.

그 순간, 주머니에서 진동이 울렸다. 혹시나 미안함을 느낀 민아에게서 연락이 온 건가 싶어 얼른 핸드폰을 꺼내 확인했다.

"네. 상무님."

원하는 인물이 아니었다. 태수는 힘이 빠진 목소리로 전화를 받았다.

— 심리 센터 설립 보고서 언제쯤 완성된다고 했죠?

지독한 워커홀릭이 한동안 좀 잠잠하다 했는데, 다시 그 시작을 알리는 것 같았다. 권 상무는 최근 들어 노인 심리 센터 일에 열을 올랐다. 그가 중요하게 준비해 온 프로젝트라는 건 알고 있었지만 이렇게 하나하나 관여할 줄은 몰랐다. 특히나 센터의 최 박사를 만나고 온 날부터는 그 관심이 더 심해졌다.

"월요일 오전에 마무리해서 올리겠습니다."

주말을 반납하겠다는 선전 포고였다.

— 박 팀장, 싱글입니까?

"네?"

— 데이트 없습니까?

그걸 신경 쓰는 사람이 금요일 저녁에 전화를 걸어 와 업무 이야기를 한다는 게 더 잔인한 처사가 아닌가. 태수는 이도를 존경하긴 했지만 좋아할 순 없었다.

"일은 일이죠. 그리고 방금 최 박사님 비서분 만나서 다음 주 중에 만남 일정 조율하기로 약속해 둔 상태입니다."

태수는 아무 거리낌 없이 상황을 보고했다. 그러자 상대편에선 답이 없었다. 전화가 끊어졌나 확인을 하려는데 뒤늦게 이도의 목소리가 들려왔다.

— ……누구를…… 만났다고요?

"장효은 씨라고, 최 박사님 비서분이요. 실무 담당해 주실 분이라서. 이야기는 잘 끝냈습니다."

— 따로 약속 잡고 만난 겁니까?

다짜고짜 물음이 날아왔다.

"네?"

— 최 박사 비서 말입니다.

"아, 그런 건 아니고. 우연히 레스토랑에서 만났습니다."

뒷말은 이어지지 않았다. 태수는 자신의 보스가 이상하다는 생각을 했지만 의심할 부분은 없었다.

"상무님……?"

— 알겠습니다. 쉬어요.

전화는 곧장 끊어졌다. 눈치 빠른 태수는 잠깐 머리를 굴렸다. 마지막 통화 내용을 유추했을 때 지금 권 상무가 꽂힌 포인트는 최 박사의 비서였다. 얼마 전 상무가 직접 실무진들을 만나고 돌아왔다 했으니 분명 그녀도 만났을 것이다. 그때 혹시 다른 쪽으로 관심이 생긴 걸까. 그가 느끼기에도 효은은 어리지만 당차고 매력적인 포인트가 많은 여자였다.

그렇다고 한들 권 상무는 현재 기혼인 상태였다. 전해 듣기로 어린 와이프와 별거 중이며 최근엔 이혼 서류를 정리한다는 소문까지 나돌았다. 경력직으로 선흥에 입사한 태수는 그 여인이 어떤 인물인지 가십으로만 전해 들었다. 젊은 상무의 어린 신부는 보호 차원인지 대외적으로 얼굴을 오픈하지 않았다. 당연한 일일 것이다. 어느 쪽이든 불리한 것은 상무가 아니라 여자일 테니까.

그의 사생활이야 자신이 관여할 부분이 아니었지만 아직 서류 정리도 완전히 끝내지 않고 다른 여인에게 이렇듯 사심을 드러내는 건 평소 권 상무의 스타일과는 맞지 않아 보였다. 뭐, 남자라는 동물이 다 똑같다는 건 그도 동의하는 바이다. 특히나 이도의 위치에서 여자 문제가 깨끗하다면 그것도 믿지 못할 일이었다. 태수는 더 이상 생각을 이어 가는 게 우습다고 여기며 지금 자신의 문제에 집중했다.

"고객님, 식사는 어떻게 할까요?"

총지배인의 물음에 태수는 간단히 대답했다.

"다음에 하죠."

오늘은 비싼 혼밥 대신 주말 야근이 예약되어 버렸다.

✷ ✷ ✷

"같이 일하는 사람이야?"

"……어?"

승재의 물음이 뒤늦게 효은의 귀에 들려와 대답이 늦어졌다.

무슨 정신으로 레스토랑을 빠져나와 녀석의 차에 올랐는지 모르겠다. 그의 부하 직원을 우연히 만날 수도 있었다. 그게 뭐라고. 흔한 우연이었다. 하지만 마음은 무겁게 가라앉았다. 승재도 그것을 눈치챘을 것이다. 효은은 시간을 더 유예할 수 없었다.

"나, 그 사람이랑 일적으로 만나기로 했어."

앞뒤 설명 없이 다짜고짜 내뱉는 통보 같은 말이었다. 승재는 잠시 효은을 보더니 싱겁게 웃어 버렸다.

"그게, 그렇게 큰일이야?"

"너, 나 좋아한다며?"

"그래서?"

"내가 그 사람이랑 부딪치는 거 싫을 거 아니야?"

"네가 그 사람이랑 부딪치는 게 싫은 게 아니라 네 마음이 아직 그 사람한테 흔들리는 게 싫은 거야. 넌 아니라고 하지만, 내 눈엔 그게 다 보이니까."

"그렇게 다 알면서 나한테 고백은 왜 한 건데?"

"그런 너라도…… 좋아하니까."

한승재 역시 그녀를 할 말이 없게 만들었다. 어쩌면 이 녀석의 짝 사랑은 그녀가 생각한 것보다 훨씬 이전부터 차곡차곡 쌓여 온 것일지도 모른다는 생각이 들었다. 그녀가 그 옛날 그를 생각하면서 지울 수 없는 마음을 원망했듯이. 사랑은 같은 방향일 땐 가장 아름답지만, 그것이 세상에서 제일 어렵다는 걸 효은도, 승재도, 너무 일찍 깨달아 버렸다.

"그 사람, 만나. 피하지만 말고. 그래야 극복할 수 있는 거 아니야?"

"네가 상담사니?"

"원래 중이 제 머리는 못 깎는 거야."

"넌……. 네 마음은 어떻게 할 건데?"

내가 그 사람한테 흔들리는 거, 지켜보고 있을 수 있냐고 물었다. 흔들리다가, 그러다가, 그 사람한테 가 버리면, 네 사랑이 너무 슬프지 않겠냐고. 효은은 그녀를 좋아하는 남자 승재가 아니라 가장 친한 친구인 승재가 더 걱정스러웠다.

"인생에 정해진 답이 어디 있겠어? 난 그냥…… 열심히 이 자리를 지킬 거야. 네가 그 사람 다 잊었다고 나한테 달려와서 안아 달라고 하면 축배를 마실 거고. 네가 그 사람한테 가야 할 것 같다고 보내 달라고 하면, 조인성처럼 주먹 물고 눈물 참으면서 보내 주면 되는 거고."

"왜 공무원이 됐어? 상담사가 딱인데."

효은이 한결 가벼운 미소를 띠며 승재를 바라봤다. 이런 말을 건네주는 것도 녀석의 배려일 것이다. 우리는 어쩌면 사랑보다 우정이 먼저여서 쉽지 않을 것이고, 결국에 이뤄진다면 그것은 우정이 바탕이 되었기 때문이라고 이유를 가져다 붙일 수 있을 테다.

"선택은 네 몫이지만 최단 기간 공무원 합격자를 무시하지 마라."

"뭐?"

"성실함과 끈기가 없으면 그거 아무나 못 해."

효은은 웃음이 터지고 말았다. 사랑도 공부처럼 파이팅 해 보겠다는 녀석을 어떻게 미워할 수 있을까.

두 사람은 어느새 효은의 새집 앞에 도착했다. 작은 원룸이었지만, 그 지분이 이도에게 받은 위자료가 절반 이상이었지만, 효은에게는 최선의 보금자리였다.

"갈게. 조심해서 가."

효은이 문을 열자 승재가 따라 내리려 했다.

"너 지금 내리면, 삼자대면해야 한다?"

집 앞에 서 있는 한 남자를 발견한 효은이 승재를 붙잡았다. 룸미러로 뒤쪽의 인물을 확인한 승재는 순순히 고개를 끄덕여 주었다. 효은의 입장을 난처하게 하고 싶은 마음은 없었다. 그녀가 내리고 승재는 차를 출발하려 했지만 쉽지 않았다. 시선이 자꾸만 두 사람에게로 향해 불안한 마음을 잠재우기가 어려웠다.

"내 문자 못 봤어요?"

천천히 집 앞으로 걸어간 효은이 이도의 앞에 멈춰 섰다. 차에 기대고 있던 몸을 일으킨 그의 시선이 효은이 내린 차에서 그녀에게로 천천히 옮겨 왔다.

"봤어."

"그럼, 돌아가요."

이도가 그녀에게 무언가를 내밀었다. 사진 한 장이었다. 어느 날, 그녀가 그를 데리고 갔던 놀이공원에서 찍은 폴라로이드 사진. 효은은 웃고 있었고, 이도는 그런 그녀를 내려다보고 있었다.

"이건 왜 안 챙겨 갔어?"

상처를 헤집는 방법도 가지가지였다. 이런 걸 볼모로 그녀에게 동정심이라도 얻어 보겠다는 심산인 걸까. 천하의 권이도가 이렇게 구질구질한 남자였나. 사람의 마음을 함부로 쑤시는 법을 그는 너무나 잘 알고 있었다.

"이거 주려고, 이 밤에 여기까지 왔어요?"

"아니."

이도가 웃었다. 자신이 생각해도 지금의 행동이 유치해 보였다.

"진짜 이유는 박 팀장 전화."

효은의 심장이 쿵, 하고 내려앉았다.

"레스토랑에서 널 만났다는 얘기를 듣는 순간, 누구랑 같이 있는지 궁금해 미칠 지경인데, 아무것도 묻지 못했거든. 그래서 비겁하게 다른 머리를 써서 여기 올 이유를 만들었어. 이 사진이 아주 적절했고."

이렇게 뻔뻔하고 솔직하면 어쩌자는 건가 싶었다. 효은은 더 이상 도망갈 구멍이 없는 것만 같은 기분이었다.

"내가 누굴 만나든 아저씨랑 무슨 상관이에요? 당신은 나한테 처음부터 모든 걸 숨기고 단 한 번도 진심인 적이 없었는데, 왜 나는 내 맘대로 못 해요? 그 의미 없는 결혼 서류 한 장 때문에 남편 자격이라도 운운할 생각이에요? 진짜 구차하고 구질구질한 거 알아요?"

"알아."

이도는 간단하게 인정했다. 효은은 어이가 없어 웃음만 나왔다.

"나한테 도대체 왜 이러냐고요!"

효은의 눈에 눈물이 가득 차올랐다. 이 눈물이란 게 왜 이 남자에게만 반응하는 것인지 그녀도 알 길이 없어 억울했다.

"난 아직도…… 2년 전처럼, 네가 내 옆에 있다는 마음으로 살아."

이도는 2년 전의 그곳에서 어제 돌아온 사람처럼 말했다.

"그거 병이에요."

효은은 야멸차게 현실을 일러 주었다.

"그러니까 빨리 고쳐야지."

효은은 피하던 이도를 마주 바라봤다. 눈에는 눈 이에는 이였다. 막무가내인 그를 상대하려면 그녀 역시 평범하게 자세를 낮추어선 안 되었다.

"알겠어요. 최대한 빨리 고쳐서 잊게 해 줄 테니까. 돈이나 넉넉하게 준비하세요."

효은은 이제 그 방법밖에 없다는 생각이 들었다.

"시간도 아낄 겸 잘됐네요. 오늘 할까요? 이왕이면 상담 장소는 내 집 어때요? 내가 당신이 아는 그 옛날, 장효은이 아니라는 걸 알려 주기엔 제격인 것 같은데."

눈물을 머금은 오기 가득한 도발이었다.

"자신 있어?"

이도가 진지하게 물었다.

"뭐가요?"

"내가 울 수도 있어."

당황한 효은이 숨을 멈췄다. 이러면서 뭘 한다고. 이도가 손을 들어 그녀의 눈가를 훔쳐 냈다. 어딜 만지냐며 효은이 날카롭게 손을 쳐 내자 그가 입꼬리를 올렸다. 뭐든, 효은과 있으면 그는 바보가 되어 갔다. 아주 큰 병이었다.

서둘러 옷가지들을 집어 든 효은이 베란다 밖으로 대충 던져 놓았다. 집은 이사 온 모습 그대로 박스조차 풀지 않은 난장판이었다. 마치 지금 그녀의 마음을 대변해 주는 것처럼 말이다.

"방이……?"

이도는 현관 중문을 열자마자 우뚝 멈춰 섰다.

"잔, 잔소리하지 마요."

"……."

"남편 같은 소리 하기만 해 봐요."

무시무시한 경고가 한 번 더 날아왔다.

"아직 남편이야. 도장 안 찍었어."

이도는 뻔뻔하게 말하고는 적당한 곳에 자리를 잡고 앉았다. 엉덩이에 무언가 걸려 들어 올려 보니 효은의 속옷이었다. 눈이 휘둥그레진 그녀가 날아오듯 소파로 달려와 이도의 손에 들린 그것을 낚아채곤 등 뒤에 숨겼다.

"도우미 아줌마 붙여 줄까?"

"내가 알아서 해요. ……아직도 남편인 것처럼 굴지 말라고요. 진짜 마지막 경고예요."

효은이 최대한 날카롭게 그를 노려보며 눈을 부릅떴다. 이도는 그것이 보이지 않는 것처럼 웃으며 그녀의 시선을 피해 방 안을 돌아봤다.

이런 작은 공간에서 복작이며 사는 것이 그녀의 꿈인 것일까. 또래들처럼 평범한 직장인이 되고 싶어서 2년 만에 돌아와 이리도 정신없이 일상을 살아 내는 걸까. 그 이유 안에는 이도를 지우기 위한 노력도 포함되어 있는 걸까. 겁이 나 묻지 못할 말들이 입 안에서 맴돌았다.

"마실 거 뭐 줄까요? 물밖에 없지만."

효은은 주방에 서서 머그 컵을 받칠 쟁반을 찾고 있었다. 뭐가 어디에 있는지 그녀조차 알 수가 없었다. 이 집으로 이사 온 날, 그녀는 바닥에 누워 펑펑 눈물을 쏟았다. 그리웠던 한국으로 돌아왔다는 안도감과 이제 그녀를 반겨 줄 사람이 아무도 없다는 쓸쓸함이 동시에 몰아치며 진짜 혼자라는 것이 실감 나 버렸다.

"물은 냉장고에 있는 거 아니야?"

어느새 그녀의 등 뒤로 다가온 이도가 물었다. 은은하게 퍼지는 그의 향수 냄새가 가까이에서 느껴지자 효은은 또다시 눈가가 시큰거렸다. 울지 않기 위해 수없이 연습했는데 이리도 쉽게 무너지다니. 그녀 자신이 생각해도 허무했다.

"쟁반이 없어요."

입술을 질끈 깨문 효은은 밝은 목소리로 말하며 찬장 이곳저곳을 열어 보았다.

"여기 있네."

먼저 쟁반을 찾아 낸 이도가 효은의 앞에 내밀었다. 그것을 받아 들고 효은은 얼른 머그 컵에 생수를 따랐다. 그의 시선이 여전히 그녀에게로 향해 있다는 것을 알고 있었지만 마주 바라볼 수가 없었다. 그러면 모든 걸 다 들켜 버릴 테니까. 호기롭게 혼자가 되겠다고 떠나 버려 놓고선 여전히 하나도 바뀌지 않은 울보처럼 보일 순 없었다.

"장효은."

그가 알아챘다는 경고였다. 효은은 얼른 쟁반을 들고 소파 쪽으로 걸어가 그를 기다렸다. 이도가 그곳에 앉자, 그의 앞에 물잔을 내밀었다.

"고마워. 잘 마실게."

쟁반을 내려놓은 효은이 그제야 그와 시선을 마주했다.

"그리고 부탁드릴게요. 상담 중에는 존댓말을 써 주세요. 철저하게 상담사와 내담자로 대하기로 했잖아요. 그 정도는 당연하게 지켜 줄 거라 믿습니다."

이도가 효은을 올려다보며 웃었다.

"네. 상담사님. 목이 아프니 좀 앉으시면 안 됩니까?"

"아. 죄송합니다."

효은은 이도의 옆에 다가가 앉았다.

그리고 뭔가 이상하다는 생각이 들었다. 원래 상담은 마주 보고 앉아 내담자의 표정과 감정을 읽으며 진행해야 하는 것이었다. 효은은 다시 일어나 이삿짐 박스 두 개를 끌어왔다. 하나는 찻잔을 놔둘 수 있게 그의 앞에 두고, 다른 하나에는 자신이 앉았다. 그제야 얼추 분위기가 갖춰진 느낌이었다.

"이제 상담 시작하겠습니다. 원래는 여러 검사들을 먼저 진행하고 상담하는 게 원칙인데, 내담자님께서 빨리 자기 병을 고치라고 난리를 치셔서 우선 급하신 문제부터 상담해 보겠습니다."

효은은 가방에서 수첩과 펜을 꺼내 들었다. 그의 이야기를 적어 두고 상담 일지를 적어야 했기 때문이었다.

"그리고 미리 말씀드리지만 저는 병을 고치는 의사가 아닙니다. 내담자님이 스스로 병을 이길 수 있도록 이야기를 들어 주고 도와주는 조언자입니다. 마음의 병은 결국 스스로가 이겨 내야 한다는 걸 본인이 인식하고 계셔야 해요."

효은은 막힘없이 이도를 내담자로 대하며 그녀가 원칙으로 삼는 상담 철학을 일러 주었다. 똑 부러지게 자신의 생각을 전하고 상대가 신뢰할 수 있도록 믿음을 주는 모습이 아마추어 같지 않았다. 그가 첫 내담자라는 말에 어느 정도는 시행착오가 있을 것이라 추측했는데 그것은 모두 쓸데없는 걱정일 뿐이었다. 정말 누가 누굴 걱정할까 싶었다. 효은이 이만큼 견뎌 준 것만으로도 이도는 만족스러웠다.

"권이도 씨, 아니, 편하게 이도 씨라고 부를게요. 지금 가장 큰 문제가 무엇인가요? 몸의 변화든 감정의 상태든 편하게 말씀해 주세요."

효은이 곧장 그의 상태를 빠짐없이 적어 두겠다는 것처럼 상담사의 눈빛으로 물었다.

"꿈에 한 여자가 자꾸 나타나서 목을 졸라요."

이도는 덤덤히 현실을 말했다. 효은은 그 여자가 자신이라는 것을 의심할 여지가 없어 뜨끔한 표정으로 이도를 바라봤다. 상담사를 아주 불편하게 만드는 내담자인 건 확실했다.

"그, 그 여자와는 어떤 관계인가요?"

"같이 살았습니다."

그게 너라는 것처럼 이도의 눈동자가 선명해졌다.

"여자가 떠났군요."

그녀가 먼저 정답을 말해 주었다.

"그럴 수 있습니다. 갑작스런 이별은 상처를 남기게 되어 있으니까요. 그 여자를 잊어 보려고 노력해 보셨나요?"

"……잊어야 할 이유가 없습니다."

이도의 대답은 당당했다. 효은은 잠시 할 말을 잃었다. 지금 우리는 무엇을 하고 있는가. 문득 현실감이 찾아들었다. 또 이런 의미 없는 연극 놀이로 누구의 잘못을 따지겠다는 것인가.

그는 결국 변명을 하고 싶은 걸까. 과거를 되돌려 끝내 용서받아 그의 잘못을 털어 내고 싶은 건가. 완벽해지고 싶은 사람이니까. 상대를 배려하지 않고 철저히 자신의 감정만을 내세운 이기심이었다.

"그 여자는 이미 당신을 잊었다면요? 마음은 일방통행일 때 의미를 잃는 법입니다. 그 여자는 이도 씨를 잊고 아주 잘 살고 있을지도 몰라요. 이도 씨만 지나간 과거 속에서 벗어나지 못하고 있는 것일 수도 있다고요. 바보같이 그럴 필요 있을까요?"

효은은 차분히 설득했다.

"……그 여자한테 하지 못한 말이 있습니다."

이도가 몸을 좀 더 효은의 앞으로 숙이며 본론을 꺼냈다. 효은은 이도의 끈질긴 시선을 마주하다 작은 한숨이 섞인 웃음을 내놓았다.

"결국은, 그 여자한테 이도 씨의 잘못을 변명하고 싶은 거군요. 마음의 짐을 덜고 싶은 거예요? 왜요? 그 여자가 이도 씨 때문에 상처받길 원해요? 지금 이도 씨가 아프기 때문이에요?"

"사랑하는 사람이, 상처받길 원하는 사람은 없을 겁니다."

사랑하는 사람. 이도는 입 밖으로 자신의 감정을 정의 내렸다. 효은은 입을 닫고 그를 무연히 바라봤다. 그 말 뿐인 단어가 그녀에겐 더 상처였다는 걸 왜 모르는 걸까. 그 밤, '사랑해.'라는 고백을 남기고 떠난 그가 향한 곳은 그녀를 사랑한다면 절대 갈 수 없는 곳이었다. 적어도 그 이유조차는 설명해 주었어야 했다. 결국 두 사람의 문제는 믿음이었다. 그리고 효은은 이제 그의 그 어떤 말도 믿지 않기로 마음먹었다.

"우리가 한 건 사랑이 아니에요."

눈빛을 바꾼 효은이 단호하게 말했다.

"착각하지 말아요, 권이도 씨."

"장효은."

"이젠 진짜로 날 사랑해 줄 사람을 만나고 싶어요."

효은은 누구보다 잔인하게 이도의 가슴을 갈라낼 방법을 아주 잘 알고 있었다.

"그게…… 한승재인 건가?"

결국 이도는 자신의 치졸한 밑바닥을 보이고 말았다. 여전히 그녀의 곁을 지키고 있는 남자. 어쩌면 그 남자는 이제 기다리지만 않을 것이다. 이미 효은에게 고백했을 수도 있었다. 불안감이 그를 사탕 뺏긴 여섯 살 아이로 만들었다.

　"내가 누굴 만나든 상관하지 말아요."

　효은이 수첩을 덮으며 자리에서 일어났다.

　"오늘 상담은 여기까지 할게요. 저도 사생활이 있으니까, 그만 돌아가 주세요."

　이럴 줄 몰랐던가. 이도는 효은의 거절이 더 큰 상처로 다가오진 않았다. 여기서 억지를 부리고 싶은 생각은 없었다. 그의 잘못을 알았기에, 이 한 번으로 풀릴 이야기가 아니란 것 또한 잘 알고 있었다. 그녀가 그의 눈앞에 앉아 있다는 것만으로도 감사한 일이었다.

　"다음 상담은 제가 정해서 연락드릴게요."

　효은은 사무적으로 이도를 바라봤다.

　"……."

　"이렇게 불쑥 찾아오는 거, 기분 좋지 않아요."

　이도를 문 앞에 세워 두고 효은이 한 번 더 일렀다. 미안하다는 말을 하기 위해 이도가 한 발 다가가면 그녀는 몸서리치듯 뒤로 물러섰다. 적당한 거리를 유지해 달라는 눈빛이 그의 가슴을 아프게 찌르는 것만 같았다. 이도는 흐리게 웃어 버리곤 대답했다.

　"알겠습니다. 연락 기다리겠습니다."

이도가 깍듯이 인사를 건네고 현관 쪽으로 몸을 돌렸다. 천천히 신발을 신고 발걸음을 옮기는데, 밖에서 누군가 현관문의 비밀번호를 누르는 소리가 들렸다. 이도가 효은을 돌아봤다. 누군가 올 사람이 있냐는 눈빛으로 바라보자, 도리어 효은이 더 당황한 얼굴이었다.

효은은 섬뜩함에 저절로 소름이 돋았다. 이 집의 비밀번호를 알고 있는 사람은 없었다. 중개사에게 이전 번호를 넘겨받고 바로 그녀만 알 수 있는 것으로 바꿨다. 요즘 들어 한국 뉴스에 자주 등장하는 신종 도둑인 걸까. 점찍어 두는 것처럼 혼자 사는 여자들의 뒤를 쫓아 닳은 지문 자국을 확인해 놓고 다음 날 문을 연다는 무시무시한 범죄. 효은의 심장이 튀어 나갈 듯이 두근거렸다.

"비밀번호 아는 사람 있어?"

이도가 급하게 물었다.

"아, 아니요."

긴장한 효은의 말끝이 떨렸다.

"들어가 있어."

범죄라 추측한 것은 이도도 마찬가지였다. 그는 효은을 뒤로 보낸 뒤 중문을 닫고서 단단해 보이는 장우산 하나를 집어 들었다. 현관문 앞으로 다가가 렌즈로 밖을 내다보자 보이는 건 아무것도 없었다. 하지만 그 순간까지도 비밀번호를 누르는 소리는 이어졌다. 띠리릭. 마침내 정확하게 번호가 맞아 들어가며 문이 열리는 소리가 들렸다.

효은은 심장을 부여잡고 숨을 참았다. 그러다 혹시나 이도가 다치기라도 하면 어떻게 하나, 무서운 걱정이 엄습했다. 그녀 자신도 모르게 얼른 자리에서 일어나 중문을 여는 순간 현관문이 열리며 누군가 들어섰다.

"후 아 유? 두 유 노 효니? 아, 효으니?"

젊은 외국 여자는 오히려 이도에게 되물었다. 그러다 그의 뒤쪽에 있는 효은을 발견한 그녀가 끌고 들어온 트렁크를 내팽개치고는 달려갔다.

"효니! 달링!"

얼떨결에 제인을 안아 든 효은은 뒤늦게 상황을 파악하고 가슴을 철렁하게 만들었던 의문을 풀었다. 효은이 지금 쓰는 비밀번호가 제인과 함께 살 때의 비밀번호와 같았기에 그녀는 아무 의심 없이 그것을 눌렀던 것이다. 아무리 그렇다고 해도 집주인에게 연락도 없이? 그런 생각이 드는 순간 효은은 이 집에 들어선 이후, 가방 속에 든 핸드폰을 꺼내 본 기억이 없다는 것을 깨달았다.

"왜 전화를 안 받아? 내가 몇 번이나 걸었는데. 무슨 일이 난 건가 싶어서 혹시나 하는 마음에 예전에 쓰던 비밀번호 눌러 본 건데……. 근데 여기, 이분은 누구?"

장우산을 들고 우직하게 서 있는 남자에게로 제인의 시선이 저절로 향했다.

"와우! 그 보이프렌이야? 나이스 투 미 츄. 제인이에요. 당신이 우리 효니 밤마다 울게 만든 남자군요. 뭐, 인정할 만한 비주얼이에요.

합격!"

뭐가 뭔지. 제인은 사람의 정신을 쏙 빼놓는 데 일가견이 있었다. 효은은 얼른 그녀를 끌어와 집 안으로 들였다. 그리고 이도가 빨리 제인과 멀어지길 빌었다.

"제 친구예요. 걱정할 거 없어요. 조심해서 가세요."

효은이 중문을 닫으려 하자 제인이 황급히 그 행동을 막았다.

"왜 가요? 같이 비어 한잔해요!"

제인은 자신의 에코 가방에서 익숙한 한국의 편의점 봉지를 꺼냈다.

"한국은 맥주가 너무 싸서 좋아. 네 개 사면 더 싸. 개이득!"

이도는 제인의 갑작스러운 등장에 사태를 파악하는 데 조금 시간이 걸렸다. 외국인의 모습을 하고 한국 사람보다 더 많은 은어를 사용하면서 그를 외국인 취급 하듯 대하는 여자에게 어떻게 다가서야 할까. 우선은 효은과 친분이 깊은 것 같으니 인사를 나눌 필요는 있는 것 같았다.

"권이도입니다."

이도가 깍듯하게 인사를 건넸다.

"반가워요. 제인이에요."

그녀는 불쑥 이도의 손을 붙잡아 흔들었다. 한국에선 인사를 할 때 손을 잡고 흔드는 '악수'라는 걸 한다고 했던 걸 기억하는 것 같았다.

"우리 효니, 보이프렌이시죠?"

"제인, 아니라니까!"

효은은 얼른 나서서 그녀의 말을 정정했다.

"아니라고? 그럼 이 사람은 누군데? 효니 우울할 때마다 달콤하게 위로해 주던 목소리가 분명한…… 아닌가. 좀 다른가. 이분 목소리가 좀 더 낮긴 한데, 그럼 이분은 누구……?"

제인이 궁금한 눈빛을 감추지 못하고 두 눈을 반짝였다. 이도는 마땅히 둘러댈 말이 없었다.

"……남편입니다."

이도가 융통성 없이 직언하자 효은은 그를 노려보듯 바라봤다. 꼭 사람을 난처한 상황에 빠지게 만들어야 속이 시원한가. 그녀는 이제 끝이라는 것처럼 한숨을 쉬며 고개를 숙였다. 제인에게 들어야 할 잔소리가 벌써부터 귓가에 들리는 것만 같았다.

"아, 남, 허즈번드? ……네에?"

이게 어떻게 된 것이냐는 눈빛으로 제인이 효은을 바라봤다. 제인에겐 이도의 이야기를 하지 않았다. 굳이 상처를 끄집어내 쑤실 필요가 있을까. 그녀가 영국으로 떠난 이유는 모든 걸 새로 시작하기 위해서였다. 그는 과거의 남자일 뿐이었다.

"곧 서류 정리 할 거야. 그러니까, 신경 안 써도 돼."

효은은 제인과 이도에게 동시에 전하듯 단단하게 일렀다.

"와우. 내가 난처한 상황에 나타난 거네요. 아무튼 난 상관없으니까 맥주 마시고 싶으시면 있다 가세요. 효니도 괜찮지? 어차피 서류 정리 할 사이라며? 편하게 지내는 것도 나쁘지 않아."

제인은 자유연애주의자였다. 헤어진 남자 친구와도 스스럼없이 만나 술을 마시기도 하고, 진지한 고민을 나누기도 했다. 그러나 그들과 다시 사귀는 일은 없었다. 그게 더 신기할 따름이었다.

'그 사람과 함께했던 추억들이 남아 있잖아. 감정이 사라졌다고 해서 굳이 그걸 모른 척하고 싶진 않아. 친구로 남는다고 큰일이 생기는 건 아니야, 효니.'

다른 외국인 친구들도 그랬다. 부모가 이혼과 재혼을 반복해도 그들의 인생과 자신은 별개인 것처럼 구분 지었다. 사람들마다 가치관이 달랐기에 어떤 것이 정답이라고 말할 순 없었다. 효은은 외국에서 심리학을 배우며 누구보다 열린 마음으로 인간의 관계와 감정을 바라봐야 한다고 느꼈다.

하지만 한국으로 돌아와 이도를 만나자마자 그 다짐은 우스운 허세일 뿐이라는 생각이 들었다. 그를 다시 만나고, 그와 이야기를 나누고, 그가 그녀를 바라보는 것만으로도, 모든 게 흔들리는 기분이 들었다. 이것까지 모두 이겨 내야 벗어날 수 있는 걸까. 효은은 그러기 위해서 피하지 않기로 했다.

"나도 괜찮아요. 아저씨 시간만 괜찮으면 있다 가요."

효은의 대답은 의외였다. 이도는 뒷일 같은 건 생각하지 않고 효은의 집 거실에 있는 작은 식탁에 앉았다. 그의 맞은편엔 효은이, 효은의 옆엔 제인이 앉아 이도는 원 없이 그녀를 바라볼 수 있었다.

"우리 게임할까요?"

제인의 입에서 나온 말은 예상을 뛰어넘어 쇼킹하기까지 했다. 계약 결혼을 한 남녀가 헤어짐을 앞두고 서류 정리를 하기 위해 만났다가 술자리 게임을 하게 되는 상황은 그 어떤 드라마에서도 나온 적 없는 내용일 것이다. 어느 대목에서 사람들이 이해란 걸 할 수 있을까.

효은은 제인이 왜 한국으로 그녀를 찾아왔는지 묻지도 못한 채 제인이 건넨 진실 게임 질문을 받아야 했다.

"한국으로 빨리 돌아간 이유, 그 전화하던 보이 때문이야?"

제인의 질문은 막장 드라마보다 더 잔인하고 악랄했다. 이도의 입장에선 말이다. 그걸 즐기는 것처럼 제인의 표정엔 장난기가 가득했다. 전화한 사람이 그가 아니란 걸 이 여자는 알고 있을 것이다. 그리고 그가 아직도 효은에게 감정이 남아 이 술자리에 있다는 것 또한 단번에 알아채고도 남았을 테다. 당신의 노력이 의미 없다는 걸 확인 사살 해 줄 테니, 바보 같은 짓은 그만하라는 경고인 걸까. 이도는 제인을 바라보다 효은에게로 시선을 옮겼다.

효은은 선뜻 대답하지 못하고 고민하는 표정이었다. 그것부터가 이도의 심장을 짓이기는 것 같았다. 결국 효은은 대답하지 못하고 자신의 눈앞에 있는 술잔을 들었다.

"이리 줘."

제인이 면세점에서 사 온 양주까지 섞은 폭탄주였다. 이도는 얼른 효은의 잔을 뺏어 들었다.

"괜찮아요."

효은은 도움받지 않겠다는 표정이었지만 이미 술은 이도의 목 안으로 넘어간 이후였다.

"우리 효니, 술 잘 못 먹는 것도 아시고. 이렇게 멋진 흑기사도 해줄 거면서 왜 효니 마음은 못 잡았어요? 무슨 사연이라도 있는 거예요?"

단순한 궁금증으로 파고드는 제인의 물음에 이도와 효은은 동시에 얼굴을 굳혔다. 그러다 이번엔 효은이 그의 대답을 듣고 싶지 않다는 것처럼 흑기녀를 자처하며 그의 술잔을 가져갔다. 하지만 또다시 뺏긴 술잔은 이도에게로 되돌아갔다. 연속적으로 폭탄주 두 잔을 먹고도 이도는 끄떡없는 눈빛이었다.

"내가 너무 잔인했나?"

제인은 소파 아래에 뻗어 있는 이도를 내려다보며 말했다.

"아니까 다행이다."

효은은 낑낑대며 이도의 겉옷을 벗겨 몸을 편하게 만들어 주었다. 모른 척하면 그뿐이지만 그게 쉽진 않았다. 제인이 의도적으로 쏟아낸 질문들을 감당하지 못한 채 그는 혼자서 양주 한 병을 비워 냈다. 술이 센 사람이라도 그 속도로 마셨다면 뻗어 버리는 게 당연했다.

효은은 이도가 거실 소파 아래에서 잠들도록 그냥 두었다. 그의 핸드폰으로 박 비서에게 전화를 걸어 데려가라고 할 수도 있었지만 사정을 설명하는 것도 골치가 아팠다. 어차피 제인과 효은은 안방에서 같이 잠들면 되는 것이니 큰 문제가 될 건 없었다.

"왜 헤어지려고 해? 널 못 잊어서 이렇게 절절한 사람이랑?"

이불까지 찾아와 그의 몸 위로 다정하게 덮어 주는 효은을 바라보며 제인이 참지 못하고 물었다.

'*효니는 이상해. 자꾸 잠으려고 해. 솔직해지는 걸 겁내 하는 것 같아. 그럼 좋은 상담사가 될 수가 없어. 효니부터 솔직해져야 상대방도 마음을 열지 않을까?*'

심리 상담사가 되려고 마음먹었던 이유는 그녀 자신의 감정을 제대로 바라보기 위해서였다. 어디서부터 잘못된 걸까. 왜 여기까지 오게 된 것일까. 그녀가 가신 문제들을 들여다보기 위해 상담사가 되려고 했던 것도 같았다.

남이 아니라 나에게서 답을 찾고자 했다. 이미 찾았다고 생각했다. 혼자인 것이 두려웠다. 기대고 싶었고, 할아버지를 대신할 사람을 찾고 있었다. 그게 권이도란 남자였다. 첫사랑이었고, 시기는 적절했다. 그래서 우리가 한 것은 사랑이 아니었다. 그 역시 마찬가지였을 것이다. 이제 와 그의 변명이 그들의 사랑을 증명하는 것도 원치 않았다. 시간은 이미 흘렀으니까. 되돌릴 수 없다는 것만큼 큰 죄는 그녀를 괴롭히기만 할 뿐이었다.

이도를 거실에 두고 효은은 제인과 함께 안방 침대에 누웠다. 여독 때문인지, 영국보다 더 맛있는 한국 술 때문인지 제인은 금방 잠들었다. 효은은 이리저리 뒤척이며 눈을 감아 보았지만 잠에 빠질 수가 없었다.

여전히 2년 전, 그때에 머물러 있다는 저 남자를 어떻게 해야 할까. 그녀가 더 잔인하다는 걸, 돌아온 후에 알아차렸다. 할아버지의 산소에 오를 때마다 그는 죄책감과 마주했을 것이다.

언제 돌아올지 모르는 그녀를 기다리면서, 벌이라는 이유로 손발이 묶인 채, 그 시간에 머물러 정리조차 하지 못했다. 그렇게 만든 사람이 그녀였다.

효은은 조용히 자리에서 일어났다. 제인이 깨지 않게 움직임을 제한하며 방문을 열고 나왔다. 거실 쪽을 바라보는데 이도가 보이지 않았다. 놀란 가슴으로 좀 더 다가서자 이불만 덩그러니 남아 있었다. 정신을 차리고 가 버린 걸까. 서운함이라도 느끼는 것처럼 마음이 가라앉았다.

밀어낼 땐 언제고, 더 다가오지 않는다고 토라지는 것만 같았다. 이런 우스운 감정 놀이가 싫어 모든 걸 정리하려고 했는데, 다시 제자리로 돌아와 실패를 맛본 기분이었다.

"내 걱정 돼서 나온 거야?"

이도의 목소리였다. 효은이 놀라 뒤돌아섰다. 그가 열린 욕실 문 앞에 서 있었다. 왜 그 생각을 못 했을까. 효은은 멋쩍은 표정으로 그가 덮었던 이불을 정리하기 시작했다.

"술 다 깬 거 같으니까 대리 불러서 가요."

"……장효은."

그녀의 이름을 부른 이도가 점점 다가오는 게 느껴졌다. 효은이 마음을 먹고 돌아섰지만 그를 가까이서 바라보자 심장이 제멋대로 움직였다. 두 사람은 서로를 바라보기만 했다. 효은은 마음을 먹듯 당돌하게 물었다.

"날 흔들고 싶어요?"

이도가 작게 웃었다.

"……뭐라도. 난 지금 가릴 처지가 아니야."

그는 오히려 덤덤하고 뻔뻔했다. 불쌍한 얼굴로 애원이라도 해 주길 원했나. 하지만 그는 권이도였다. 효은은 깊어지는 그의 눈빛을 인정하기로 했다. 이대로 도망치는 건 그녀 자신의 스타일도 아니었다.

"그래요. 증명해 봐요."

효은이 먼저 그에게 한 발 더 다가섰다.

"우리가 한 게 정말 사랑이었다는 거."

올라서던 이도의 입꼬리가 진지하게 멈춰 섰다. 그의 손은 이미 효은의 두 뺨을 감싸고 있었다.

14. 어떤 여자 때문에

"……조심하셔야 합니다."

혈압을 체크한 주치의가 나름 경고하듯 권 회장을 바라봤다.

"어차피 가야 할 나이에 무슨."

무상은 의사의 말을 개의치 않으며 창가로 고개를 돌려 버렸다. 아무도 모르게 수속을 밟아 들어온 입원실 안의 보호자는 강 여사뿐이었다.

"수고하셨어요."

"아닙니다. 그럼."

의사를 마중한 강 여사는 다시 무상의 옆자리로 돌아왔다.

폐에 이상이 있다는 것을 알게 된 것은 몇 달 전이었다. 그는 아무도 모르게 해야 한다는 말만 되뇌었다. 자식들에게도 알리지 못하는 병을 끌어안은 채 노인은 홀로 마지막을 준비하고 있었다. 수술도 필요 없다. 더 살아서 누릴 것도 없다. 강 여사의 눈물 앞에서 무상은 더이상 입을 열지 못하게 만들었다.

"날씨가 차요."

강 여사는 열어 놓은 창문을 닫으려 했다.

"……괜찮다."

무상은 짧게 말하고 침상에 누워 다시 눈을 감았다. 죽음을 받아들이는 게 더 익숙한 나이였다. 이제껏 살았다는 것에 감사해야 했고, 죽음을 준비할 시간을 가질 수 있다는 것에도 고마워해야 했다.

태호를 떠나보내고 마음이 많이 약해진 것은 어쩔 수 없는 일이었다. 욕심을 버리지 못하고 가져다 붙인 손주들의 결혼이 끝내 그의 잘못된 결정으로 어긋나 누구 하나 행복하지 않다는 것에 죄책감을 느끼지 못했다면 그는 아프지 않았을지도 모른다.

모든 게 부질없다는 걸 모두 다 잃고 나서야 깨달았다. 이도는 그를 용서하지 않을 것이다. 언제나 그 끝을 온전히 주지 않던 녀석이었다. 자신에게 내쳐질 준비를 하며 마음을 닫은 채 살아온 손자에게 그가 해 줄 수 있는 건 눈에 보이는 재물뿐이었다.

결국 원하는 것이 주식이라면 그것을 주고 떠나겠다는 녀석이 괘씸해서, 진짜 권이도로 살고 싶다는 말이 그가 이제껏 쏟아부은 마음을 거절당한 것만 같아, 마음이 떠난 손자를 제 옆에 붙여 두기 위해서 그는 모른 척했다.

핏줄이 중요했다면 처음부터 선영에게 모든 걸 넘기고 물러났을 것이다. 그녀가 모든 걸 가지고 휘두른다고 해도 그는 더 이상 맞설 힘도 이유도 없었다. 다만, 이도가 그들에게서 내쳐지는 건 가만히 지켜볼 수가 없었다. 녀석이 자신을 온전한 권씨로 인정할 때까지, 권 회장은 이도를 곁에 두고 싶었다. 아니, 어쩌면 그의 외롭고 고단한 인생에 위로가 되어 준 손자를 잃기 싫었는지도 모르겠다.

"생각 너무 많이 하시지 마시라니까요."

그의 머릿속에 들어온 것처럼 강 여사가 조용히 잔소리했다.

"걱정하실 필요 없어요. 이도……, 효은 양 만났다고 하네요."

강 여사가 전해 준 소식은 그나마 무상의 마음을 가볍게 만들었다. 그는 어느새 약의 기운을 이기지 못하고 깊은 잠에 빠져들었다. 요즘 은 꿈속에서 먼저 떠나보낸 아들을 만날 때가 많았다.

❊ ❊ ❊

"왜, 별로야?"

스페셜 메뉴로 나온 고기의 질이 이전보다 떨어졌다는 가차 없는 지적으로, 레스토랑의 수석 셰프를 홀까지 뛰어나오게 만든 선영은 아무 일 없었던 것처럼 앞자리에 앉은 민아에게 물었다.

그 뜻이 무엇인지 곧장 알아차렸지만 그녀는 선뜻 대답할 수가 없었다. 언제부턴가, 아니, 정확히 2년 전, 효은이 이도를 떠난 직후부터 민아는 선영의 앞에 앉아 있는 모든 시간들이 숨통을 조이는 것처럼 견디기 힘들었다.

그들이 왜 헤어지게 되었는지. 그 내막의 중심에 누가 있는지. 그 단서를 제공한 사람이 누구인지. 깊이 파고들어 알아낼수록 민아는 이 모든 것에 환멸을 느꼈다. 이제 와 착한 여자가 되지 않겠다고 비웃었지만 그녀는 아주 악한 년도 될 수가 없는 나약한 인간이었다.

"……좋은 사람 같아요."

"근데?"

왜 결혼은 싫다고 하는지. 선영은 도통 모르겠다는 눈빛이었다. 아니, 네가 그것을 거부할 수 있는 자격은 없다는 것처럼 눈빛이 얼음같이 시늘하고 날카로워졌다. 그 많은 아이들 중에 너를 데려와 키운 은혜를 갚기엔 아직 한참이나 멀었다는 한심하고 단호한 표정이었다.

"저 때문에 누군가 불행해지길 바라지 않아요."

민아 역시 이도와 같은 마음이었다. 온전하지 못하고 당당할 수 없는 자신의 상황에서 사랑이란 사치였다. 그것으로 누군가 상처받는 것을 원하지 않았다. 더 이상 자신 같은 사람을 만들고 싶지 않았다.

"그걸 네가 왜 걱정해?"

선영이 우습다며 입꼬리를 올렸다.

"이렇게 피가 다른 건 표시가 나는 건가 봐. 난 살면서 나 아닌 다른 사람을 걱정해 본 적 없어. 그것만큼 어리석은 감정 낭비가 없다는 걸 아주 일찍부터 깨달았거든."

그녀는 여유롭게 와인 잔을 들어 한 모금 마시곤 천천히 내려놓았다.

"박 팀장이 너를 사랑하기라도 할까 봐 걱정이니?"

절대 그럴 일은 없다는 것처럼 선영의 물음엔 비웃음이 섞여 있었다.

"어머니처럼 살고 싶지 않아요."

민아는 약이라도 집어 먹은 듯 흘러나오는 진심을 막지 못했다.

"……뭐?"

점점 굳어져 가는 선영의 눈이 민아에게 날카롭게 닿았다.

"키워 주신 거, 감사하게 생각해요. 거기에 보답하면서 살아야 하는 것도 잘 알고 있어요. 지금 쫓겨난다고 해도 불만은 없어요. 항상 버려질 준비를 하고 살았으니까 겁나지 않아요. 태생은 바뀌지 않는다고 어머니가 키우는 내내 알려 주셨잖아요. 원망할 생각이었다면 이미 이 집을 떠났을 거예요. 근데…… 더 이상은 어머니 뜻에 맞추는 일 못 하겠어요."

민아는 진심을 담아 선영을 바라봤다. 늘 그녀에게 벽을 느끼며 다가가지 못하면서도 정에 굶주린 아이처럼 사랑을 원했다. 얻지 못하고 실패할 때마다 상처받아 눈물 흘리며 마음을 접으려 했지만 쉽지 않았다. 언젠가는 알아줄 것이라고. 선영도 시간이 지나면 살아온 정이라도 생겨 그녀를 딸로 받아 줄 것이라고. 어쩌면 그녀는 강 여사가 말한 그 마지막 희망의 끈을 믿었는지도 모르겠다.

그래서 선영의 심복이 되어 살았다. 하지만 이도를 통해 이제 그녀는 모든 걸 내려놓게 되었다. 희망은 그저 희망일 뿐이었으며, 헛된 욕심은 아무나 부리는 것이 아니라는 것을. 그를 사랑했지만 그가 불행해지는 것을 바라지 않았던 마음처럼 이도가 홀로 효은을 기다리는 모습을 보며 그녀는 무너지고 말았다.

　"권이도가 사람, 여럿 병신을 만드는구나."

　선영이 코웃음을 치며 나이프를 내려놓았다.

　"넌, 아직도 나한테 이용할 가치가 있는 애야. 그것만으로 감사해야 하는 삶 아니었니? 박 팀장은 네가 아니라 내 사위 자리가 탐나는 인간이야. 무슨 뜻인지 알았으면 조용히 결혼 준비 해. 누가 또 알아? 그렇게 살다 보면 정말 너를 사랑해 줄지. 이도가 그랬던 것처럼."

　그 끝이 해피 엔딩이 아니라는 건, 모두가 아는 결말이 되어 버렸다. 선영은 그것만으로도 아버지에 대한 원망이 조금은 줄어든 기분이었다. 하지만 아직은 부족했다. 회장 자리에 앉는 그날. 그녀는 비로소 제대로 된 행복을 맛볼 수 있을 것 같았다.

❀ ❀ ❀

　"허즈번드도 있고, 보이프렌도 있다, 이거지?"

　제인은 효은도 먹기 힘든 아주 매운 닭볶음면을 두 개나 끓여서 그녀 나름의 해장 중이었다. 효은은 잔소리를 좀 더 빨리 피하기 위해 빠른 속도로 출근 준비를 시작했다. 술이 깬 이도가 대리 기사를 불러 돌아간 뒤 다시 잠자리에 들었지만 그녀가 내뱉은 말이 도돌이표처럼 되풀이되며 머릿속을 괴롭혔다.

'증명해 봐요. 우리가 한 게 사랑이었다는 거.'

어디서 본 건 있어 가지고. 드라마를 너무 많이 본 게 탈이었다. 이도는 효은의 뺨을 감싼 채 그녀의 입술을 내려다봤다. 그가 키스하는 순간, 증명은 아주 쉬웠을 것이다. 떨리는 그녀의 심장을 감출 수는 없을 테니까.

'설마 지금 키스 각?'

하지만 다행히 볼일을 보기 위해 거실로 나온 제인 덕분에 효은은 상황을 모면할 수 있었다. 이도를 밀쳐 내고 그녀는 자신이 화장실로 들어가 버렸다. 제인이 급하다고 문을 두드려도 나갈 수가 없었다. 이도가 그녀의 집에서 떠난 후에야 문 밖으로 나갈 수 있었다.

"나 때문에 키스 못 해서 아쉬워?"

효은이 립스틱을 바르다 말고 제인을 노려봤다.

"넌 왜, 한국에 들어왔는지부터 나한테 설명해야 하는 거 아니야?"

"이유가 어디 있어?"

제인이 가볍게 어깨를 으쓱거렸다.

"효니가 보고 싶으니까."

그녀는 정말 간단한 진실처럼 말했다. 지금은 학기 중이었고, 그녀가 책임져야 할 일들도 분명히 있었을 것이다. 하지만 제인은 즉흥적인 감정으로 한국행 비행기에 올랐다.

효은은 고맙다고 해야 할지, 철없다고 해야 할지, 지금의 상황에 대해서 결론을 내리지 못했다. 오랜만에 친구를 만나니 외로움이 덜어진 것은 사실이었지만 그 뒷감당 역시 그녀의 몫으로 돌아올 게 뻔했다.

효은은 이제 감정을 내세워 하고 싶은 말을 참지 않고 내지르지 못했다. 그렇게 되어 버렸다. 어른이 되어 간다는 게 이런 걸까. 사랑하고, 표현하고, 아낌없이 주는 것보다 감추고, 참고, 견디는 게 더 쉬웠다.

"뭐가 문제인 거야?"

제인은 모처럼 만에 진지한 얼굴이었다.

"가짜 결혼이었어. 그 사람이랑 나."

효은은 담담히 말하고 겉옷을 챙겨 입었다. 이렇게 드라마보다 더 드라마 같은 쇼킹한 얘기를 꺼내 놓고 도망치겠다는 거냐며 제인은 현관까지 따라 나와 효은의 말을 붙잡았다.

"계약 결혼 같은 거야? 근데 아주 큰 위기가 찾아와서 어쩔 수 없이 헤어지게 된 거고. 그땐 서로 좋아하는지도 모르고 지내다가 뒤늦게 깨달은 거야! 이거, 후회남 그 스토리 맞지?"

제인은 신이 나 혼자서 소설을 쓰기 시작했다.

"너……"

효은이 한심하게 제인을 바라봤다.

"한국 로맨스 소설 좀 적당히 봐."

"야, 그게 한국어 공부에 얼마나 도움 되는 줄 알아? 그나저나 그 소설 주인공을 내 눈앞에서 만나다니. 혹시 그 남자, 내 여자한테만 다정한 재벌 3세야?"

효은은 뜨끔했다. 정말 드라마 속 주인공처럼 그들의 스토리가 이어지고 있었다.

"대박. 그럼 걱정할 거 없어. 로맨스 소설은 무조건 해피 엔딩이거든."

해피 엔딩. 효은은 그게 자신에게도 해당될지는 미지수라 웃으며 신발을 꿰어 신었다.

"출근한다. 무슨 일 생기면 전화하고."

효은은 얼른 빌라 계단을 뛰어 내려갔다. 제인과 대화를 나누느라 또 아슬아슬하게 출근 시간을 맞추게 될 것 같았다. 제대로 뛸 준비를 하고 가방을 크로스로 메는데, '빵' 하고 클랙슨이 울렸다. 뒤돌아보자 익숙한 남자가 고급 세단의 문을 열고 내렸다.

❀ ❀ ❀

"고백을 했다고?"

"응."

승재는 덤덤하게 말하고 넥타이를 고쳐 맸다. 정장을 입고 출근한 지 몇 달이 지났는데도 여전히 넥타이를 매는 일에는 익숙해지지가 않았다. 오늘은 특별히 더 멋지게 꾸며야 할 이유가 있었기에 눈으로 시간을 확인하며 그는 다시 손을 놀렸다.

"효은이는 뭐라는데?"

모처럼 쉬는 날이라 기수는 익숙하게 민서를 아기 띠로 안고 동생의 아침을 준비하는 중이었다. 그런데 사랑이나 연애엔 좀 모자라다 싶었던 녀석이 뜬금없이 폭탄 발언을 했다. 그것도 아주 덤덤한 얼굴로 말이다. 기수는 큰일이라도 난 것처럼 주방 입구까지 걸어 나와 자신의 동생을 바라봤다.

"뭐라긴. 당장 받아 줄 거라곤 생각도 안 했어."

승재는 마치 남의 이야기처럼 덤덤하게 뒷이야기를 전했다. 오래된 마음이란 건 이미 알고 있었다. 기수는 승재가 효은에 대한 감정을 정리하지 못하고 유학을 떠난 그녀를 기다리고 있다는 생각을 하긴 했지만 그렇다고 솔직하게 직진하라는 충고를 건넬 수도 없었다.

효은은 이미 결혼한 여자였다. 그 남자와 별거 중이긴 해도 아직 서류 정리를 하지 않은 상태라 했었다. 사람 마음이 언제나 생각한 대로 움직이는 건 아니라지만 엄연히 지켜야 할 선은 있었다. 승재에게 주어진 기회는 이미 지나가 버렸다고 생각했었다. 효은의 결혼식 날. 그녀를 이끌고 식장을 벗어나지 못했다면 이미 게임은 끝난 것이나 마찬가지였다.

"너, 잘못하면 불륜남 된다. 그건 알고 저지른 거지?"

승재는 형이 무엇을 걱정하는지 잘 알고 있었다. 남들이 보기엔 충분히 그를 욕할 게 뻔했다. 하지만 내막은 달랐다. 이젠 그 진실을 내세워서라도 효은에 대한 감정을 용기 내어 표현하고 싶었다.

"두 사람 결혼, 가짜였어."

"……뭐?"

기수의 눈이 더할 수 없이 커졌다.

"효은이 할아버지 때문에 어쩔 수 없이 하게 된 결혼이었다고. 그 남자도 효은이 이용해서 자기가 가질 것 챙겼고. 처음부터 사랑해서 한 결혼이 아니었어. 이제 두 사람이 결혼 생활을 유지할 이유가 없어졌어. 이혼 서류는 이미 보낸 상태고."

승재는 완벽하게 넥타이를 매고 돌아서 형을 바라봤다. 그는 여전히 국자를 든 채 놀란 얼굴을 유지하고 있었다. 갑작스런 결혼에 그런 진실이 숨겨져 있을 줄은 몰랐다. 그 이유를 알고 있었기에 동생은 더욱 미련한 사랑을 놓을 수 없었던 걸까. 기수도 무엇이 정답인지 정의내릴 수 없었다.

"옛날에도 그랬어. 항상 한발 늦어서 놓쳤어. 이제는 안 그럴 거야. 효은이가 그 남자 때문에 아파하는 거 더 이상 보고 싶지가 않아. 내가 지켜 주고 싶어."

"너…… 내 동생 한승재 맞나?"

기수는 동생이 언제 이렇게 단단해졌는지 놀랍기만 했다. 그리고 곧이어 걱정이 따라붙었다. 방향이 다른 외로운 사랑에는 분명히 아픔이 따르기 마련이었다. 그리고 효은의 감정이 승재에게 닿지 않는다면 고백은 슬픈 결말을 맞이할 게 뻔했다. 그는 여러 가지 경우의 수를 생각할 수밖에 없었다.

"그 남자가 효은이 안 놓아주면? 그땐 어떡할 건데?"

가짜 결혼이라고 해도 진심은 다를 수 있었다. 승재가 모르는 두 사람만의 감정이 남았다면 녀석은 눈치 없는 방해꾼밖에 되지 못했다. 그 상황에서 상처받는 사람은 자신의 동생일 게 뻔했다. 불구덩이 속으로 뛰어들겠다는 동생을 붙잡지 못했다는 후회는 남기지 말아야 했다.

"형, 나는 그 남자 마음 같은 건 중요하지 않아. 그래, 효은이가 흔들릴 수도 있겠지. 그렇다고 내 마음 숨기긴 싫어. 나는 이제 효은이를 여자로 봐. 숨기려고 해도 그게 안 된다고. 그냥…… 뒤에서 조용히 응원해 줘."

승재는 제 할 말을 끝내고 돌아서 가방을 챙겼다. 현관으로 다가서는 동생을 본 기수가 얼른 국자를 식탁 위에 던져 놓고 뒤따랐다.

"야, 아침은? 지금 밥하고 있잖아."

승재는 신발을 꿰어 신으며 현관 앞에 놓인 거울로 다시 한번 자신의 얼굴을 확인했다.

"효은이 데려다주고 출근하려고."

그는 당당하게 말하며 기수의 차 키를 들어 올렸다. 당분간 끌고 다닌다기에 헛바람이 든 줄 알았는데 그게 여자 때문이었다니. 기수는 동생 승재의 변화에 대해 어떻게 대처해야 할지 빠른 판단이 서지 않았다.

"지금 가도 늦었어. 간다."

승재는 기수와 민서에게 차례로 인사하고 허겁지겁 현관을 나섰다. 기수는 저절로 한숨과 함께 헛웃음이 흘러나왔다. 녀석이 이렇게나 직진 본능이 강한 줄은 미처 알지 못했다. 기수는 동생의 의욕이 걱정스럽긴 했지만 그렇게 부딪치며 사랑을 앓아 보는 것도 나쁠 건 없다는 생각이 들었다. 외로운 짝사랑을 숨겨 둔 채 그저 흘러가는 옛 사랑으로 남기기엔 녀석의 순정이 아까웠다. 모든 일은 해도 후회, 안 해도 후회니까. 그는 자신의 품에서 잠든 민서를 내려다보며 다시 주방으로 복귀했다.

❀ ❀ ❀

효은이 뒤를 돌아보자 고급 승용차 안에서 한 남자가 내렸다. 그는 성큼성큼 그녀가 있는 곳으로 다가왔다.

"태워 줄게."

효은은 그의 뻔뻔함에 웃음이 나왔다. 마치 오늘 만나기로 약속한 사람처럼 그의 행동은 자연스러웠다.

"박 비서님은요?"

늘 세트처럼 붙어 다니는 사람까지 떼어 놓고 나타났다는 게 놀랍기까지 했다.

"당분간 혼자 출근할 거야."

효은은 저절로 입이 벌어졌다.

"나 때문이에요?"

"겸사겸사. 너 박 비서 부려 먹는 거 싫어했잖아."

핑계가 없어 그것을 가져와 갖다 대는 걸까. 효은은 이도의 행동을
이해할 수가 없었다.

"그래서 아저씨를 부리라고요?"

이도는 눈치가 빠르다며 간단히 웃었다.

"그래. 마음껏. 나를 부릴 수 있는 사람, 너밖에 없어."

"그래서, 감사해야 해요?"

"내가 감사하지. 아침부터 실컷 볼 수 있으니까."

둘 사이에 아무 일도 일어난 것 같지 않았다. 예전으로 돌아간 것
만 같았다. 이 남자는 뭐가 그리도 신이 나는지 내내 밝은 표정을 유
지하고 있었다. 그것이 얄미울 정도였다.

이도는 효은이 탈 수 있도록 조수석으로 돌아가 차 문을 열어 주었
다. 출근길 발걸음을 옮기던 사람들이 그런 두 사람을 요상한 눈빛으
로 바라봤다. 효은에게 박히는 여자들의 시선은 당연히 날카롭게 와
닿을 수밖에 없었다. 아침부터 무슨 드라마를 찍고 앉았냐고.

"빨리 타."

이도가 재촉했다. 효은은 일단 손목시계를 확인했다. 지금 마을버

스를 타고 지하철로 갈아타면 지각은 확실했다. 어쩔 수 없는 선택이라 생각하며 행동을 합리화했다. 효은은 이도가 열어 준 문 안으로 들어가 차에 올랐다.

"벨트."

운전석에 오른 이도가 몸을 효은 쪽으로 기대 왔다.

"내, 내가 할 수 있어요."

효은은 뒤쪽으로 몸을 빼며 얼른 안전벨트를 맸다. 그의 눈빛에 이끌려 이제껏 수없이 되뇐 다짐이 한순간에 무너지는 게 싫어 증명하라며 내지르긴 했지만 이것이나 그것이나 무엇이 다른가 싶었다. 사랑을 증명하라니. 나를 사랑한 게 맞느냐고, 나는 아직도 당신과의 사랑을 기억하고 있다는 말처럼 들렸을 게 뻔했다. 미련조차 남지 않은 사람이 꺼낼 말은 아니었다.

"비 오기 시작하네. 나 아니었으면 분명 지각했을 거야."

창가엔 빗물이 부딪쳐 내렸다. 거리를 걷던 사람들의 손에는 하나둘 우산이 들려졌다. 그 속에 함께 있어야 할 효은은 한 남자와 한 공간 안에 있었다. 비가 내리는 속도가 빨라지자 유리창에 이슬이 맺히듯 물방울이 맺히며 창밖을 바라보는 시야를 뿌옇게 만들었다. 마치 그와 그녀를 한 공간에 가두는 것처럼.

"하루 종일 내린다던데. 우산 챙겼어?"

효은은 아차, 싶었다. 어젯밤, 내일 날씨를 생각할 겨를이 없었다. 그렇게 만든 인물이 옆에서 그걸 물으니 조금은 억울한 화가 솟아오르기도 했다.

"누구 때문에 어젯밤부터 정신이 없어서요."

이도가 입가에 웃음을 머금으며 그 말을 되돌렸다.

"그럼 내가 책임져야겠네. 저녁에 센터 앞으로 갈게."

사랑을 증명하라는 게 연애라도 하자는 걸로 들렸을까. 효은은 운전하는 이도를 건너다봤다. 그는 정말 우리가 다시 사랑할 수 있을 것이라 생각하는 걸까. 효은은 끝난 감정에 미련을 두고 싶지 않았다. 아직도 그를 생각하면 할아버지가 떠올랐고, 그것은 영원히 지울 수 없는 상처 같았다. 할아버지는 그녀에게 전부였고, 그런 할아버지를 그렇게 보낸 건 영원한 죄책감으로 남는 게 맞았다.

할아버지가 살아 계셨다면 분명 바보라고, 그 녀석을 다시 사랑해도 나쁜 게 아니라고, 네 마음이 중요한 거라고 말해 주셨을 것이다. 하지만 그런 태호는 이제 그녀의 곁에 없었다. 그게 효은이 이도의 마음을 진심으로 느낄 수 없는 이유의 전부였다.

"이런 날, 부모님이 돌아가셨어."

신호가 멈춘 후, 이도가 갑작스럽게 입을 열었다. 효은과 눈이 마주친 그가 숨겨 둔 상처를 애써 잠재우듯 자그마하게 웃었다.

"그래서 비가 오면 힘들어. 이유도 없이 화가 나고, 날카로워지고, 사람들을 괴롭히지. 제일 많이 당한 사람이 박 비서였겠지."

효은은 이도가 정말로 그녀에게 상담을 받을 것이라 생각하지 않았다. 그저 그녀의 마음을 되돌리기 위해, 그녀가 필요해서, 예전에 그랬던 것처럼, 자신의 것을 놓치고 싶지 않아서, 아직은 그녀가 그에게 필요한 존재라 상담이라는 핑계를 가져와 괴롭히는 것이라 생각했었다.

"박 비서님 꼭 월급 더 많이 올려 줘요."

효은은 상담사로서의 위로 대신 진지한 농담을 건넸다. 그게 지금 이도에게 더 필요할 것이다. 그녀 역시 할아버지를 떠나보낸 죄책감에서 벗어나지 못하고 있었다. 그런 그녀가 그에게 충고를 건넬 자격이 있을까 싶었다.

"근데 이젠 안 그래. 비가 와도 괜찮아졌어."

차가 다시 출발했다. 효은은 그가 어떻게 극복하게 되었는지 궁금해졌다. 그게 가능한지. 아무리 해도 낫지 않는 이 죄책감이라는 병에서 어떻게 벗어나게 된 것인지 그녀도 따라 하고 싶은 심정이었다.

"어떤 여자가 비 오는 날, 놀이공원에 데려다 줬거든."

어느새 차는 센터 앞에 멈춰 섰다. 출근 시간보다 10분 앞선 시각이었다. 지각을 면해서 고맙다고 인사를 해야 하는데, 효은은 입이 열리지 않았다.

"근무 잘하고, 저녁에 봐."

이도가 그녀 대신 인사했다.

❋ ❋ ❋

어떤 정신으로 출근해 책상에 앉았는지 기억이 나지 않을 정도였다. 이도 덕분에 지각은 면했지만 그가 건넨 말들이 그녀를 혼란스럽게 만들어 효은은 아침 전체 회의에서도 멍하니 수첩만 바라보았다.

"그럼, 각자 내담자들 더욱 신경 써 주시고. 오늘 회의는 여기까지 할게요."

최 박사의 말이 끝나자 다른 상담사들이 자리에서 일어나 우르르 회의실을 빠져나갔다. 뒤늦게 정신을 차린 효은도 자리에서 일어나려는데 최 박사의 시선이 그녀에게 닿았다.

"효은 씨, 무슨 고민 있어요?"

"네?"

"회의에 집중을 못 하는 것 같아서……."

"아, 죄송합니다."

효은이 얼른 고개를 숙였다. 하나라도 더 주워들어야 할 신입이 아침부터 정신을 빼놓고 있었으니. 아무리 이해심 많은 최 박사라도 거슬렸을 것이 분명했다. 그리고 최 박사는 효은이 지금 고민에 빠져 있다는 걸 단번에 알아챘을 것이다. 경력이 얼마인 사람인데.

최 박사의 비서로 일하고 있지만 오히려 그녀가 효은을 더 챙기고 있다는 것도 잘 알고 있었다. 효은은 더 정신을 차려야 한다고 자신을 다독였다. 이도에게 흔들리고 있을 때가 아니었다. 아직 자신의 이름으로 이룬 게 아무것도 없었다. 할아버지 앞에서 당당히 말할 수 있는 장효은이 될 때까지 더 노력하고 실력을 쌓아야 했다.

"신경 쓰시는 일 없도록 하겠습니다."

"그런 뜻으로 한 말은 아니었는데……. 원래 신입 시절이 그래요. 정신도 없고, 뭐가 뭔지도 모르겠고. 그럴 땐…… 혼자 짊어지려고 하지 말아요. 무슨 뜻인지 효은 씨가 더 잘 이해하죠?"

최 박사는 단련되고 능숙한 사람이었다. 그리고 상대를 배려하는 기술까지 갖춘 능력자. 상담가로 이 분야에서 최고가 된 연유에는 다 그런 부분들이 밑바탕으로 깔려 있을 것이다. 그리고 그 힘이 결국은 자신의 이득으로 돌아온다는 것도 잘 아는 어른이었다.

"네. 힘든 일 있으면 꼭 박사님께 상의드릴게요."

"아, 그러고 보니 혹시 권이도 상무는 만났나요?"

인사를 건네고 돌아 나서려던 효은을 최 박사가 붙잡았다.

"어, 어제 만났습니다."

오늘 아침에도 만났지만 그것까지 상담으로 칠 수는 없었다.

"진행이 빠르네요. 상담 일지는 오늘 중으로 받을 수 있겠죠?"

"아, 네. 그렇게 준비하겠습니다."

효은이 얼른 대답했다.

"아무래도 노인 심리 센터 문제도 걸려 있고 하니, 권 상무에 대해서 신경을 안 쓸 수가 없네요. 괜히 나 때문에 효은 씨가 힘든 상담을 맡게 된 것 같아서 미안한 마음이 들기도 하고요. 그 와이프는 알려진 사람이 아닌 것 같은데, 상담이 제대로 될지가 문제네요. 아무튼 내가 최대한 보조하도록 할게요. 힘들어도 좀 참고 해 줘요."

"아, 아닙니다. 어차피…… 해 봐야 할 일인데요."

"그렇게 생각해 주면 더 고맙고요. 암튼, 이제 일 봐요."

최 박사는 효은에게 믿음 섞인 눈빛을 보냈다.

효은은 그녀가 그 권이도 상무의 와이프란 말을 해야 하나 말아야 하나 잠시 고민했다. 만약 말하게 된다면 그와 최 박사가 벌이는 일들이 효은과 연관된 것이란 오해를 살 수도 있을 것이다. 괜한 문제를 만들고 싶지 않은 건 효은도 마찬가지였다. 조용히 그와의 상담을 끝내고, 이혼 서류도 마무리하고, 제대로 새 출발을 하고 싶었다. 그러기 위해선 어쩔 수 없이 마무리를 위한 정리가 필요했다. 지금 하는 일은 그 이상도 이하도 아니었다.

[내담자는 지난 과거의 죄책감으로 수면 장애, 식욕 부진, 무기력…….]

효은은 상담 일지를 써 내려가면서 좀 더 명확하게 이도의 현재를 들여다보게 되었다. 효은이 지나온 과정이었으며, 그것을 극복하는 건 아직도 그녀에게 현재 진행형으로 남아 있었다. 그럴 때 효은은 내담자들에게 벗어나기를 강요하지 말아야 한다고 배웠다. 시간이 고통을 이겨 내진 못하겠지만 거기에 익숙해지게 만들 것. 익숙하게 받아들이라는 것. 상처를 받아들이는 것, 그녀의 부재를 이해하는 것부터 이도가 해야 할 일일지도 몰랐다.

"효은 씨, 전화 오는데?"

열심히 업무에 빠져 있던 효은은 책상 위에 놓인 핸드폰이 울리는지도 몰랐다. 얼른 핸드폰을 내려다보자 예상치 못한 인물이 그녀를 찾았다.

"네, 오빠."

— 그래. 효은아.

바빠서 아직 제대로 얼굴조차 못 본 기수였다.

"이렇게 저한테 전화를 다 주시고. 요즘 너무 잘나가신다는 소식은 들었어요."

효은은 농담 섞인 말투로 그에 대한 친근한 마음을 드러냈다.

— 그 소식도 중요한데, 일단 다른 소식을 더 급하게 전하게 됐다.

"……네?"

— 운도 지지리 없는 내 동생 놈 좀 보러 와라.

"왜요? 승재 출근 안 했어요?"

— 너 태워 주고 출근한다고 빨리 나가더니 사고가 났어.

효은은 심장이 덜컥 내려앉았다.

"마, 많이 다쳤어요?"

— 일단 와서 봐. 병원 주소는 문자로 보내 줄 테니까.

❀❀❀

급한 일들만 대충 끝내 놓은 뒤 효은은 반차를 쓰고 승재가 입원한 병원으로 향했다. 가는 길에 전화로 대충 전해 들은 상황은 기수가 가볍게 전한 것보다 심각했다. 효은의 집 앞 사거리에서 우회전을 하다가 꼬리 물기를 하던 직진 외제 차에 부딪히는 사고가 났고, 운전석이 움푹 들어가 망가질 정도로 차에 큰 충격이 가해졌다고 했다.

그래도 천만다행으로 기수의 차 역시 단단한 외제 차라 상황에 비해 승재는 많이 다치지 않은 편이었다. 119에 실려 가 각종 검사를 받고 얻게 된 병명은 오른팔의 단순 골절상이었다. 몇 주 정도 깁스를 하면 된다는 기수의 덤덤한 말투에도 효은은 심장이 두근거렸다.

녀석이 아픈 모습을 본 건 손에 꼽을 정도였다. 언제나 건강한 편이었고, 운동도 꾸준히 해서 감기 한번 앓은 적이 없었다. 병원은 늘 효은의 할아버지 때문에 들른 게 다였다. 그런 녀석이 큰 사고를 당했다니, 덜컥 겁이 나기도 했다.

마음속 어딘가에서 할아버지를 떠나보낸 뒤 그녀에게 남은 사람은 승재뿐이라고 여겼던 걸까. 그 녀석의 부재를 생각하는 것만으로도 현실처럼 느껴지지 않았다.

도착한 병실 앞에는 기수가 민서를 안고 서 있었다. 칭얼대는 민서를 달래는 중인 것 같았다. 남자 둘이서 갓난아이를 키우고 있는 것도 신경 쓰이는데 승재가 사고까지 나니 정말 눈 뜨고 볼 수 없는 두 형제의 애달픈 현장이었다.

"오빠."

"어, 효은아. 생각보다 일찍 왔네?"

"반차 쓰고 왔어요."

"고맙다."

구세주를 만난 것처럼 기수가 환하게 웃었다. 덤덤한 척하지만 그도 많이 놀랐을 것이다. 거기다가 민서까지 돌보며 승재의 간호를 맡고 있었으니 얼마나 정신이 없었겠는가. 효은은 자신이 왔으니 이제 조금 쉬라며 그의 등을 떠밀었다.

"그래. 난 괜찮은데, 민서가. 암튼, 오늘만 좀 부탁한다."

"신경 쓰지 말고 얼른 가서 좀 쉬어요."

고맙다며 다시 한번 그녀의 손을 붙잡아 준 기수가 병실을 벗어났다.

승재가 배정받은 곳은 1인실이었다. 뻔뻔하게 과실을 발뺌하는 상대방이 괘씸해 기수는 1인실을 잡아 버렸고, 보험사에 모든 것을 청구할 것이라며 이를 갈았다. 어찌 됐든 승재가 다른 사람들을 신경 쓰지 않고 쉴 수 있는 게 중요한 것이니까 효은이 생각하기에도 잘한 선택 같았다.

조용히 문을 열고 들어서자 녀석은 잠들어 있었다. 갑자기 눈물이 핑, 돌고 말았다. 만우절 날, 맹장이 터진 그녀를 업고 양호실로 뛰어내려가던 녀석의 단단한 등이 떠올라 버렸다. 우리는 그렇게 서로에게 없어서는 안 될 존재가 되어서 옆을 지켰는데. 효은은 승재가 지금 자신에게 가지는 감정이 그녀가 그에게 느낀 것들과 다르지 않다고 생각했다.

"바보. 운전도 못하면서 누구를 출근시켜 준다는 거야."

효은은 눈가를 훔치며 넋두리를 했다.

"얼마나 놀란 줄 알아? 누가 아픈 건, 이젠…… 너무 싫어. 너는 아프지 마. 이번에는 봐주지만 다음은 없다. 아프기만 해 봐. 가만히 안 둬."

"……네 말이 더 아프다."

다치지 않은 팔로 눈가를 가리고 있던 승재는 고개를 돌려 효은을 바라봤다. 약 기운 때문에 비몽사몽 정신이 없었지만 효은의 말은 뚜렷하게 들렸다. 조금 전 차와 부딪혀 사고가 났고, 팔이 조금 아프다고 느꼈던 것 같은데, 어느새 병실에 누워 잠들어 있었다.

"입은 살아 있는 걸 보니, 제대로 다친 건 아니네."

효은이 입술을 삐죽였다. 승재는 가만히 효은을 바라보았다. 그녀의 눈이 붉게 충혈되어 있었다. 이렇게 자신 때문에 운다는 게 어떤 의미인지. 그것에 의미를 부여하고 마는 지금의 그가 효은에게 어떤 존재로 다가갈는지, 지금은 아무것도 알 수가 없었지만 감정은 끝도 없이 제 몫을 해내는 것처럼 뻗어 나가고 있었다.

"……회사는?"

"지금 누가 누굴 걱정해."

효은은 그의 시선을 피하며 이부자리를 정리했다.

우선 병실에 필요한 것부터 사 둘 생각에 이곳저곳을 뒤져 파악했다. 할아버지 때문에 병원이라면 징글징글했지만 또 그만큼 거기에 도가 트기도 했다. 딱 필요한 것만 핸드폰 메모장에 적은 효은은 자리에서 일어나려 했다.

"일단 지내면서 필요한 것들만 먼저 사 올게."

"됐어. 형한테 부탁하면 돼."

"시골에 계신 아버지 어머니한테 전화할까?"

효은은 협박에 능숙했다. 이것을 누군가에게 배운 것 같기도 했다.

"네가 있어도 도움 될 거 없어. 필요한 건 형한테 사 오라고 할게. 안 되면 간병인 쓰면 되고. 넌 얼굴 봤으니까 얼른 가."

"야."

"병원 지긋지긋하잖아. 나까지 보태긴 싫어."

차라리 칭얼대면서 아이처럼 모든 걸 맡기고 기대었다면 그의 마음을 부담스러워했을 것이다. 나를 여자로 본다던 녀석을, 다른 남자들처럼 멀리하고 거리감을 두었을지도 모른다. 하지만 승재는 오히려 효은에게 선을 지키려 했다.

"그래. 나도 그러고 싶어. 너한테 세수도 도와 달라고 하고 싶고, 머리카락도 감겨 달라고 하고 싶고, 내 옆에 꼭 붙여 놓고 싶어. 근데 그런 건 다 동정이잖아. 그걸 사랑이라고 착각하고 싶진 않아."

"그래. 너 잘났어. 사람 마음 불편하게 하는 방법도 가지가지다."

효은은 메모지에 필요한 것들을 적어 두고 자리에서 일어났다. 주머니에선 언제부턴가 진동이 울렸다. 누구인지 잘 알고 있었다. 데리러 온다던 사람. 우산이 없다는 핑계를 가져와서라도 그녀를 더 보고싶어 하던 남자. 효은은 핸드폰을 꺼냈다.

"근데…… 그 사람 보러 가는 거면 가지 마."

승재의 말에 효은은 뒤돌아서 녀석을 바라봤다.

"……."

"이제 그 사람은 만나지 마."

정면으로 날아온 건 효은의 가방이었다. 정확히 우측 가슴을 강타한 가방이 바닥에 떨어지자 효은이 그것을 날렵하게 다시 집어 들고서 승재를 노려봤다.

"드라마 적당히 보라고 했지?"

"나 환잔데?"

"그래서?"

우리는 진지할 수 없다는 걸 효은이 몸소 보여 주었다. 승재는 어이없는 웃음이 터지고 말았다. 아파서 누워 있는 자신에게 망설임 없이 가방을 집어 던질 수 있는 사람은 이 세상에서 효은뿐일 것이다. 그녀의 행동이 어쩌면 대답을 대신해 주는 것일지도 몰랐다.

"나는 내 친구 한승재 잃기 싫어."

"이기적인 계집애."

승재는 억울함이 솟구쳐 곧바로 받아쳤다.

"그래. 네 감정 무시하는 건 미안한데, 내 감정은? 네가 그러는 것도 내 감정 무시하는 거야. 우리 타협해. 너도 마음 정리하고, 나도 그 사람…… 아니, 내가 행복해질 수 있는 사람 만날 테니까. 어때? 괜찮은 조건이지?"

"믿을 수가 있어야지. 앞으로 내 앞에서 울기만 해 봐. 다시 없던

걸로 한다?'

승재는 그의 감정을 해프닝으로 마무리해야 한다는 걸 시작 전부터 알고 있었다. 형에게는 직진할 거라며 멋진 척하고 뽐냈지만 효은과 친구 사이조차 될 수 없다면 그도 선택을 후회할 게 뻔했다. 그런 승재를 너무나 잘 아는 친구 효은은 그에게 직진할 기회조차 주지 않았다. 깔끔하고 망설임 없는 성격의 그녀다웠다.

"안 울어. 이젠 울고 싶어도 눈물이 안 난다."

"좀 전까지 눈가가 빨갰으면서."

"야! 그건 너 사고 났다니까……. 자꾸 이렇게 시비조로 걸고넘어질래?"

"알았으니까 빨리 가. 혼자서 실연의 아픔 좀 느끼고 싶으니까."

하. 효은은 뻔뻔하게 눈을 감고 잠을 청하는 승재를 내려다보며 헛웃음을 터뜨렸다. 그러다 그는 모르게 고마운 미소를 내놓았다. 승재를 잃는다는 건 그녀가 유일하게 마음을 터놓을 수 있는 아주 신통한 해우소를 더 이상 방문하지 못하는 것과 같았다. 이기적이라고 욕해도 좋았다. 그녀에게 남은 게 뭐라고. 이 정도는 신에게 부탁해도 되는 것 아니냐는 그녀 나름의 뻔뻔함을 보이다 병실을 빠져나왔다.

핸드폰 화면에 떠 있는 부재중 통화 표시를 내려다보다가 효은은 다시 통화 버튼을 눌렀다.

─ 나, 부탁이 있어요.

효은은 다짜고짜 자신의 말을 건넸다.

❀ ❀ ❀

"원래 한국 재벌들은 이렇게 잘생겼어요?"

이도는 뚫어져라 자신을 관찰하다 불쑥 물어 오는 외국 여자의 물음에 대답해야 하는 것이 맞는지 잠시 고민했다. 효은은 더 이상의 설명 없이 자신의 집에 있는 외국 친구를 데리고 알려 준 병원으로 와달라고 했다. 네가 아프냐는 물음에는 나중에 설명한다는 말만 하고 전화를 끊어 버렸다.

어쩔 수 없이 이도는 효은이 시키는 대로 그녀의 집을 방문해 제인 이라는 여자를 차에 태웠다. 잠시 어색한 침묵이 흐르긴 했지만, 여자는 금세 관찰 모드를 끝낸 후 그에게 질문 공세를 퍼부어 대기 시작했다. 당신이 너무 너무 궁금해 미치겠다는 눈빛을 보이면서 말이다.

저녁은 먹지도 못했는데 이도는 시간 단위로 체기가 올라오는 기분이었다.

"제가 부전공이 한국어거든요. 책을 한 권 쓰려고, 스토리를 모으고 있어요. 근데 이렇게 절묘하게 마음에 쏙 드는 이야기를 발견하게 될 줄이야."

목소리만 들으면 제인은 한국 사람과 다를 바가 없었다. 이도는 이런 그녀가 곁에 있어 효은이 조금 덜 외로웠을 듯해 그녀에게 고마운 마음이 들었다. 그래서 도움이 될 만한 이야기라면 얼마든지 해 줄 준비를 하고 있었다.

"아직도 효니 못 잊는 거 같은데, 왜 헤어졌어요?"

첫 질문부터 난이도가 상이었다. 이도는 신호를 받고 횡단보도 앞에서 차를 멈추며, 길을 건너는 사람들을 바라봤다. 엄마 아빠의 손을 붙잡고 걷는 어린아이가 눈에 들어왔다. 헤어지지 않았다면, 그녀를 보내지 않았다면, 우리도 저런 모습이었을까.

"난…… 우리가 헤어졌다고 생각한 적 없습니다."

이도의 대답에 제인은 원인을 알았다는 것처럼 흐린 웃음을 보였다.

"효니는 아니었을걸요. 자기한테는 가족이 없다고 했어요. 할아버지가 돌아가셨다는 얘기만 했거든요. 그건 그쪽…… 허즈번드 씨를 잊겠다는 뜻이었겠죠. 무슨 사연이 있었는지는 모르겠지만 효니가 힘들 때마다 전화를 건 사람은 허즈번드 씨가 아니었어요."

이도는 2년 동안 단 한 번도 핸드폰을 손에서 놓은 적이 없었다. 잠잘 때마저 들고 자던 핸드폰이 사라지는 꿈까지 꾸고 났을 땐 이미 그는 효은의 번호를 누르고 있었다. 하지만 통화 버튼을 누를 수는 없었다. 그는 벌을 받아야 하니까. 그렇게 끝없는 고통 속에서 그녀를 기다리다 보면 언젠가는 진짜 권이도를 이야기할 기회를 얻을 수 있을 줄 알았다.

"가장 필요할 때 옆에 없는 건 의미가 없더라고요."

제인이라는 여자는 모든 걸 꿰뚫어 본 것처럼 이도에게 직언했다.

"……."

"여자들한테 그건 아주 중요한 거예요. 사랑이 가장 앞에 있어야 해요. 어떤 것에도 밀리길 원하지 않아요. 만약 그렇지 않다면 그건 사랑이 아니라고 의심하죠. 기다려도 오지 않는 남자. 날 가장 늦게 찾는 남자. 나한테 모든 걸 말하지 않는 남자. 그것만큼 여자를 아프게 하는 건 없어요."

그 모든 죄를 다 가진 남자가 이도 자신이었다. 어쩌면 그가 기회라고 생각하는 걸 효은은 이미 미련이라고 결론 내려 버렸을 수도 있었다. 그녀를 보내고 단 하루도 후회하지 않은 날이 없었는데도, 그 후회는 효은을 만난 이후부터 더욱 커져 가기만 했다.

"포기할 생각이었으면…… 보내지도 않았을 겁니다. 모두 내 잘못이었으니까. 멍청하게도 우리한테…… 시간이 필요하다고 생각했습니다. 그것 역시 내 착각일 수도 있겠죠. 난 사랑 같은 거, 어떻게 하는지 모릅니다. 이렇게 바보 같은 놈한테 한 번만 더 기회를 달라고 매달리는 중이고요."

"……."

제인은 이도의 고해 성사에 잠깐 놀라 입을 벌렸다. 사람들이 선망하는 모든 걸 가진 부류에 속해 있는 사람이 아닌가. 이렇게 속내를 다 드러내며 사랑앓이를 하고 있음을 당당하게 고백할 수 있는 남자는 아닐 것이라 생각했다. 그녀가 현실 속에서 봐 온 재벌 유학생들은 사랑을 놀이처럼 생각하며 여자를 도구로 다루는 뻔뻔한 사람들이 많았다. 그들에게 상처받은 친구들을 카운슬링 해 주며 한국 남자에 대해 편견을 가진 것도 사실이었다.

그녀가 읽는 로맨스 소설 속의 남자들은 현실엔 없을 것이라고. 책을 읽으며 대리 만족이라도 하는 게 여자들의 로망인 것이라 생각하며 씁쓸한 웃음을 삼긴 채 책장을 덮은 적이 많았다.

그런데, 이 남자는 좀 달랐다. 역시, 효니가 사랑한 남자라서 그런 걸까. 제인은 둘 사이의 러브 스토리에 더욱 흥미가 생겼다. 더불어 현재 이 둘의 방해꾼으로서의 역할을 톡톡히 하고 있는 서브남 보이프렌에 대한 관심도 더욱 높아졌다.

"사랑은 타이밍이란 말, 들어 보셨죠?"

제인이 흥미로운 미소를 보이며 이도에게 난해한 물음을 던졌다.

"무슨 뜻입니까?"

"지금 가는 병원에 효니 보이프렌이 다쳐서 입원해 있대요."

진실을 알게 된 이도의 눈동자가 차갑게 가라앉는 건 어쩔 수 없는 일이었다.

"고마워요."

병실 앞에 도착하자 효은이 마중 나와 있었다.

"아저씨는 잠깐 차에게 기다려 줘요. 금방 내려갈게요."

이도는 더 이상 뒷말을 붙이지 않고 돌아서 걸어갔다. 제인은 그의 모습이 사라질 때까지 지켜보다 얼른 효은에게 달라붙어 그녀의 의중을 물었다.

"뭐야, 이 시추에이션은? 허즈번드 질투심 유발 작전이야?"

"아니야. 그런 거. 그런 게 아닌데, 아, 몰라. 나도 모르겠다."

효은은 일단 발뺌을 했지만 그녀의 행동을 확신할 수는 없었다. 이도에게 이곳에 제인을 데리고 와 달라고 부탁했을 때, 그가 어떤 생각을 가질지 떠올리지 않았다면 거짓말이겠지. 그것이 그의 마음을 포기하도록 만들기 위함인지, 아니면 정말 그에게 질투심을 가지게 만들고 싶었던 그녀의 감춰진 감정인지 알 길이 없었다. 지금은 머릿속이 복잡해 아무것도 생각하고 싶지 않았다.

"그건 그렇고, 왜 날 여기로 부른 거야?"

"아. 미안한데, 내 친구 간호 좀 해 달라고. 혼자 둘 수가 없어서."

"왜, 네가 안 하고?"

제인은 그게 정상 아닌가 싶어 고개를 갸웃거렸다.

"지금은 내가 할 수 없어. 그냥 그렇게만 알고 해 주라. 공짜로 재워 주는데 이 정도는 해 줄 수 있지?"

"아이고 무서워라. 근데 나야 상관없지만 네 보이프렌이 괜찮겠어?"

"그런 거 가릴 처지가 아니야, 저 자식."

효은은 얼른 병실 문을 열고 제인과 함께 들어섰다.

"간 줄 알았더……."

"안녕하세요. 제인이에요."

효은이 소개하기도 전에 제인이 불쑥 승재에게 인사를 건넸다. 누워 있던 그는 엉거주춤하게 일어나 그녀의 인사를 받았다. 머리가 노란 외국인이라 주눅 들 듯 저절로 긴장이 되었다. 늘 회화가 부족했던 자신의 단점이 이런 데서 발현될 줄 몰랐다.

"그럼, 난 간다. 부탁해."

"어어. 얼른 가."

승재는 두 여자의 대화를 그저 지켜보고만 있었다. 그런데 이 노란 머리는 왜 이렇게 한국인처럼 말하는 걸까. 사람 더 긴장되도록 말이다.

"효은이만······ 간 건가요?"

그가 뒤늦게 어색한 침묵을 깨고 물었다. 노란 머리는 이미 이곳에 익숙한 사람처럼 자리를 잡고 앉아 여러 가지 물건들의 위치를 파악하기 시작했다.

"못 들으셨어요? 내가 이제부터 보이프렌 씨 케어해 줄 거예요."

"······네?"

승재는 효은이 빠져나간 문을 노려봤다. 이렇게 자신을 골탕 먹이기 있는가. 자꾸만 뚫어지게 자신을 쳐다보는 외국 여자와 한 공간에 갇혀지자 숨이 턱턱 막혔다. 다시 돌려보내려 해도 여자는 무슨 핑계든 다 받아쳐 이곳에 눌러앉을 것만 같은 표정이었다. 승재는 병실 안의 공기가 부담스러워 어떻게든 한자리를 피하고 싶었다. 그는 낑낑대며 침대 아래로 내려왔다.

"왜요? 화장실? 큰 거? 작은 거?"

"……."

얼굴이 붉어진 승재가 어이없다는 듯 여자를 내려다봤다.

"다 싸러 갑니다!"

그가 소리를 내지르자 제인은 잠시 주춤하며 뒤로 물러섰다.

"아, 그럼 시원하게 싸고 오세요."

제인은 언제 그랬냐는 듯 그에게 웃어 보였다. 최대 강적을 만난 기분이었다.

15. 처음이자 마지막 진짜였어

그의 차가 보이고 벤치에 앉아 있는 넓은 등이 보였다. 효은은 다가서던 발걸음을 잠깐 멈추었다. 이렇게 그의 뒷모습을 잠자코 바라본 적이 있었던가. 초라하고 움츠러드는 것이 어울리지 않는 남자였다. 당당해야 살아남을 수 있는 자리에 있었기에, 그를 위협하는 칼날이 목 끝에 다가와도 웃어넘길 사람이라고 여겼다. 그래서 떠나는 그녀를 붙잡지 않은 것이라고.

그런데 그는 변명조차 하지 못하게 만드는 여자를 멍청하게 기다리고 있었다. 멈춘 시간 속에서 죄책감을 견디며 살아가면 모든 게 예전으로 되돌아갈 줄 알고. 누가 더 대단할까. 효은은 이렇게 그를 마주할수록 그때의 그녀가 얼마나 이기적이었는지 깨닫게 되었다.

"부탁, 들어줘서 고마워요."

효은은 방금 온 사람처럼 인기척을 내며 이도의 옆에 털썩 앉았다.

"……한승재 씨는 괜찮고?"

질투심 따윈 느낄 수 없는 눈빛으로 이도가 물었다. 이미 제인이 자초지종을 말했을 것이다. 그녀가 그 녀석 때문에 그와의 약속도 잊고 이곳에 와 있었다는 것도 다 눈치챘을 테지만, 그는 어른 남자처럼 이성적으로 상황을 넘겼다.

"팔을 다치긴 했는데, 괜찮을 거예요. 승재 형이 지금 간병할 수 있는 상황이 아니라서 제인보고 대신 좀 있어 달라고 했어요. 나도 일해야 하고."

"그래. 가자. 데려다줄게."

이도는 더 이상 지체하지 않고 자리에서 일어났다. 가라앉은 분위기에 눌려 효은은 이상한 서운함이 솟구치기도 했다. 차라리 왜 나와의 약속을 잊고 여기에 있냐고 따지고 물었다면 속이 시원했을지도 몰랐다. 정말 그녀는 그걸 바란 것일까. 의심할 수밖에 없는 감정이었다. 아직도 이 남자를 사랑하고 있는 걸까. 그래선 안 되고, 그게 가능하다고도 생각하지 않았다.

"의미 없는 짓, 그만해요. 우리, 이런다고 달라지지 않아요."

멈춰 선 효은은 자신에게 다짐하듯 가벼운 웃음과 함께 이도에게 통보했다. 차가 주차된 곳으로 향하던 이도가 그녀를 돌아봤다. 효은의 잔인한 말에 이도의 눈빛에 균열이 일었다.

"뭘 했나, 내가? 아직 아무것도 하지 않았어, 우리."

화가 난 감정을 다스리듯 내놓은 그의 한 마디, 한 마디가 살얼음 같았다.

"……아저씨를 보면 자꾸 할아버지가 생각나요."

효은은 가장 강력한 무기를 내세웠다. 그의 입에서 허무한 웃음이 흘렀다.

"알아. 나도 그래. 그래서?"

이도가 한 발짝 더 그녀에게 다가왔다. 효은은 마른침이 삼켜졌다. 그의 태도를 어떻게 해석해야 할까.

"……."

"2년이나 기다린 변명 좀 들어 주는 게 그렇게 힘들어? 나는 네가 나타나고 나서야 겨우 숨 좀 쉬어. 사람 하나 살리는 셈 치고 눈 맞춰 주는 게 그렇게나 어려운 일이야?"

그의 눈빛에 담긴 고통이 고스란히 내뿜어졌다. 효은은 그의 말에 어떤 말로도 반박할 수 없었다. 그저 그의 말들이 그녀의 가슴을 잔인하게 찔러 대고 있다는 것만 아주 선명하게 깨닫고 있었다. 나보고 어쩌라고. 바보 같은 눈물이 다시 솟구쳐 오르자 효은은 다시 차로 돌아가는 그를 붙잡아 억울한 듯 말을 내뱉었다.

"흔들린단 말이에요. 아저씨가 날 흔든단 말이에요."

결국 솔직해지고 말았다. 그제야 이도의 입가에 웃음이 올라섰다.

"오늘 들은 말 중 가장 마음에 드는 말이네."

그가 익숙하게 효은의 손을 붙잡아 차에 태웠다. 벨트를 매어 주고 차를 출발시킬 때까지 효은은 아무 말도 할 수가 없었다. 왜 한승재에게는 잘되던 거절이 이 남자에게는 번번이 실패하고 마는가. 그 이유를 알고 있지만 그것에 닿기가 싫어 효은은 그저 모른 척하고만 싶었다. 오기일까. 이렇게 해서라도 그를 괴롭히고 싶었던 걸까. 끝까지 그의 마음을 받아 주지 않아 결국엔 그녀의 마음을 배신한 것에 복수하고 싶은 건가. 그녀는 점점 더 꼬여 가는 자신의 마음을 알 길이 없어 창가만 바라봤다. 차는 어느새 그녀의 집 근처를 달리고 있었다.

이도의 차가 골목길로 접어들자마자 더 이상 접근할 수 없다는 표지판과 마주해야 했다. 사고라도 난 건지 경찰관들이 현장을 진두지휘하며 들어선 차들을 돌려보내는 중이었다. 분위기가 삼엄했다. 단순한 교통사고는 아닌 것 같아 이도와 효은의 표정이 심각해졌다. 어쩔 수 없이 차를 돌려 근처의 마땅한 곳에 주차를 했다.

"빌라 쪽에 무슨 일 생긴 것 같으니까 보고 올게. 잠깐 있어."

이도가 당연한 것처럼 먼저 벨트를 풀었다.

"괜찮아요. 혼자 가면……."

효은은 잠깐 허둥대다가 말할 타이밍을 놓쳐 버렸다. 그는 이미 차에서 내린 상태였다. 집 앞까지 혼자 못 걸어갈 정도로 심신이 약한 게 아니니 걱정할 필요가 없다고 말해야 하는데 살짝 겁이 나는 건 어쩔 수가 없었다. 얼른 이도를 따라 차에서 내린 그녀는 그의 뒤를 따라 걸어갔다.

"같이 가요."

효은이 따라가자 이도는 그녀를 자신의 옆쪽으로 이끌며 보호하듯 데리고 갔다.

걸어서 골목 안쪽으로 들어서자 효은의 빌라 앞에 세워져 있는 여러 대의 경찰차와 과학수사대라고 적혀 있는 봉고 차량이 보였다. TV 뉴스에서나 보던 모습이었다. 낮에도 인적이 드문 골목길엔 근처 빌라의 주민들로 보이는 사람들이 삼삼오오 모여 사건에 대해 이야기를 나누고 있었다. 큰일이 생긴 게 분명해 보였다.

빌라에 도둑이라도 든 걸까. 여러 가지 상상이 머릿속에 꽉 차올랐다. 효은은 저절로 심장이 두근대며, 온몸에 오소소 소름이 돋았다. 그녀는 자신도 모르게 이도에게 좀 더 붙어 걸었다. 그걸 눈치챈 이도가 자연스럽게 그녀의 손을 붙잡았다. 효은은 놀랐지만 이러지 말라며 뿌리칠 수 없었다.

"무슨 일입니까?"

이도가 가까이 서 있던 한 젊은 남자에게 상황을 물었다.

"자세히는 모르겠는데 부부 싸움 하다가 여자가 칼에 찔렸나 봐요."

자다 나왔는지 짧은 트렁크 바지를 입은 남자가 입이 새파래진 채 몸을 살짝 떨며 말했다. 아무리 무서운 세상이라고 해도 자신의 근처에서 이런 일이 일어나면 곧장 받아들이기 힘든 충격으로 남기 마련이었다.

효은은 여자가 칼에 찔렸다는 말을 듣는 순간부터 머릿속이 하얘

졌다. 단순히 도둑이 든 것과는 또 다른 섬뜩함이 찾아들었다. 빌라에 사는 사람 중 누굴까. 부부 싸움이라면 혹시 그녀의 옆집이 아닐까 하는 직감이 곧장 온몸을 뻣뻣하게 만들었다. 하루가 멀다 하고 싸우기에 처음엔 집주인과 부동산 중개업자에게 하소연하듯 전화를 걸기도 했었다. 하지만 이미 도장을 찍었고, 그런 부분까지 꼼꼼하게 확인하고 집을 고르는 건 불가능했으니 그냥 그녀의 운이라 생각하고 받아들였다.

어느 날은 옆집의 여자가 직접 만든 케이크를 들고 나타나 미안한 마음을 전하기도 했다. 여자는 효은보다 나이가 한두 살 더 많아 보였고, 그녀가 예상한 것처럼 강하거나 날카롭지 않고 그저 평범했다.

남들처럼 사는데 좀 별날 뿐이겠지. 그리 생각한 효은은 그 순간마다 웬만하면 헤드폰으로 노래를 들으며 자연스럽게 넘기려 노력했다. 한 번씩은 남자의 욕설까지 선명하게 들려와 문을 잘 잠갔는지 한 번 더 확인할 때도 있었지만 이런 작은 일조차 이겨 낼 수 없다면 진정한 홀로서기가 될 수 없다고 생각하며 그녀는 자신의 나약한 심신을 탓했다.

"어머나. 아가씨, 이제 왔네. 이게 다 무슨 일이야, 정말."

사람들 틈에서 나타난 집주인 아주머니가 그녀에게 먼저 알은척을 했다. 근처 빌라 꼭대기 층에 거주하며, 빌라의 호수 몇 개를 임대하는 것으로 생계를 이어 가는 아주머니는 효은을 처음 보는 순간부터 넘치다 싶을 정도로 살갑게 대해 주었다. 그게 알고 봤더니 옆집 신혼부부의 잦은 싸움으로 효은의 집에 입주한 사람들이 자주 바뀌기 때문이었다. 어느 날부터 주변에 소문이 돌아 오랫동안 빈집으로 둘 수밖에 없었는데 효은이 그곳으로 덥석 들어오겠다고 하니 집주인 입장에선 얼마나 귀한 임대인이었을까. 그랬는데 결국엔 이런 일이 벌어지고 말았다.

"내가 이럴 줄 알았지. 이런 사달이 날 줄 알고 경찰서에도 몇 번이나 민원을 냈는데. 그 여자 아마 죽었을 거야. 에휴, 집값 떨어지게 이게 무슨 일인지, 원. 아무튼 아가씨 오늘은 웬만하면 친구 집에서 자. 조사한다고 경찰관들이 왔다 갔다 할 테니까 혼자 있기 무섭지 않겠어?"

여자의 죽음과 집값을 동시에 입에 올리며 아무렇지 않게 효은에게 당부를 한 집주인은 앞으로도 여자가 죽은 그 옆집에서 살아야 할 그녀의 앞날에 대해서는 일체 거론하지 않았다. 계약 기간이 한참이나 남은 데다, 당장 집을 뺀다고 해도 복비는 그녀가 해결해야 할 것일 게 뻔했고, 또한 살인 사건 장소의 옆집으로 이사 올 사람이 있을까 싶었다. 그 뒷감당은 고스란히 효은의 몫이었다.

"옆엔 남자 친구……?"

아주머니의 시선이 효은의 손을 잡고 서 있는 이도에게로 향했다.

"아니……."

효은이 손을 빼고 변명하기도 전에 아주머니가 마음대로 결론을 내렸다.

"당분간 남자 친구가 같이 지내 주면 되겠네. 요새 여자 혼자 사는 게 얼마나 무서운 일인지 알지? 내 딸 같아서 하는 소리야."

자신의 딸이었으면 그 집에 혼자 살도록 두지 않았을 것이다. 아주머니는 어쨌든 집의 계약 기간만 유지하면 된다는 듯 멋대로 두 사람을 동거를 거론하고 사라져 버렸다.

효은은 넋이 나간 채로 멍하니 자신의 집을 올려다봤다. 오늘은 저곳에서 잠들 수 없을 것 같았다. 그렇다면 이제 어디로 가야 하지. 생각을 하기도 전에 손이 다시 단단하고 따뜻한 큰 손에 붙잡혔다.

"일단 가자."

옆에서 모든 걸 지켜본 이도가 그녀를 이끌었다. 더 이상 실랑이를 벌이긴 싫어 효은은 그를 따라 다시 이도의 차가 세워진 곳으로 내려왔다. 그는 당연한 것처럼 그녀를 차에 태웠다. 효은은 마지막 자존심이라고 해도 이도에게는 신세 지고 싶지 않았다. 그가 차를 출발시키자 얼른 입을 열었다.

"병원에 가 있을게……."

"당분간 내 오피스텔에 있어."

이도가 당연한 일인 것처럼 제안했다.

❀ ❀ ❀

"같이 자겠다는 소리……?"

"그럼 따로 자요?"

노랑머리의 여자가 의아하다는 듯 되물었다.

깊어진 밤, 조용한 1인실 안에서는 두 남녀가 대치 중이었다. 승재가 화장실에 다녀온 사이, 제인은 필요한 물건들을 사 오겠다며 사라졌다. 병실로 돌아온 승재는 제인이 없자 그제야 안심했다. 편안하게 잠들기 위해 안대를 착용하고 눕는 순간이었다. 당당히 다시 나타난 제인이라는 여자가 보호자 침대 위에 언제 가져온 것인지 알 수 없는 침낭을 펼쳐 놓고 잘 준비를 했다.

"이봐요, 친구분."

"제인이에요."

"그, 그래요. 제인 씨. 이건 좀 아닌 것 같습니다."

승재는 이 상황을 머릿속으론 이해했지만 막상 현실로 닥치니 곧바로 받아들일 수가 없었다. 어제까지 모르던 여자와 한 공간에서 잠든다는 건 그의 인생에서 쉽게 여길 일이 아니었다. 간호를 하겠다는 사람을 이성으로 느끼는 그가 이상하다고 할 수도 있겠지만 어쨌든 여자였다.

"왜요? 혹시라도 내가 덮칠까 봐 겁나요?"

"네?"

외국 여자가 한국말로 못 하는 소리가 없었다.

"걱정 마요. 프로는 공과 사를 구분하니까."

제인이 쓰고 있는 안경을 도도하게 한 번 추켜올렸다.

"무슨 소리를 하는 거예요, 지금?"

승재는 외국말을 듣고 있는 것도 아닌데 답답해 미칠 지경이었다.

"밥값 하는 중이라고요."

"밥값이요?"

"네. 효니 집에서 지낸 사용료를 보이프렌 씨 간호하는 걸로 대신 지불하기로 했어요. 이제 이해가 좀 됐어요? 그러니까 사심 같은 건 없으니 오해 말아요. 그리고 친구한테 마음 있는 남자를 유혹할 만큼 정신이 타락한 사람은 아니에요."

"치, 친구한테 마……음……."

제인의 말을 곱씹던 승재의 얼굴이 타들어 갈 것처럼 뜨겁게 달아올랐다. 이 여자는 뭘까. 도대체가 모르는 것도 없고, 감추는 것도 없었다. 제인은 이제 깔끔하게 해결됐으니 자도 되겠냐는 얼굴이었다. 승재는 저절로 어이없는 헛웃음이 흘러나왔다.

"효은이한테는 제가 잘 둘러댈 테니까 간호 같은 건 안 해 주셔도 됩니다. 팔 하나 다친 걸 가지고 간호는 무슨. 그리고 제인 씨도 여기서 불편하게 자는 게 싫을 거 아닙니까?"

"저를 생각해 주는 보이프렌 씨 뜻은 알겠는데 지금은 돌아가면 안 돼요."

"아, 왜요!"

"효니 허즈번드랑 같이 있는데 눈치 없이 거기 또 낄 순 없어요."

허즈번드. 승재는 입이 쩍 벌어지고 말았다. 그 남자까지 알고 있단 말인가. 그리고 그 둘은 지금 왜 같이 있는 걸까. 자신은 이 외국 여자에게 맡기고 그 남자에게로 달려간 걸까. 승재는 효은의 행동에 울화가 치밀었다. 나쁜 계집애. 정말 기어이 그를 다시 선택하겠다는 건가.

"워워. 표정 무서워요. 보이프렌 씨."

"제가 별롭니까?"

승재가 제인에게 불쑥 물었다.

"네?"

제인은 그 뜻을 파악하기 위해 빠르게 머리를 돌려야 했다. 한국어 해석 고난이도 문장이었다. 별로라는 단어는 부정적인 뜻을 담고 있지만, 자신에 대해 물을 때 사용한다는 건 별로가 아니라는 말을 듣고 싶기 때문일 것이다. 머릿속에서 빠른 해석이 내려졌다.

"보이프렌 씨 정도면 최고죠."

제인은 엄지까지 추켜올리며 말했다. 솔직히 이쪽도 준수한 외모 였다. 허즈번드 쪽이 완벽한 비주얼을 갖춘 차가운 이미지의 '냉미남 과'라면 보이프렌 쪽은 반듯하고 차분하면서도 어딘가 모자라 귀여운 구석이 있는 편안한 '훈남과'에 속했다.

제인은 만약 자신이 효은의 입장이었다면 어느 쪽도 선택하기 쉽지 않았을 것이라고 생각했다. 그리고 어떤 결정을 해야 친구 효은이 행복할 수 있을지, 그것 또한 쉽게 그려 낼 수 없었다.

"왜 제인 씨 눈에는 보이는 게 장효은한테는 안 보이는 겁니까?"

승재는 답답한 마음에 제인에게 따져 물었다.

"내 눈이랑 효니 눈이랑 다르잖아요."

제인이 간단명료하게 대답하고 웃었다.

❋ ❋ ❋

"들어와."

싫다고 거절하면, 그는 또 그녀를 그 어떤 말로든 뒤흔들겠지. 차라리 그리 생각하며 그를 따라가는 게 효은은 마음이 더 편했다. 그렇게 해서라도 자신의 죄책감을 덜고 싶어 하는 남자에게 억지 고집을 부려 괴롭히는 것도 한두 번이었다.

효은은 쉽게 생각했다. 만약 승재가 아프지 않았다면 녀석에게 신세를 졌을지도 모른다. 그건 당연하면서 그에게만은 절대 안 된다는 것도 우스웠다. 솔직히 다시 병원으로 가는 것도 내키지 않았다. 승재와 제인이 걱정할 게 뻔했다. 그리고 근처 모텔이나 찜질방에서 지내는 것보다 이쪽이 그녀에겐 훨씬 더 실속 있었다. 사용료를 내라고 하진 않을 테니까.

"그럼, 오늘만 신세 좀 질게요."

마지막 자존심은 부려 보고 싶어서 효은은 현관으로 들어서며 말을 덧붙였다.

이도는 그 말에 대답 없이 웃었다. 그녀가 여기까지 순순히 따라와 준 것만으로도 그는 감사했다. 분명 자존심을 내세우며 그의 마음을 불편하게 만들 거라 생각했는데, 물음 뒤에 곧장 허락이 떨어졌다.

'*그래도 돼요? 그럼, 나야 고맙죠.*'

장효은의 매력은 그것이라는 걸 오랜만에 느끼는 순간이었다.

"필요한 건 이미 다 있으니까 지내는 데 불편하진 않을 거야. 부족한 거 있으면 언제든지 말하고."

이도는 익숙하게 오피스텔 안으로 걸어 들어가 식탁 위에 핸드폰과 차 키를 내려놓았다. 바로 어제도 반복한 것 같은 자연스러운 행동이었다. 그러고 보니 공간 안은 비워 둔 느낌이 아니었다. 혹시 그가 이곳에서 계속 생활하고 있었던 걸까. 바쁠 때 한 번씩 들르는 여분의 장소인 줄만 알았다.

효은은 문득 다른 생각이 찾아들었다. 당연히 본가로 다시 들어가 지낼 거라 생각했다. 강원도 별장은 이미 처분했을 테고, 그는 예전으로 되돌아갔을 테니 그런 예상을 하는 게 당연했다. 그의 할아버지가 이대로 그가 겉돌도록 둘 사람이 아닐 텐데. 머릿속 생각들이 복잡하게 얽혀 들었다. 그러다 정신을 차리라는 듯 이제는 그녀가 걱정할 필요가 없다는 현실감이 뒤통수를 쳤다. 그래 누가 누굴 걱정한다고.

"내가 알아서 할게요. 걱정 안 해도 돼요."

효은은 딱 잘라 말했다. 그러자 더 할 말이 없어진 이도는 다시 돌아설 준비를 했다. 식탁 위에 놓아둔 물건들을 챙긴 그가 현관으로 향할 때까지 효은은 그 자리에 서 있었다. 그러다 결국엔 그의 뒤를 따라가 묻고 말았다.

"어디로 가요?"

"어?"

이도가 뒤돌아 그녀를 바라봤다. 그의 눈에 당황한 빛이 어렸다.

"본가로 가는 거 맞죠?"

효은이 다시 한번 되물었다.

"……그래."

"알았어요. 잘 가요."

정말 그곳으로 가는 것일 수도 있었다. 이곳에서 지낸 건 그저 일이 바빠서 그런 것이겠지. 다른 추측은 무의미한 망상일 뿐이었다. 묻는다고 대답해 줄 사람도 아니고. 언제나 이렇게 마지막엔 답답한 벽에 부딪힌 것처럼 비밀스런 기분을 느끼게 하는 남자였다.

그래서 결국 그를 용서할 수 없었다. 왜 솔직해지지 못했을까. 그건 그녀에 대한 마음이 부족해서 그렇지 않을까. 그녀 나름대로 결론을 내렸다. 사랑한다면 끝없이 매달리고 의지하고 싶은 게 당연했으니까. 그녀가 그랬던 것처럼.

하지만 이 남자는 아니었다. 그녀의 사랑과 그의 사랑이 다른 방식이라면 두 사람은 더 이상 미련을 가지지 않는 게 맞았다. 그리고 그는 사랑이란 걸 하고 싶지 않을 수도 있었다.

"문단속하고."

이도가 돌아서 현관문을 열었다.

"아, 비밀번호는 뭐예요?"

효은은 뒤늦게 생각난 것처럼 물었다.

"……우리 결혼기념일."

정말 할 말 없게 만드는 남자였다.

"알았어요. 내가 다른 걸로 바꿔도 되죠?"

효은은 그런 남자의 가슴을 얄밉게 할퀴었다.

"마음대로 해."

이도는 짧은 말을 남기고 사라졌다. 현관문이 닫히고 효은은 또다시 혼자가 되었다. 뒤돌아 거실로 들어서는데 저절로 한숨이 흘러나왔다. 이곳에서 혼자 지내는 것도 그녀에게는 고통이었다.

간단히 샤워를 하고 잠자리에 들었지만 잠이 올 리 없었다. 효은은 침대에서 일어나 지갑과 겉옷을 챙겼다. 급하게 오느라 갈아입을 속옷조차 챙기지 못했다. 하루 정도야 참고 지내면 된다고 생각했지만 어차피 잠도 오지 않으니 효은은 간단히 필요한 물건들을 사기 위해 근처 편의점으로 향했다.

이것저것 보이는 것만 담고 돌아서는데 냉장고 코너가 눈에 들어왔다. 잠을 자기 위해선 맥주가 하나의 방법이 될 수도 있었다. 효은은 늘 해 왔던 것처럼 할인을 받기 위해 네 개의 맥주를 골라 담았다. 계산을 마치고 편의점을 나서자 찬 바람이 부는 날씨는 더욱 쌀쌀해져 있었다.

몸을 잔뜩 움츠리고 오피스텔 쪽으로 걸어가던 효은은 1층 지상

주차장을 지나치다 우뚝 그 자리에 멈춰 섰다. 설마. 어디든 다른 곳
으로 갔을 것이라 생각한 남자가 아직도 이곳에 있을 것이란 뒷생각
은 해 보지 않았다.

효은은 발을 돌려 천천히 그의 차 쪽으로 향했다. 검게 선팅된 차
안을 들여다보자 운전석에 비스듬히 누워 있는 한 남자가 있었다. 마
치 누군가 가슴을 날카로운 무언가로 푹, 찌르는 것만 같았다. 이리도
잔인하게 그녀를 괴롭혀야 직성이 풀리는 것이겠지. 2년이나 기다리
게 만들어 놓고 멋대로 이혼 서류나 보내는 여자를 가만히 놔주지 않
겠다는 집념으로 가득 찬 것처럼. 한 남자는 쉴 새 없이 그녀를 흔들
어 대고 있었다.

똑똑똑.

효은은 운전석 창문을 노크하듯 두드렸다. 잠든 적 없는 것처럼 금
방 눈을 뜬 이도가 밖에 서 있는 효은에게 시선을 주었다. 지이이잉.
창문이 내려지고 그의 얼굴이 나타났다.

"혼낼 거야?"

선수 치듯 이도가 입을 열었다. 효은은 하, 하고 웃어 버렸다.

"나와요."

그리고 그녀는 돌아서 걸었다. 뒤쪽에서 차 문이 열리고 닫히는 소
리가 들렸다.

"장효은."

그가 불렀다.

"맥주 많이 샀어요. 혼자 다 못 먹어요."

그녀는 그 말만 하고 오피스텔 안으로 들어섰다. 이도는 효은을 뒤따르며 뒤늦게 웃었다. 저렇게 마음이 약해서는. 뭘 정리하겠다는 건지. 그런 그녀의 마음을 이렇게 이용하고 있는 자신이 나쁜 놈인 걸 알지만 어쩔 수 없다며 그는 자신의 오피스텔 안으로 걸어 들어갔다.

"씻어요."

효은은 곧장 주방으로 향해 편의점에서 사 온 물건들을 정리했다. 뒤따라 들어선 이도에게는 지금 막 퇴근하고 돌아온 사람 대하듯 자연스럽게 말을 건넸다. 그녀의 행동에 놀란 것은 오히려 이도였다.

그를 불쌍하게 여겨 맥주나 한잔 먹여 보내려는 건 줄 알았다. 그녀가 다가오면 그는 이제 겁이 났다. 언제나 그의 심장을 뒤흔드는 여자니까. 이렇게 곁을 주고는 아무렇지 않은 척 잘 있으라고 인사하고 떠나 버리면 어쩌나. 그녀 앞에서는 겁쟁이가 되어 버리는 남자는 어느 것 하나 쉬운 게 없었다.

"왜 그러고 있어요?"

냉장고에 맥주를 넣은 효은이 현관에 서 있는 이도에게 다가왔다.

"이러는 게 더 무서운 건 왜지?"

이도가 스스로에게 묻듯 되물었다. 효은이 짧게 웃었다.

"넘겨짚지 마요. 아무 뜻 없어요. 여기, 아저씨 집이잖아요. 내가 신세 지는 사람이고. 같이 지내도 이상할 거 없어요. 방이 한 개만 있는 것도 아니고."

같은 공간에 있는 것조차 견디기 힘들다며 그를 거부할 때가 마음은 더 편했던 것 같기도 했다. 그가 아직은 그녀를 흔들 만큼 영향력 있는 존재라는 뜻이니까. 이도는 스스로가 우스웠다. 뭘 어쩌라는 건지. 다가와도, 멀어져도 불안했다. 생각이 많아졌다. 사랑을 너무 오래 앓아 온 부작용이었다. 그는 잡념을 접고 얼른 욕실로 향했다. 예전보다 샤워 시간이 더 길어질 수밖에 없었다.

젖은 머리카락을 다 말리지도 않은 채 이도가 거실로 걸어 나왔다. 그는 편안한 팬츠와 티셔츠 차림이었다. 단단한 갑옷처럼 슈트를 차려입을 때와는 또 다른 이도의 비밀스런 모습이었다. 그녀만이 알고 싶었던. 어느 누구에게도 보여 주고 싶지 않았던.

돌아보면 그를 남자로 느낀 순간부터 그녀는 끊임없이 그에게 반했던 것 같았다. 그리고 지금도 여전히 그 마음이 조금도 달라지지 않은 것만 같아 허탈한 자괴감이 들었다. 효은은 그를 의식하지 않으려 했지만 쉽지 않았다. 몸을 섞었던 남자들과 친구로 지낸다는 제인이 대단하다는 생각도 들었다.

"맥주 줄까요?"

효은이 그의 몫의 맥주를 가지러 가기 위해 식탁에서 일어섰다.

"아니야. 내가 할게."

이도는 그녀의 행동을 막고 직접 냉장고 쪽으로 향했다. 긴장된 침묵이 두 사람 주위를 감돌았다. 예전에는 너무도 당연했던 상황들이 지금은 꿈 같은 일처럼 비현실적으로 다가왔다.

이도는 효은이 사 온 네 개의 맥주 캔을 보고서 입가에 작은 미소를 띠었다. 여전히 변하지 않은 습관이 이렇게 반가운 적은 처음이었다. 달라지지 않았으면 했다. 그녀의 분위기, 웃음, 그에 대한 마음까지도.

"술은 좀 늘었어?"

이도는 식탁에 다가가 앉으며 분위기를 바꾸기 위해 물었다.

"이젠 없어서 못 먹죠."

효은은 으스대며 말했다. 당연히 거짓말이었다. 조금만 마셔도 맥주 캔을 뺏어 가던 남자가 옆에 없었지만 그녀는 술로 아픔을 달래고 싶지 않았다. 모범생처럼 공부만 하는 그녀를 안타깝게 생각한 제인이 유학생들 모임에 데려간 적도 있었지만 좀처럼 분위기에 적응하지 못했다. 유학이라는 단어가 주는 특권인 것처럼 한국에서 온 친구들은 어딘가 나사가 하나씩 빠져 있는 듯한 모습이었다. 그들에게 외국 생활은 사치스런 탈출구일 때가 많았다.

하지만 효은은 그럴 수가 없었다. 꽉 막힌 사람이 아니라고 생각하고 살았던 스스로의 인생을 되돌아보는 계기가 되기도 했다. 효은은 자신이 그 누구보다 두려움이 많고, 한계를 벗어나려 하지 않는다는 것을 깨달았다. 그러나 그녀가 그렇다는 걸 절대 몰랐으면 하는 남자 앞에선 변한 사람이 되어야 했다.

"유학 생활이 잘 맞았어요. 나 겁 없는 거 알잖아요. 역시 사람은 큰물에서 놀아야 하나 봐요. 잠자는 시간까지 아껴 가면서 알차게 놀다 보니 2년은 금방 가더라고요."

당신 없이도 잘 지냈다는 말을 이렇게 구구절절하게 할 필요는 없었다. 하지만 효은은 그녀의 결정으로 떠난 그 시간들을 후회하는 모습은 보이고 싶지 않았다.

"재밌게 보냈다니 다행이네."

이도가 씁쓸하게 웃으며 대꾸해 주었다.

"그러니까 아저씨도 본인 인생 살아요. 왜 바보같이 그러고 있어요?"

"진짜 바보인가 보지."

"나 농담하는 거 아니에요."

"나도 그래."

두 사람의 시선이 허공에서 부딪쳤다.

"……그만해요. 먼저 잘게요."

효은은 상황을 피하듯 자리에서 일어났다. 다 마신 맥주 캔을 치우기 위해 식탁을 정리하고 싱크대로 향하는데 이도가 움직이는 게 느껴졌다. 그의 발걸음이 그녀가 있는 쪽으로 향하는 것만 같았다. 심장이 알아서 뛰기 시작했다. 이토록 신경 쓰면서. 바보. 누가 누구더러 본인 인생을 살라는 건지.

"내가 할게."

등 뒤로 다가선 이도가 끌어안듯 손을 뻗으며 효은의 손에 들린 물 컵을 뺏어 쥐었다. 그의 향기가 엄습하며 그녀를 뒤흔들었다. 일부러 이러는 것이다. 흔들리는 그녀가 보고 싶은 것이지.

효은은 오기가 나 돌아섰다. 두 사람의 눈빛이 2차전을 맞이하듯 허공에서 맞부딪쳤다. 이전과 다르게 거리가 너무도 가까웠다. 뛰던 심장이 고장 난 것처럼 그대로 멈춰 버렸다.

"……뭐 하자는 거예요?"

효은은 가까스로 입을 열었다.

"작전을 바꿨어."

이도가 뻔뻔하게 대답했다.

"이러면 누가 무서워할 줄 알아요?"

지고 싶지 않아 효은은 오히려 한 발 더 그에게 다가섰다. 마치 키스하기 직전처럼 두 사람의 거리가 좀 더 좁혀졌다. 이도가 고개를 숙여 입술을 가져다 대기라도 한다면 다음 단계는 불 보듯 뻔했다. 지금이라도 물러서야 한다. 그런데 효은은 움직일 수가 없었다. 마치 허락이라도 하는 것처럼.

그런 그녀를 가만히 내려다보던 그의 눈빛이 진하게 변해 가며 점점 고개가 아래로 내려왔다. 효은은 질끈 눈을 감았다. 하지만 아무 일도 일어나지 않았다.

"너…… 사람 괴롭히는 방법도 가지가지야."

물러난 것은 오히려 이도였다.

"설거지는 그냥 둬. 내일 내가 할 테니까."

작은 한숨을 내쉰 그가 주방을 빠져나갔다. 잠시 후, 어디선가 여분의 이불을 가지고 온 그가 소파 위에 잠자리를 만들었다. 그대로 몸을 눕히고 이불까지 덮는 그를 지켜보고 있던 효은은 성큼성큼 그의 앞으로 걸어갔다.

"거기서 자면 불편하지 않겠어요? 아저씨만 괜찮으면 난 한 침대 써도 상관없어요."

오기인 걸까. 아니면, 그를 더 괴롭히고 싶은 걸까.

효은은 함부로 입을 놀린 걸 곧바로 후회했다.

그는 마치 이런 상황을 예상한 것처럼 평온한 얼굴로 침대에 누웠다. 오히려 긴장한 쪽은 효은이었다. 이제 와 가슴이 두근거려 같이 잠을 자지 못하겠으니 다시 소파로 돌아가라는 말은 할 수가 없었다. 어쩌면 이렇게라도 상황을 극복하는 게 그녀에겐 도움이 될지도 모른다. 그로 인해 더 이상 흔들리지 않는다는 걸 보여 주고 싶기도 했다.

"얼른 자. 아무 생각 하지 말고."

그가 눈을 감은 채 충고하듯 말을 꺼냈다. 침대 사이즈가 커서 어느 정도는 거리 유지가 가능했다. 효은은 등을 보인 채 누워 그를 의식하지 않으려 애썼다. 그에게 참을 인 좀 새기라고 상황을 만들었더니 그녀가 더 힘들어져 버렸다.

무방비 상태로 잠들면 안 된다는 다짐을 하는데 어쩐 일로 졸음이 쏟아졌다. 그녀의 집에서 그를 거실에 두고 자려고 했을 땐 온갖 애를 써도 안 되더니 사람이 미칠 노릇이었다. 아무래도 안 먹던 맥주를 평소 주량보다 많이 마셔서인 것 같았다. 효은은 결국 패배하듯 잠에게 항복하고 말았다. 그리고 그 이후의 일은 기억할 수 없었다.

"제인……."

품으로 파고들며 가슴을 끌어안는 몸짓에 이도는 한 번 더 입술을 깨물었다. 자신의 잠버릇이 이것이라는 걸 경고하던 여자였으니 누구 탓을 할 수도 없었다. 주방에서 대치했을 땐 가까스로 상황을 모면했지만 침대 위에선 그도 이성의 끈을 쥐고 있기가 힘들었다.

"하……. 넌, 정말……."

이도는 자신을 꼭 끌어안고 잠든 그녀를 내려다보며 못다 한 말을 삼켜 냈다.

"나, 아파……. 아프다고……."

누구에게 하는 말처럼 효은이 잠꼬대를 했다. 이도의 가슴이 욱신거리며 가라앉았다. 재미있었다고 호기롭게 말하던 유학 생활에서 그녀는 얼마나 많은 밤을 이렇게 아파했을까. 그는 눈에 보이듯 그 모습이 훤히 그려져 아무 짓도 할 수가 없었다. 우리는 정말, 어떻게 해야 할까.

❀ ❀ ❀

효은은 오랜만에 꿈에서 할아버지를 만났다. 늘 그녀를 걱정스런 얼굴로 바라보던 그였는데 이번엔 활짝 웃는 모습이라 마음이 가볍고 편안했다. 그래서 잠도 푹 잤던 걸까. 몸이 어쩐지 개운했다.

커다랗게 기지개를 켜며 자리에서 일어난 효은은 잠시 동작을 멈추었다. 여기가 어디였더라. 그제야 자신이 이도의 오피스텔에 와 있다는 것을 뒤늦게 깨달았다. 그리고 어젯밤 그를 이 침대로 불러들여 같이 잠들었다는 것까지. 모든 기억이 파노라마처럼 한순간에 머릿속을 스쳐 지나갔다.

놀란 표정으로 얼른 옆자리를 내려다보자 깨끗하게 비워져 있었다. 침대 옆 협탁에 놓인 시계를 확인하자 상황을 이해할 수 있었다. 그녀의 출근 시간까지는 아직 여유가 있었지만, 항상 빠르게 아침을 시작하는 그는 이미 회사로 향했을 시각이었다. 그가 일어나 준비를 하고 나가는 것도 모를 정도로 깊이 잠들었던 걸까. 효은은 자신의 무신경함이 놀라울 따름이었다.

혹시 몰라 거실 쪽으로 나가자 식탁 위에 아침상이 차려져 있었다. 그리고 그 옆에 자그마한 쪽지가 놓여 있는 걸 발견했다.

[아침 꼭 먹고 가.]

마치 아무 일 없었던 연인처럼 다정한 말이었다. 효은은 이 상황이 어이없으면서도 그렇게 나쁘지 않다고 느끼는 스스로가 놀라웠다. 그가 차려 놓은 밥상에는 그녀가 평소에 좋아하던 반찬들이 가득했다. 분명 냉장고엔 먹을 만한 게 없었는데, 이걸 아침부터 사다 놓고 간 것일까. 그의 정성과 노력에 효은은 지금 자신이 이 남자를 밀어내고 있는 상황이 우스워지기도 했다.

"정말……. 어쩌라는 거야……."

마음을 흔드는 생각들을 잠시 접어 두고 효은은 얼른 아침 식사를 마치고 출근 준비를 했다. 샤워 가운을 입고 머리에 수건을 두른 채 머리카락을 말릴 드라이어를 찾아 이곳저곳 돌아다니고 있는데, 현관 비밀번호를 누르는 소리가 희미하게 들려왔다.

그녀가 걱정된 이도가 다시 돌아온 걸까. 효은은 어쩐지 입가에 미소가 그려졌다. 얼른 현관 쪽으로 뛰어나가려는데 전혀 예상치 못한 사람이 그녀를 발견하고 얼음이 된 채 서 있었다.

"여긴…… 어떻게……?"

서로가 서로에게 묻는 말이었다. 효은은 앞에 서 있는 남자를 보고 뒤늦게 현실을 파악했다. 어쩌면 그가 이곳에 나타난 건 이상할 게 없는 상황이었다. 그는 권이도 상무 밑에서 일하는 부하 직원이었으니까. 오히려 이상한 쪽은 자신이 모시는 상무님의 집에서 샤워 가운을 입고 서 있는 협력 업체 직원일 것이다.

"아, 저는 신경 쓰지 않으셔도 됩니다. 이거, 상무님한테 혼나겠는걸요. 그냥 민아 씨 부탁 받고, 아니, 상무님 친척분 부탁으로 들른 거거든요. 비밀번호까지 누르고 들어온 걸 아시면 얼마나 황당하시겠어요? 비서님이, 아니, 효은 씨가 모른 척해 주십시오."

박 팀장은 자신이 가져온 반찬 꾸러미를 얼른 식탁 위에 올려놓고 돌아섰다. 효은이 뭐라고 변명하기도 전에 그는 이미 사라져 버렸다.

그 자리에 멈춰 서 있던 효은은 정신이 멍멍했다. 무슨 일이 일어난 것인지. 그런 와중에도 가슴에 박혀 떨어지지 않았던 한 이름이 머릿속을 괴롭혔다.

서민아. 그 여자는 아직도 위험한 짝사랑을 이어 가고 있는 것일까. 이젠 자신과 전혀 상관없는 일이라 생각하며 무시하고 싶었지만, 그게 쉽지 않았다. 이미 마음속엔 당연한 것처럼 질투심이 피어올랐다. 2년 전과 다른 게, 하나도 없었다.

엘리베이터에 올라탄 태수는 내려야 할 층수의 버튼도 누르지 않은 채 멍하니 서 있었다. 장효은. 저 여자가 왜 권이도 상무의 오피스텔에 있는 것일까. 궁금증은 자연스러운 것이었다.

레스토랑에서 그가 추측했던 상황이 사실일까. 정리하자면 별거한 아내와 서류 정리도 하지 않은 채 자신의 오피스텔로 여자를 끌어들였단 소리가 되었다. 그 어떤 핑계를 가져다 댄다고 해도 오해의 소지가 다분한 상황이었다.

직원들과의 가벼운 술자리조차 참석하지 않는 그가 협력 업체 직원과 개인적인 관계를 맺는다? 이도의 오피스텔에 있는 효은의 모습을 두 눈으로 확인했지만 그는 좀처럼 믿기가 어려웠다. 철저하게 공과 사를 구분하며 자신의 행보에 흠집이 날 만한 일은 시작부터 싹을 잘라 내는 보스였다. 수많은 로비와 검은손의 유혹에도 눈 하나 깜짝하지 않은 걸 보고 존경심이 든 것도 사실이었다.

어떤 인생을 살면 저럴 수 있을까. 부럽기도 했다. 더 높은 곳으로 향하기 위해 마음에도 없는 결혼을 결심한 태수 자신과는 비교될 수밖에 없는 사람이었다. 그래서 더 닮고 싶었지만 한편으론 그가 무너지는 모습을 보고 싶은 마음도 들었다. 그도 똑같다는 것을 눈으로 확인해야만 그의 인생을 위로받을 수 있을 것 같은 삐뚤어진 감정이었다.

철저히 이기적이고, 지독한 자격지심이었다. 태수는 끝내 자신의 밑바닥을 보게 될 것이라는 걸 이미 알고 있었다. 태어날 때부터 가진 이들과 자신은 출발선상부터 달랐다. 그걸 이겨 내는 동화 같은 일은 지금 세상에선 일어나지 않았다.

체념하고 포기하는 게 어쩌면 더 현명할지도 몰랐다. 그는 흐린 웃음을 내놓으며 뒤늦게 엘리베이터의 층수를 눌렀다. 그 순간 주머니에서 핸드폰 진동이 울렸다. 지금 이 상황을 알게 만든 민아일 거라 생각했다. 어찌 됐든 현재는 그가 발이라도 닦아 줘야 할 여자였으니까. 하지만 핸드폰에 찍힌 이름은 다른 사람의 것이었다.

"네. 이사님."

— 어디예요?

"아, 잠깐 볼일이 있어서 어디 좀 들렀다가 출근하는 길입니다."

— 아침 식사는?

"네? ……아직."

— 그럼, 나랑 아침 먹읍시다.

마치 사위를 챙기듯 따뜻한 목소리로 선영이 제안했다.

❀ ❀ ❀

안내받은 고급 한정식집은 VIP들에게만 제공되는 은밀한 공간이었다. 평탄하게 그의 인생을 살았다면 절대 들어올 수 없었을 것이란 생각이 들자 태수는 다시 한번 가슴 안에서 감춰 둔 욕망의 불씨가 더욱 깊게 지펴지는 기분이었다.

"어서 와요."

공간 안에 들어서자 먼저 도착한 선영이 그를 반겼다.

태수는 최대한 예의를 갖춰 인사를 건네고 그녀의 맞은편에 자리를 잡고 앉았다. 사주의 장녀. 그가 절대 독대할 수 없는 여인이라 여겼건만 지금은 미래 장모가 될지도 모르는 사람이었다. 인생은 정말 알 수 없다는 생각이 들었다. 그러나 한편으론 왜 하필 자신인지 의문이 들기도 했다. 태수는 그 궁금증을 아직 풀지 못했지만 만약 그 이유를 알게 된다고 하더라도 물러날 마음은 없었다.

민아와의 결혼은 그의 인생을 전혀 다른 세계로 전환할 수 있는, 절대 놓쳐서는 안 될 아주 황금 같은 기회였기에.

"내가 늘 먹던 걸로 시켰는데, 괜찮겠어요?"

선영이 배려하듯 물었다.

"아, 네. 가리지 않고 다 잘 먹는 편입니다."

태수는 곧장 싹싹하게 대답했다.

"다행이네요. 우리 집안엔 입맛 까다로운 사람들이 많아서. 아버지부터 그래요. 나도 당연히 그 피를 물려받았을 테고. 아, 민아 아버지는 그렇게 가리진 않아요. 그래서 내가 덜 고생했죠. 남편 식성 맞추는 것만큼 어려운 일도 없는 것 같아요. 다행히 우리 민아는 행운아가 되겠네요."

선영은 태수를 만나면 일부러 개인적인 이야기를 많이 꺼내는 편이었다. 좀 더 친근감을 표현하기 위함이기도 했고, 그를 사위로 맞고 싶다는 그녀 나름의 사인이었다. 눈치 빠른 태수가 그걸 알아차리고 좀 더 태도에 신경 쓸 때쯤, 민아를 소개받았다. 어쩌면 그는 민아의 남편이 아니라 선영의 사위가 되기 위해서 지금 이 결혼을 결심하게 된 것일지도 모르겠다.

"제가 더 행운이죠. 민아 씨 같은 미인에 모든 게 완벽하신 장모님까지. 여기저기 가리지 않고 종교 행사에 다닌 보람이 있습니다."

"하하하. 그래요? 난 박 팀장 이런 점이 좋아요. 사람이…… 유연하니까. 세상에 어떤 일이 벌어질지는 우리 모두 모르는 거 아니겠어요? 그 상황에서 가장 잘 대처하는 사람이 살아남는 것이겠죠. 그런 점에서 박 팀장은 아주 믿음직스러워요."

태수는 과찬이라며 다시 한번 고개를 숙였다. 타이밍이 맞게 곧 그들의 아침 식사가 눈앞에 차려지고, 화기애애한 분위기가 이어졌다. 태수는 대화하는 도중에도 선영이 손을 많이 가져다 대는 반찬을 그녀 앞으로 옮겨 주었다. 다정하고, 배려심이 넘치는 행동에 선영은 흡족했지만 한편으로는 씁쓸하기도 했다.

그녀의 남편이 이런 사람이었다면 사랑했을까. 이 모든 행동이 그녀에게 잘 보이기 위한 거짓된 쇼라고 해도 여자들은 그것으로 만족했다. 태수의 가슴속에 욕망이 들끓는다 해도 그의 노력을 받아 내 행복할 기회를 얻을 수 있는 사람은 민아였다.

불쑥 질투심 같은 것이 올라오자 선영은 우습다며 고개를 흔들었다. 이러고 감상에 젖어 있을 시간이 없었다. 그녀의 목적은 앞에 앉은 남자를 이용해 왕의 자리에 오르는 것이었다.

후계자가 되기 위한 그들의 전쟁은 새로운 국면을 맞았다. 이도는 효은의 할아버지가 남긴 선흥의 최초 주식을 손에 넣었고, 회장 자리에 한 발짝 더 다가갔다. 하지만 그녀는 그가 권 회장의 친손자가 아니라는 비밀을 쥐고 있었다. 무상이 급하게 유언장을 수정하며 상황을 막아 놓긴 했지만 팽팽하게 붙잡고 있는 줄다리기는 언제 어느 쪽으로 기울지 몰랐다.

약점은 많으면 많을수록 좋았다. 권이도가 어떤 그림을 그리고 있는지 누구보다 빨리 알아차려야 할 사람이 그녀였다. 그러기 위해 입양까지 해서 키워 놓은 민아가 제 감정에 취해 이제 그녀의 말을 듣지 않았다. 더 머리가 좋고, 안전한 충견이 필요했다.

그렇게 후보를 찾다가 눈에 들어온 것이 박태수 팀장이었다. 이도가 특별 인사로 뽑아 일을 맡기고 신임하는 몇 안 되는 팀원이었다.

비상한 능력을 지녔지만 불우한 배경을 가졌다. 야망이 심장을 뛰게 할 것이었고, 멍청하게 감정에 취할 리 없었다. 그녀가 찾던 인물이었다.

"아침부터 업무를 본 거예요?"

선영은 후식으로 나온 과일을 그 앞에 다정히 밀어 주었다.

"아, 민아 씨 부탁 좀 들어줬습니다."

태수는 속이는 것 없이 사실을 말했다. 그것이 민아의 어머니인 선영에게 점수를 따내는 방법이라고 생각했다.

"……민아가요? 걔가 누구한테 부탁 같은 거 잘하는 편이 아닌데, 이제 박 팀장이 편해졌나 보네요. 낯설어하기에 걱정했는데 다행이에요."

"그냥, 제가 불쑥 하겠다고 가져왔습니다. 같이 출근하려고 집 앞에서 기다리던 중이었거든요."

1년 전부터 민아는 혼자 살아 보겠다며 독립을 선언했다. 선영은 그것을 당연한 듯 허락했다. 너도 시집가기 전에 혼자 살면서 인생을 즐기라고. 그녀에게 건네는 유예 기간 같은 것이었다.

다시 자신의 충견이 되어 달리도록 만들기 위해 당근을 주어 붙잡아 두는 것이었다. 사람을 다룰 줄 알아야 이용할 수 있다는 걸 선영이 그 누구보다 잘 알았다. 이도의 짝이 유학을 떠나고 녀석이 흔들리면서 민아가 어울리지 않은 죄책감에 시달리고 있다는 걸 눈치챌 수밖에 없었다. 사랑이란 게 그렇게 멍청한 것이었으니까.

"편해지긴요. 아직 저한텐 많이 차갑습니다."

태수가 선영에게 이실직고했다.

"그래서 마음에 안 든다는 소리는 아니죠?"

"아, 아닙니다. 마음에 없는 여자 집 앞에서 새벽부터 기다리는 남자가 있겠습니까? 그래도 오늘 보니 상무님 반찬도 챙겨 주고 따뜻한 면이 숨겨져 있는 것 같아서 더 좋아져 버렸습니다."

상무라는 말이 나오자 선영의 입가가 잠시 굳어졌다. 태수가 눈치챌 정도는 아니었지만 그녀는 멍청한 딸아이의 행동을 웃어넘길 수가 없었다.

"어릴 때부터 친했어요. 권 상무랑 민아가. 지금 권 상무 상황이……. 아, 뭐 박 팀장도 이제 우리 가족이 될 사람이니까 편하게 말할게요. 이미 회사에 소문이 돌기도 했고. 와이프와 별거 중이니 민아가 마음이 많이 쓰일 거예요. 얼른 털어 내고 새 출발을 해야 할 텐데, 고모인 나도 걱정이에요. 곧 서류 정리가 될 것 같은데, 좋은 사람을 소개해 줘야 하나……. 그런 생각도 들고. 박 팀장 보기엔 어때요? 권 상무, 지내는 건 괜찮아 보이던가요?"

선영은 오늘 이 만남의 목적을 돌고 돌아 의심받지 않게 내놓았다. 태수는 경계와 의심 따윈 가지지 않고 이도에 관한 자신의 생각을 스스럼없이 꺼내 놓았다.

"제 생각이지만…… 이사님이 걱정하지 않으셔도 곧 좋은 소식 들릴 것 같습니다."

"⋯⋯그래요?"

전혀 예상하지 못한 대답이었다. 이도에게 다른 여자가 생겼단 말인가. 그럴 가능성은 희박했다. 그렇다면 그 여자가 돌아와 다시 만나는 걸까. 선영의 눈가가 더욱 짙게 꿈틀거렸다.

❊ ❊ ❊

[퇴근 시간에 데리러 갈게]

이도의 문자는 오후 업무가 마무리될 즈음 날아왔다. 효은은 잠시 문자를 내려다보며 고민했다. 오늘은 집으로 돌아가겠다고 말하면 무슨 대답이 되돌아올지 뻔했다.

피하고, 부딪치고, 그러다 포기하듯 다시 마주하고. 그것의 반복이었다. 그녀와 어울리지 않는 해결 방식이었다. 뭐가 두려운 걸까. 그를 다시 사랑하게 될까 봐? 아니면 아직도 그를 사랑하는 그녀의 마음을 어쩔 수 없이 들키게 될까 봐? 모든 게 멍청하고 바보 같았다. 그런다고 할아버지에 대한 죄책감이 씻기지 않는다는 걸 알았기 때문이었다.

그 남자가 노력할수록 그녀 자신도 스스로의 감정을 피하지 말아야 한다는 걸 알아 갔다. 효은은 자신이 상담사라는 걸 되새겼다. 되돌아봤을 때 부끄러운 일을 만들지 말자 생각하며 그에게 답장을 보냈다.

[네, 마칠 때쯤 문자 보낼게요.]

이도에게선 곧장 어울리지 않는 웃음 표시 섞인 이모티콘이 날아왔다. 그것도 유행이 한참이나 지난 아주 촌스러운 것으로. 효은은 어쩔 수 없이 입가에 자그마한 웃음을 품게 되었다.

"장 비서, 요즘 좋은 일 있어?"

옆자리의 동료가 그녀의 곁으로 다가와 물었다.

"아, 그런 게 아니라⋯⋯."

효은은 답을 하지 못하고 얼굴만 붉혔다.

그때 핸드폰이 다시 울렸다. 최 박사의 호출이었다.

[효은 씨, 내 방으로 좀 와요.]

얼른 수첩을 들고 자리에서 일어난 효은은 최 박사의 집무실로 향했다. 노크를 하고 들어서자 어쩐지 심각한 표정의 그녀가 효은을 자리에 앉히고는 자신도 천천히 상담 의자에 다가와 앉았다.

"한 가지만 물을게요."

윤선이 고민 가득한 얼굴로 입을 열었다.

"권이도 상무랑⋯⋯ 어떤 사이예요?"

어디서부터 꼬여 버린 걸까. 그게 어쩌면 그와의 관계일지도 모른다는 생각이 들었다. 효은은 자신이 처음부터 솔직하게 고백했다면 지금 이 상황은 벌어지지 않았을 것이라 후회했다. 인생에선 반성도 무의미하게 어쩔 수 없이 흘러가 버리는 일이 분명 있었다. 이도도 그랬을까. 효은은 자신의 첫 직장을 잃을 절체절명의 순간에도 한 남자를 이해하려는 중이었다.

"결혼했던…… 사이예요."

효은의 덤덤한 고백에 최 박사는 실망한 표정을 감추지 못했다. 그게 효은에 대한 것인지, 아니면 그런 그녀를 선택해 비서로 채용한 자신의 안목에 대한 후회인지는 알 수 없었다.

"그랬군요. ……이제 모든 게 이해가 되네요. 그럼, 선흥이 노인 심리 센터 사업에 나를 1순위로 지목한 이유가 효은 씨를 내 밑에 두었기 때문이라는 건 알고 있어요?"

최 박사는 돌려 묻지 않았다. 자신에게 솔직하지 못했던 효은에 대한 실망감을 어쩔 도리가 없었다. 늘 사람을 믿으며 이 일을 해 왔다. 홀로 센터를 이만큼 키워 오면서 양심적이기만 했다고는 자신하지 못했다. 하지만 그녀만이 가진 신념을 내려놓으면서까지 기회를 좇진 않았다. 그래야 후회가 없었다. 어떤 내담자를 만나도 상담가로서 부끄럽지 않은 충고를 건넬 수 있었다.

"그게…… 그렇진 않을 겁니다. 그런 식으로 일하는 사람은 아니에요."

효은은 자신하듯 이도에 대한 오해를 풀어 보려 했다. 분명 최 박사가 잘못 알고 있다고 여겼다. 그녀 한 사람을 만나기 위해 공과 사를 구분하지 않았다는 것은 말도 안 된다. 그토록 그녀가 소중하다는 변명도 통하지 않을 어리석은 행동이었다.

"내막이 어쨌든 난 지금 선흥과의 사업 진행을 다시 고려할 수밖에 없어요. 그리고 내 능력이 아니라 다른 이유로 사업이 진행되는 것도 내키지 않고요. 솔직하게 말하면 두 사람의 감정싸움에 내 미래를 투자하고 싶지 않아요."

최 박사는 이 상황에 자신이 끼어 있다는 자체만으로 불쾌감을 느끼고 있는 듯했다. 어디서부터 풀어야 할지 효은은 다른 변명이 생각나지 않았다.

"……."

"그리고 미안하지만…… 효은 씨에 대한 믿음이 깨졌다는 걸 감출 수가 없어요. 만약 효은 씨가 이 모든 사실을 몰랐다고 해도, 권 상무를 만난 이후에는 나한테 말해 줬어야 했어요. 이게 두 사람만의 문제로 끝나지 않을 거란 걸 효은 씨도 모르지는 않았을 텐데. 아닌가요? 효은 씨가 날 믿을 수 없어서 말하지 못했다면 나 역시 그럴 수밖에 없을 겁니다. 내가 이후로 어떤 일이든 믿고 맡길 수 있겠어요? 난…… 비밀은 신뢰와 관계가 깊다고 생각하는 사람이에요."

최 박사는 효은의 눈을 한동안 깊이 바라보았다. 무슨 뜻인지 모르지 않았다. 자신이 최 박사와 공적으로 얽힌 사람이 아니라면 그녀가 추진하는 사업을 진행하는 데도 문제가 없었다. 최 박사가 노인 심리 센터 설립에 가지는 의지와 꿈을 모르지 않았다. 무슨 이유든 가져와 잘라 버려도 이상하지 않을 자리에 효은이 있었다. 이렇게 상황을 설명해 주는 것만으로도 효은은 감사해야 할지 몰랐다.

"……알겠습니다. 하던 일은 잘 마무리할게요."

눈치 빠르게 최 박사의 뜻을 이해한 효은이 고개를 숙였다.

"고마워요."

최 박사는 짤막하게 대답하고 자신의 업무로 돌아갔다. 효은은 집무실을 빠져나오면서 최대한 감정을 삼켰다. 이보다 더한 일들도 참고 견뎠는데, 이 정도로 눈물을 보인다는 것도 우스웠다. 그녀는 이제 다시는 약해지지 않기로 다짐했으니까.

인수인계를 할 일도 몇 가지 없었다. 애초부터 상담사가 아닌 비서직을 맡은 것부터 그녀에게 맞지 않는 옷이었다. 차라리 그렇게 생각하는 게 기분을 털어 내는 데 빠른 효과가 있었다.

최 박사에 넘길 서류들을 정리하다 효은은 이도의 상담 일지를 발견했다. 남편을 상담하는 와이프. 최 박사가 어느 지점에서 그녀에게 신뢰를 잃었는지 알 것 같기도 했다. 끝까지 비밀을 지킬 수 있을 거라 생각한 걸까. 효은은 자신의 행동이 이해되지 않았다.

상담의 기본은 솔직하게 모든 걸 드러내는 것이었다. 거짓은 또 다른 거짓을 낳고, 치료를 무의미하게 만든다는 것을 알았다. 가장 기본적인 걸 지키지 못한 그녀가 이도를 상담하겠다고 한 것도 우스웠다.

효은은 묵묵히 나머지 일지를 써 내려갔다. 최대한 객관적으로 그의 심리 상태를 적어 내려간 상담 일지는 중간에서 멈춰졌다. 효은은 자신의 몫까지 마무리하고 인수인계 자료 안에 그것을 끼워 넣었다.

갑작스럽게 자리를 정리하는 그녀의 모습에 얼떨떨해하는 동료들을 두고 효은은 퇴근 시간에 맞춰 센터를 빠져나왔다. 평소 퇴근 시간보다 일찍 나왔는데도, 그의 차는 이미 골목 끝에 자리 잡고 있었다. 효은을 발견한 이도가 반가운 얼굴로 걸어왔다. 편안해진 그의 표정을 보니 그녀의 마음도 덩달아 따뜻해졌다.

"일찍 나오길 잘했네."

그녀를 만나러 나오기 위해 얼마나 많은 일들을 헤치고 나왔는지 그의 지친 어깨가 모두 설명해 주는 것만 같았다. 그녀가 그 힘든 일들을 이겨 낼 수 있도록 만든 장본인이라는 것도 모르지 않았다. 효은은 얼른 밝게 표정을 바꾸고 이도의 앞에 섰다.

"배고파요. 맛있는 거, 먹으러 가요."

당연한 데이트처럼 효은이 이도를 이끌었다. 하룻밤이 가져온 놀라운 결과일까. 이도는 효은의 친근한 행동이 고맙고 감사했다. 이제 그녀와 함께 있으면 어느 것도 감사하지 않은 것이 없었다.

❀ ❀ ❀

그들이 향한 장소는 다시는 오지 말자며 미리 식사권을 써 버린 결혼식장 레스토랑이었다. 정말 드라마라도 찍고 싶었는지 효은은 이곳으로 향하길 원했다. 이도는 별말 없이 그녀의 뜻에 따라 주었다. 어젯밤 이후 그녀의 마음이 조금은 풀렸고, 그에게 되돌릴 수 있는 여지를 준 거라 생각했다. 이렇게 조금씩. 욕심부리지 않고 천천히. 예전으로 되돌아가면 된다고 여겼다.

그때처럼 좋아하는 스테이크를 각자의 앞에 놓고 다정한 저녁 식사를 시작했다. 누가 보아도 두 사람은 사랑을 나누는 연인으로 보였다.

이도가 효은의 몫으로 자른 스테이크 접시를 밀어 주는데, 효은이 지나가는 말처럼 이야기를 시작했다.

"결혼식 날…… 기억나요? 나, 도망치려고 했던 거."

효은이 예전을 회상하며 느리게 웃었다.

"조금만 늦었어도 신부한테 고소당할 뻔했었지."

농담처럼 이도가 뒷말을 덧붙이는데 그녀의 표정이 진지하게 깊어졌다.

"그때부터 난 아저씨를 기다리기만 했던 것 같아요."

더 이상은 그녀도 가면을 쓰고 그를 대할 수 없었다. 솔직해지는 게, 그가 원하는 것이라면 그녀도 그 뜻에 따라 주는 게 맞았다. 우리가 어떤 상황에 놓였고, 왜 당신에 대한 마음이 어긋나 버렸는지. 거기서부터 시작해야만 하는 관계라는 생각이 들었다.

"아니, 그 이전부터일지도 몰라요."

효은의 눈가가 추억을 떠올리듯 붉어졌다.

"못 믿겠지만…… 내 첫사랑, 아저씨였어요."

소녀의 사랑은 결혼식장에서 해피 엔딩으로 마무리되는 줄 알았다. 하지만 인생은 그때부터 시작이었으며 혼자만의 짝사랑은 험난한 고난을 예고했다. 그를 사랑하면 할수록, 믿고 싶을수록, 그녀는 더 불안하고, 더 아프고, 지독히 외로운 밤을 지새워야 했다.

"처음인데 제대로 될 리가 없잖아요. 모든 게 다 낯설고 힘들었어요. 그래도 행복했어요. 내가 좋아하는 사람이 내 곁에 있어 줬으니까. 아저씨가 나한테 했던 행동 하나하나가 소중했어요. 어쩔 땐 그냥 당신이 나를 사랑한다고 믿고 싶기도 했어요. 남들이 뭐라고 하든. 내가 아는 권이도의 눈빛은 거짓일 리가 없을 거라고."

이도는 그녀의 고해 성사가 이토록 잔인하게 가슴을 헤집을 줄은 몰랐다. 그가 가진 비밀들. 모든 속사정을 뒤늦게 변명으로라도 꺼내 놓고 나면 효은이 그를 이해해 줄 것이란 믿음이 있었다. 그 시간만을 기다리며 2년을 견뎠다.

효은과 다시 재회하자마자 그는 과거를 되돌리기 위해 그저 앞만 보고 달렸다. 아이처럼 내 얘기를 들어 달라며 상담사가 된 그녀의 직업을 이용했다. 지금까지도 말해야 하는 사람은 그이고, 그녀는 그것을 들어 줘야 할 의무가 있다는 생각만 했다.

그의 잘못으로 상처받았을 그녀의 마음 같은 건 나중 문제라고 생각한 걸까. 아니면 사랑을 몰라서, 이토록 이기적인 인간이기에, 효은이 차분히 고백하는 순간에서야 무엇이 잘못된 것인지 깨닫게 되는 것일까. 이도는 가라앉은 심장을 부여잡고 앉아 있을 수밖에 없었다.

"유학 내내 단 한 번도 아저씨를 잊어 본 적이 없어요. 늘 가슴에 남아서 날 괴롭혔어요. 내가 사랑한 사람이었고, 내가 떠나온 사람이었으니까. 어쩌면 벌은 아저씨가 아니라 내가 받은 것 같아요."

"……효은아."

이도가 가까스로 입을 열었다.

"맞아요. 아저씨한테 흔들리고, 아직도 아저씨를 사랑해요."

이렇게, 이런 사랑 고백을 원한 것은 아니었다. 그 끝이 어디로 향할지 이도는 이미 알고 있는 것처럼 떨리는 손끝을 꽉 잡아 움켜쥐었다.

"그래서 두렵고, 그래서 그만하고 싶은 거예요. 다시 상처받기 싫으니까."

"장효은."

"2년 동안 내가 성장한 줄 알았는데, 아니었어요. 더 겁쟁이가 되었어요. 바보처럼 감추기에 바빠요. 그게 어른이라는 것처럼. 난 그렇게 변했나 봐요."

"……."

"지금은 아닌 것 같아요. 내가 좀 더 나한테 자신 있을 때, 상담사로서도 부끄럽지 않을 때, 아저씨를…… 행복하게 해 줄 수 있을 때, 우리…… 그때, 다시 만나요."

효은이 웃었다. 웃음 뒤에 눈물이 없다는 것만으로도 그녀가 변했다는 소리일 것이다. 이도는 그녀를 그의 옆에 두고자 더 이상 억지스런 고집을 피울 수가 없었다.

"나한테…… 마지막으로 할 말 있어요? 그건, 꼭 들어 줄게요."

그녀에게 쏟아 내겠다고 다짐했던 수많은 이야기들이 머릿속에서 한순간에 사라져 버렸다. 모든 변명들이 이젠 무의미하다는 것을 이도는 깨달았다.

"단 한 번도 진짜인 적이 없었어. 내 인생은."

효은과 눈을 맞춘 이도는 그 누구에게도 꺼낸 적 없는 이야기를 털어놓았다.

"당연히 행복이란 걸 몰랐어. ……사랑도 마찬가지였지."

"……"

"그때는 몰랐어. 너를 만나고, 흔들리고, 아프기도 하다가 마지막엔 가슴이 뜨거워졌던 마음을."

"……"

"그게 내 인생의 처음이자 마지막 진짜였어."

16. 내가 다 줄 수밖에

"꼭…… 이래야겠어?"

"그냥 입 다물고 드시죠?"

효은은 승재가 입원한 병실로 찾아가 두 사람을 이끌고 근처 햄버거 전문점으로 들어섰다. 간호사의 눈을 피해 무단 외출을 감행한 승재는 깁스를 한 한쪽 팔을 카디건으로 가리느라 자신이 원하는 햄버거를 주문하지 못했다.

제인은 오랜만에 맛보는 고향 음식에 신이 나 기분이 고조되었지만 자신의 룸메이트가 햄버거를 사 먹는다는 건 아주 큰일이 있다는 걸 의미했기에 우선은 자리에 앉아 효은의 눈치를 살폈다. 그걸 아는지 모르는지 실연의 상처가 가시지 않은 보이프렌은 가시 돋친 말을 필터링 없이 쏟아 냈다.

"네 눈엔 내가 환자로 안 보여?"

승재는 거절당한 감정보다 배려 없는 그녀의 행동이 더 서운했다. 그리고 왜 자꾸 이 지긋지긋한 햄버거를 먹는 일이 생기냐는 것이냔 말이다. 장효은은 왜 행복할 수 없느냐고. 그 행복을 자신이 만들어 주겠다는데 기어이 싫다고 돌아서더니 이게 무슨 꼴이냐고.

"팔이 아니라 입을 다쳤어야 했는데……."

효은은 눈 하나 깜짝하지 않고 승재에게 악담을 했다.

"야, 장효은."

"자, 자. 둘 다, 진정하고. 우리 맛있는 햄버거 먹어요. 햄버거는 죄가 없어요."

얼른 둘의 사이를 휴전시킨 제인은 각자의 앞에 친절히 햄버거를 가져다주었다. 효은은 망설임 없이 포장을 풀고 한 입 두 입 계속 베어 물었다. 결국 캑캑캑 목이 막혀 가슴을 치는 그녀를 보고 승재는 고개를 흔들었다.

차라리 눈물을 흘리는 게 덜 답답할 것 같았다. 그의 앞에서 다시 울면 모두 없던 일로 하겠다는 경고가 얼마나 크게 작용했는지 눈알이 튀어나올 정도로 햄버거를 먹는 효은을 보니 한숨이 저절로 나왔다. 승재는 포기하듯 자신의 몫으로 받은 햄버거를 우걱우걱 먹어 댔다. 그들 중 햄버거의 맛을 제대로 느끼는 사람은 오직 제인뿐이었다.

"말해. 무슨 일이야?"

각자 깔끔하게 햄버거를 하나씩 해치우고 나자 승재가 참지 못하고 물었다.

"나 이제 백수야."

효은이 간단하게 사실을 털어놓았다. 승재와 제인은 잠시 눈빛을
교환했다. 그들이 생각한 이유가 아니었다. 그게 다행이라는 생각을
하면서도 그 정도의 일로 이렇게 햄버거를 아작 낼 장효은이 아니라
는 것에 둘 다 동의했다. 분명 다른 일이 더 있을 것만 같았다.

"취업이야 또 하면 되지. 무슨 문제야."

승재는 그게 다친 친구를 끌고 나올 일이냐고 받아쳤다.

"그리고…… 그리고……."

효은이 울지 않으려 입술을 깨물었다.

"됐어, 됐다. 그만해. 알아들었어."

승재는 얼른 그녀의 입을 막았다. 솔직히 또 우는 모습을 지켜만
볼 자신이 없었다. 사랑이란 게 뭐가 이리도 어려운 건지. 왜 그런 남
자를 사랑해서는, 이러지도 저러지도 못하면서 왜 마음속에서 비워
내지도 못하는 바보인 것인지. 물어봤자 소용없는 말들이 가슴을 가
득 채우며 쌓이기만 하는 것 같았다.

"설마, 차인 건 아니지? 네가 찬 거지?"

제인이 진지하게 물었다.

"지금 그게 중요합니까?"

승재가 화나는 마음을 제인에게 풀어냈다.

"중요하죠. 차인 거면 내가 가만히 안 있죠. 매일 밤마다 여자를 울

게 만든 놈인 것도 찢어 죽여야 할 판인데, 그 여자 마음 하나 제대로 못 잡아서 이런 상황을 만들어요? 잘생긴 재벌이면 다야? 간이고 쓸개고 다 빼 줄 것처럼 우리 효니 사랑하는 것같이 굴더니 다 구라였어? 야, 그 인간 지금 어디 있어? 내가 진짜 만나서…….”

"앉아.”

효은은 흥분한 친구를 한마디로 제압했다. 제인이 이런 이유로 그 남자를 만나러 한국행 비행기표를 끊겠다는 소리를 한 것만 해도 셀 수가 없었다. 그녀는 어쩌면 행복한 사람일지도 몰랐다. 이렇게 무조건 그녀의 편에서 위로를 건네주는 친구들이 옆에 있었으니까.

'그게 내 인생의 처음이자 마지막 진짜였어.'

그녀가 처음이자 마지막 진짜라고 고백하던 남자. 그 사람이 어떤 인생을 살아왔는지 알게 되는 게 효은은 두려웠다. 영원히 한 남자를 잊지 못하고 아파할 것 같아서 겁이 났다. 그녀에게 이도는 사랑이자 설렘이기도 했지만 동시에 아픔이자 죄책감이었다. 그 모든 걸 다 감당하면서 또다시 그를 사랑할 자신이 없었다. 너무 아팠으니까. 그녀에겐 단 한 번의 사랑이 준 상처가 너무 컸다.

"찬 것도, 차인 것도 아니야. 어느 책에서 말했어. 그냥…… 구름도 지나가고, 비도 오고, 눈도 내리고……, 바람도 스쳐 가는 거야. 그냥…… 지나가는 중이야."

다시는 만나지 말자는 말도 하지 않았다. 절대 칸 안을 채워 줄 리 없는 이혼 서류를 입에 올리는 일 또한 없었다. 서로 잠시 가면을 벗고 솔직한 마음을 털어놓았다. 우리는 진짜도 가짜도 아닌 상태였으니까. 진짜로 가는 길이니까. 그 길이…… 생각보다 쉽지 않다는 것만 알았을 뿐, 아무것도 해결되지 못했다. 효은은 그렇게 보류된 상담처럼 그들 사이를 정지시켜 놓았을 뿐이라 생각했다.

"뭔 소리야? 보이프렌 씨는 이해했어요?"

제인은 방금 효은이 한 이야기가 여태껏 들은 한국어 중 제일 난이도가 높다고 생각했다. 그래서 자꾸만 해석해 보고 싶은 오기가 생겼다.

"이해했으면 내가 장효은이랑 사귀었겠죠."

고개를 흔든 승재가 한 손으로 햄버거가 담긴 트레이를 들고 일어섰다. 더 이상 헛소리를 듣고 싶지 않다는 뜻이었다.

제인은 얼른 자신의 본분을 깨닫고 승재의 옆에 따라붙어 트레이를 잡아챘다. 하지만 답답한 제인의 모습에 승재가 다시 트레이를 빼앗아 왔다. 분리수거도 제대로 못하냐고 승재가 타박하자 제인이 고용주가 있다고 눈치를 주었다. 그게 나랑 무슨 상관이냐며 두 사람이 투덕거리는 사이, 효은은 창가로 고개를 돌렸다. 은행잎이 비처럼 내리는 완연한 가을이었다.

"한국은 좋아요. 사계절이 있잖아요. 이렇게 쓸쓸한 가을이 지나면, 아주 추운 겨울이 올 거고, 그렇게 참고 기다리다 보면 살랑살랑 봄바람이 불고, 다시 뜨거운 여름이 찾아오고."

"우리 몰래 술 마셨습니까? 왜 이래요?"

"효니 따라 한 건데요? 좀 있어 보이나요?"

하. 승재는 어이없는 눈빛으로 제인을 내려다봤다. 병원으로 돌아가는 길, 효은이 앞장서듯 걸어가고 그 뒤를 승재와 제인이 여전히 투덕거리며 따라갔다. 세 사람은 마치 한 세트 같았다.

효은은 오늘 밤엔 이곳 1인실에서 신세를 져야겠다고 생각했다. 아무도 없는 그녀의 작은 빌라로 돌아갈 자신도 없었고, 그렇다고 다시 얼굴에 철판을 깔고 그의 오피스텔로 찾아갈 당당함도 모두 소진되어 버렸다.

"……효은 양?"

엘리베이터 앞에서 두 친구를 기다리는 중이었다. 문이 열리자 익숙한 인물이 그녀를 보고 놀란 표정을 짓고 있었다. 그리웠던 사람이었다. 효은의 가슴이 먹먹하게 젖어 들었다.

"한국에 돌아왔다는 얘기는 들었어요."

강 여사는 2년 전보다 살이 조금 빠져 세월의 흐름을 느낄 수 있도록 변해 있었다. 그렇다고 해서 그녀만이 가진 포근하고 따뜻한 모습이 변한 것은 아니었다. 그녀는 덥석 붙잡은 효은의 손을 놓지 않은 채 병원 벤치로 향했다.

"먼저 인사드렸어야 했는데……. 죄송해요."

"아뇨. 나한테는 뭘. 우리는 신경 쓰지 말아요."

강 여사는 그저 그 말만 하고 효은의 손을 쓰다듬어 주었다. 하고 싶은 말이 많은 얼굴이었지만 그녀는 끝내 입을 열지 않았다.

그녀는 자신의 자격에 대해 생각하는 것 같았다. 그 집안에서 효은이 이도 다음으로 가장 크게 마음을 주고 따랐던 어른이었지만 그녀는 늘 자신이 그 집안에서 어느 순간 사라져도 변하는 건 아무것도 없다는 듯 행동했다.

"근데, 병원엔 무슨 일로……? 혹시 어디 편찮으세요?"

효은은 뒤늦게 생각이 그쪽으로 옮겨 갔다.

"내가 아니라……. 암튼, 회장님이 꼭 한번 효은 양을 만나고 싶어 하세요."

"저를요?"

이도와의 사이가 어떻게 끝났는지 다 알고 있을 게 분명했다. 그가 2년이라는 시간을 멍청하게 보내는 동안 그녀를 원망했을지도 모른다. 효은은 권 회장이 자신을 만나겠다고 하는 것이 부담스럽기만 했다.

"꼭 해야 할 이야기가 있으시다고 해요. 근데 난…… 강요하지 않아요. 권 상무랑 지금 어떤 사이인지도 몰라요. 내가 가장 신경 쓰이는 건 효은 양 마음이에요. 그러니까, 언젠가 효은 양이 준비가 되면…… 그때 만나러 와요."

강 여사는 무상에게 남은 시간이 얼마 없다는 말은 꺼내지 않았다. 그렇게 만나지 못하고 떠난다면 그것 또한 그 양반이 안고 가야 할 이

생의 업이었다. 차라리 그 편이 나을지도 모른다는 생각을 하기도 했다. 한 인생을 욕심으로 얽매듯 쥐고 있던 그의 삶을 마지막으로 참회할 수 있는 기회가 될 수도 있을 테니. 강 여사는 그렇게 한참 동안 효은의 손을 붙잡고 있다 놓아 주었다.

✳ ✳ ✳

1인실 침대는 좁았고, 승재와 제인의 투닥거림은 밤늦게까지 이어졌다. 결국 효은은 이른 새벽 항복하듯 가방을 챙겨 병실을 빠져나왔다. 병원 로비로 걸어 나오자 아침 해가 막 떠오르고 있었다. 퇴사하고 처음으로 맞는 아침이 이토록 일찍 시작될 줄은 그녀도 몰랐다.

효은은 번호도 확인하지 않은 채 아침 첫차에 올랐다. 머릿속 잡념을 잊는 덴 그동안 바뀐 서울 시내 구경이 안성맞춤이었다. 그러다 고속버스 터미널 앞을 지날 때는 몸이 저절로 움직였다.

할아버지가 보고 싶었다. 아직 살아 있는 그의 할아버지를 보러 가기 전에 먼저 그녀의 할아버지를 만나야만 할 것 같았다. 무슨 이야기를 듣든, 강하고, 밝은 장효은이 되겠다고 다짐하고 와야 했다.

강릉행 버스에 오르자마자 깊은 잠에 빠졌다. 정신을 차리고 몸을 움직여 내렸을 땐 익숙한 장소가 그녀의 눈앞에 나타났다. 이곳에 오고 싶었던 걸까. 효은은 자기 자신에게 묻고 말았다. 이곳에서의 추억은 아프기만 할 텐데. 차라리 모르는 곳으로 가는 게 나을 텐데. 그래도 뚜벅뚜벅 걸음을 옮겼다. 피하기만 해서는 해결되지 않는다는 걸 그녀가 더 잘 알고 있었으니까.

"⋯⋯어떻게 오셨, 어⋯⋯ 사모님 아니십니까?"

2년 전에도 별장을 관리하던 김 씨가 그녀를 알아보았다.

효은은 당연히 이곳이 다른 사람의 명의로 바뀌었을 것이라 생각했다. 잠시 건물의 외관만 바라보다 돌아갈 생각이었는데 뜻하지 않게 그녀의 행적을 들키고 말았다.

"아, 안녕하셨어요?"

어쩔 수 없이 효은은 웃으며 고개를 숙였다.

"오랜만에 오셨네요. 요즘엔 비서님만 한 번씩 오시더니. 잠깐 계셔요. 현관 키 가지고 올 테니까."

"아니, 안 그러셔⋯⋯."

효은이 당연히 집 안으로 들어갈 것이라 추측한 것 같았다. 김 씨는 그녀가 말리기도 전에 이미 사라져 버린 후였다. 효은은 하는 수 없이 현관 앞에서 그를 기다렸다. 곧 열쇠 꾸러미를 가지고 온 김 씨는 현관문만 열어 주고 또다시 사라져 버렸다.

효은은 천천히 별장 안으로 들어섰다. 바뀐 것은 하나도 없었다. 그렇다고 사람이 살고 있는 따뜻한 온기도 없었다. 여기서 세 사람이 살았던 시간이 꿈만 같았다. 그게 그가 말하는 진짜였을까. 효은은 그 날 이후로 이도의 말을 곱씹을 수밖에 없었다.

할아버지 태호가 머물던 공간만 확인하고 효은은 돌아섰다. 그와 지냈던 방 안은 둘러볼 자신이 없었다. 빠르게 걸음을 옮기던 효은은 갑자기 숨이 막히는 것처럼 호흡이 빨라졌다. 알레르기가 반응을 일으킬 때마다 나타나는 현상이었다. 하지만 주변을 둘러봐도 그럴 만한 이유가 없었다. 한 걸음 더 떼자 작은 다용도실이 살짝 열려 있는 게 눈에 보였다. 효은은 홀린 듯 그곳으로 손을 뻗었다. 문을 밀어 연후 그녀는 그대로 주저앉고 말았다.

❋ ❋ ❋

노란 물결이 치는 해바라기밭이었다. 그 속에서 효은은 행복하게 웃고 있었다. 엄마가 곁에 있었고, 할아버지도 옆을 지켰다. 해바라기를 마음대로 만져도 그녀를 아프게 하는 알레르기는 일어나지 않았다. 세 사람은 해바라기처럼 활짝 웃고 있었다.

그리고 그런 세 사람을 지켜보고 서 있는 한 남자. 모습이 흐릿하게 보여 누구인지 알 수가 없었다. ……아버지일까. 아니면……. 효은은 해바라기 꽃 한 송이를 들고 자리에서 일어나 남자에게로 다가갔다.

저기. 이거. 용기 내 해바라기를 건네려 하자 남자는 그대로 걸음을 옮겨 사라져 버렸다. 울컥 울음이 솟구쳤다. 그녀의 편은 모두 여기 있는데. 행복할 이유밖에 없는데. 왜 이리도 서러운 것인지. 효은은 주저앉아 울음을 터뜨렸다.

"······도대체 누가 보고 싶어서 우는 거야?"

효은은 눈을 떴다. 꿈속에서도 꿈인 줄 알아서 깨고 싶지 않았는데, 익숙한 목소리를 듣는 순간 정신을 차릴 수밖에 없었다.

가장 먼저 눈에 들어온 것은 천장이었다. 여기는 어디일까. 기억을 더듬는 동안 그녀의 머리 위에 올려놓은 수건이 거둬지고 또 다른 수건이 올려졌다. 고개를 반쯤 돌려 그녀를 간호하는 남자를 바라봤다.

"내 잘못이야. 그걸, 그냥 갖다 놓게 하는 게 아닌데······."

남자의 말에 그제야 효은은 기억이 돌아왔다. 해바라기. 노란 꽃이 가득 들어찬 그 방 앞에서 쓰러져 버린 것일까. 그런 그녀를 왜 이 남자가 간호하고 있는 걸까.

"김 집사님이 조금만 늦게 발견했어도 큰일 날 뻔했어. 너 잘못되는 줄 알고······ 얼마나 걱정했는지 알아?"

이도는 심장이 내려앉는 것만 같았던 그 감정을 뒤늦게 풀어놓았다.

처음 전화를 받았을 땐 거짓말인 줄 알았다.

'사모님이 찾아오셨는데······.'

그 말을 듣는 순간, 숨이 멈추는 것만 같았다.

'지금 응급실로 가는 길이에요.'

그다음 말을 듣고 나선 가슴을 쥐어뜯으며 강원도로 급히 내려와야 했다.

일의 내막을 전해 들으면서 이도는 후회하고 또 후회했다. 더 이상은 후회할 일이 없을 줄 알았는데, 그의 후회는 끝이 없는 것만 같았다. 왜 해바라기를 사 모아서는. 그걸 또 왜 거기에 가져다 놓아서는 이 사달을 만들었단 말인가. 쓰러진 효은을 조금만 늦게 발견했어도 위험했을 거라는 응급실 의사의 말을 들었을 때는 다리에 힘이 풀려 그 자리에 주저앉을 뻔했다.

그가 할 수 있는 최대한의 조치를 취한 뒤 그녀를 1인실에 입원시키고 나서야 숨이 제대로 쉬어졌다. 하지만 효은은 좀처럼 깨지 않았다. 그가 할 수 있는 일은 없었다. 열이 오른 그녀의 머리에 차가운 수건을 가져다 대어 주는 것밖에.

"……해바라기는요?"

그게 효은의 첫말이었다. 이도는 한숨 쉬듯 그녀를 바라봤다.

"다 치워 버리라고 했어."

"……아저씨."

"이렇게 될 줄은……. 이런 일이 생길 줄 알았으면 그런 짓 절대 안 했어. 그것도 다 내가 너한테 하는 시위 같은 거였어. 나는 이렇게 널 그리워하고 있는데……, 왜 돌아오지 않는 거냐고. 얼마나 더 힘들게 만들 작정이냐고. 사실은 너를 미워하면서 사 모은 거야."

이도가 밑바닥에 있던 솔직한 속내를 털어놓았다.

"그 정도로…… 미웠어요? 엄청 많던데."

효은은 방 안 가득 들어차 있던 해바라기를 떠올리며 농담처럼 말했다.

"거긴 왜 갔어? 내가 얼마나 놀란 줄 알아?"

"당연히 팔았을 거라고 생각했어요. 그냥…… 거기서 할아버지랑, 아저씨랑, 같이 있었던 추억도 좀 생각하고. ……마음 정리도 하고."

"그런다고 우리 사이가 정리될 것 같아?"

이도가 혼내듯 그녀를 다그쳤다.

"네가 생각하는 것보다 더…… 우린 진짜였어."

"……."

"넌 어떨지 모르겠지만 난 그래. 네가 안 믿는다고 해도 사실이야 그러니까, 그냥 불쌍한 남자 하나 살려 준다 생각하고 받아들여. 옆에 둬서 해될 건 없잖아. 맛있는 것도 사 주고, 간호도 해 주고, 재미없는 농담도 받아 주고, 이만한 호구가 어디 있어?"

"천하의 권이도 상무가 호구라는 거 알려지면, 선흥 주식 떨어지는 거 아니에요?"

효은은 그냥 넘어가는 법이 없었다.

"그 선흥, 내일이라도 버릴 수 있어."

이도는 진지했다. 그의 눈빛에 거짓은 없었다. 효은은 그래서 겁이 나는 것 같았다. 그와 했던 것이 정말 모두 진짜였다면, 그녀가 오해한 것이라면, 이도가 견뎌 온 시간이 너무 아팠을 것 같아서 도저히 그 진실을 들을 자신이 없었다. 겁이 없던 여자는 사랑을 알게 된 이후로 아주 겁쟁이가 되어 버렸다.

어쩜 이렇게 하나도 달라진 게 없을까. 그는 2년 전 그때처럼 효은을 간호하며 가져온 업무 서류를 넘겨 보다 보호자 의자에 앉아 쪽잠을 자고 있었다. 자다 깨기를 반복하던 효은은 답답함을 참지 못하고 침대 아래로 발을 내렸다.

그리고 천천히 이도에게로 다가갔다. 한쪽 손에는 서류를, 다른 팔은 이마에 올려놓고 잠든 모습은 그때처럼 변하지 않고 여전했다. 효은은 새끼 고양이처럼 그의 아래에 자리를 잡고 앉았다. 올려다본 그의 날카로운 턱선엔 벌써 까슬까슬한 수염이 돋아나기 시작했다. 효은은 팔을 뻗어 그 수염을 조심스럽게 만졌다. 그렇게 결국은 그의 지친 얼굴을 쓰다듬게 되고 말았다.

팔이 내려가고 눈을 뜬 이도가 아래의 효은을 내려다봤다. 작은 보조 등만 켜 놓은 1인실엔 돌이킬 수 없는 긴장감이 흘렀다.

효은을 잠자코 바라보던 이도가 먼저 입을 열었다.

"얼마나 더…… 괴롭힐 거야?"

효은에게서 작은 웃음이 터졌다. 그 순간 이도는 단숨에 그녀를 안아 올려 자신의 무릎 위에 내려놓았다. 링거 줄이 흔들리는 것도 모른 채 두 사람은 서로를 바라보며 눈을 맞췄다.

"넌 꼭…… 날…… 아픈 여자한테 욕정을 품는 짐승으로 만들어."

그녀가 했던 것처럼 이도의 손이 자연스럽게 효은의 뺨을 쓰다듬었다.

"나…… 안고 싶어요?"

효은이 조용히 물었다.

"그렇다고 하면?"

대답을 하기도 전에 효은의 환자복 안으로 불쑥 들어온 이도의 손이 이번엔 그녀의 살갗을 조심스럽게 훑었다. 그의 손길이 닿는 것만으로도 효은은 전신이 달아올랐다. 몸이 기억하는 순간들. 그걸 잊을 수가 없었다. 나의 첫 남자. 어찌 잊을 수 있을까. 차라리 잊는 것을 포기하는 게 맞을지도 몰랐다.

이도의 입술이 다가와 조심스럽게 그녀의 입술을 삼켜 물었다. 효은은 저절로 그의 목에 팔을 두르며 서로를 탐하기 편한 자세를 취했다. 숨이 끊길 듯 거칠게 입술을 삼키다가도 이도는 그런 자신을 반성하듯 그녀가 편히 숨을 쉬도록 잠깐의 틈을 주었다.

"……."

"……."

낮은 신음 소리만 병실 안을 채웠다. 이도는 더 이상 안 되겠다는 눈빛으로 효은을 안아 들었다. 그러곤 링거 줄이 빠지지 않게 조심히 그녀를 침대 위에 내려놓았다. 혹시라도 그가 이대로 그만둬 버릴까 봐 효은은 그의 셔츠 끝을 힘주어 움켜쥐었다. 그것을 내려다보던 이도가 항복이라는 듯 웃어 버렸다.

"천천히 못 해. 거칠 거야."

경고하듯 말한 이도가 자신 때문에 금세 부어오른 효은의 입가를 매만졌다.

"난 아저씨가 화낼 때 젤 섹시해 보이더라."

"또 겁이 없지?"

"그래서 나 좋아하잖아요."

효은이 이도의 뺨을 다시 쓰다듬었다.

"……미안해요. ……당신 떠나서."

효은은 그제야 속이 후련했다. 이 말이 하고 싶었던 것이다. 그러면서 바보같이 빙빙 돌아 여기까지 오게 만들고야 말았다.

"나 더 나쁜 놈 만들어도 너 포기 안 해."

이도는 효은의 손을 붙잡아 내린 뒤 그 손바닥에 다정히 키스했다. 곧이어 몸을 내린 그가 허기진 입맞춤으로 그녀의 마음을 빼곡하게 충족시켜 주었다. 더 깊게, 더 가지고 싶어 안달이 난 그의 곧고 뜨거운 몸짓은 효은을 흥분시키기 충분했다.

"흐읏."

"괜찮아?"

아무리 미친 상태라 해도 아픈 그녀를 생각하지 않을 수 없었다. 효은의 신음에 고개를 든 이도는 자신의 아래에 있는 그녀를 걱정스런 눈빛으로 내려다보았다. 효은은 그 신음이 다른 의미였기에 얼굴이 더 달아오를 수밖에 없었다.

"좋아요. ……좋아서 그랬어요."

복숭앗빛을 띤 붉은 뺨으로 효은이 솔직히 말했다. 이도는 아래가 꿈틀거리는 걸 느꼈다. 이렇게 그를 무장 해제 시키는 건 반칙이었다.

그녀를 그리워하며 지새운 수많은 밤들이 건전하지만은 않았다는 것을 인정하듯 이도는 급하게 효은의 환자복 단추를 풀었다. 곧 뽀얀 속살이 드러나면서 그는 이성을 잃었다.

"으흣. 아저씨……."

헤집듯 그녀의 가슴을 찾아 입 안 가득 물었다. 효은의 허리가 꺾이며 링거 줄이 흔들렸지만 이도는 멈추지 못했다. 집요하게 한 곳을 머금었을 땐 효은의 고개가 한 번 더 꺾었다. 아래에서도 반응이 오자 부끄러워졌다. 그걸 눈치챈 것처럼 이도는 단숨에 그녀의 환자복 바지를 벗겨 버렸다. 그와 동시에 속옷까지 내려가자 효은은 이도를 더 가까이 끌어안을 수밖에 없었다.

"누가, 누가…… 들어오면 어떡해요?"

질문을 하고, 또 그 물음을 들으면서 두 사람은 시선을 마주쳤다. 이리도 똑같은 상황이 반복될 수 있을까. 어쩌면 그때도 지금도 모두 진짜라는 걸 두 사람에게 알려 주는 것만 같았다.

"못 들어와. 아무도."

이도는 그때처럼 안심시키며 효은의 아래로 손을 내렸다. 어느새 벗겨진 그의 중심이 제자리를 찾아 들어가려는 순간, 어딘가에서 진동음이 길게 울렸다. 효은은 놀라 그의 허리를 붙잡았다. 이도가 고개를 돌리자 옆쪽 테이블 위에 올려 둔 그의 핸드폰이 진동하고 있었다.

그는 괜찮다며 다시 효은에게 키스했다. 효은은 그를 막을 힘이 없었다. 아니, 솔직히 그녀도 이 순간을 방해받고 싶지 않았다. 하지만 끊겼던 핸드폰 진동음이 다시 울리기 시작했다. 급한 일이 생겼다는 뜻이었다.

"……받아요."

효은이 이도를 달래며 속삭였다. 어쩔 수 없이 몸을 일으킨 그는 핸드폰을 가져와 화면을 확인했다. 전화를 건 사람은 박 비서였다. 그는 통화 버튼을 눌렀다.

"무슨 일입니까?"

마음을 대변하듯 그의 목소리가 낮게 울렸다.

"……알겠습니다."

상대편의 이야기를 듣던 이도는 효은과 몇 번 눈빛을 주고받다가 전화를 끊었다. 그가 허탈한 얼굴로 웃었다. 어쩐지 그의 표정에 그늘이 졌다. 효은은 괜찮다며 따라 웃어 주었다. 그가 자리에서 일어나 겉옷을 챙겨 입을 땐 미소를 끝까지 유지할 수 없었다.

❀ ❀ ❀

"꼭 이렇게 하셔야 했어요? 왜요, 나중에 돌아가시면 알려 주지 그러셨어요!"

역시나 무상의 병환을 듣고 달려온 가족 중에 거리낌 없이 제 말을 내지르는 건 둘째 딸 영란뿐이었다. 그는 늦은 밤 발작을 일으켰고, 의사는 이젠 모든 가족에게 알려야 한다고 강 여사에게 안타까운 조언을 했다.

꼭 죄라도 지은 사람처럼 저 멀리 물러서서 고개를 숙인 채 두 손을 모으고 있는 강 여사의 모습이 이도의 눈에 잡혔다. 그녀는 그들의 가족이 아니라는 듯 경계선을 그어 놓고 무리와 확연히 떨어져 있었다.

"내가 이럴 줄 알았어. 그래서 저 여우 같은 여자, 아버지 옆에 붙여 놓는 게 싫었다고요!"

영란이 기어이 강 여사에게 화살을 쏘아 댔다.

"……그만해."

그런 동생을 제지한 건 역시나 선영이었다. 그녀는 영란을 한쪽에 밀어 놓고 잠자코 무상을 내려다봤다. 폐의 반이 죽어 제 역할을 못한다고 했다. 숨조차 제대로 쉬지 못해 산소 줄을 끼고 있는 양반이 이런 제 모습을 가족에게 들키지 않으려 감쪽같이 속여 왔다는 게 더 우습고 환멸스러웠다.

뭘 얼마나 지키려고 이렇게 아무도 곁에 두지 않는 것인지. 그것이 자신을 위한 건 아니란 걸 알지만 선영은 여기까지 잘 참아 내 견뎌 왔다. 이제 무상의 선흥은 과거로 남을 것이다. 그 시간이 얼마 남지 않았다.

"장 박사 쪽으로 옮겨서 수술할 수 있는지 알아보기로 했어요."

마지막까지 아버지를 포기하지 않는 장녀의 역할을 그녀는 충실히 이행해야 했다.

"……그럴 필요…… 없다."

말을 뱉는 것조차 쉽지 않으면서도 무상은 고집을 꺾지 않았다. 선영은 작은 한숨을 쉬며 아버지를 내려다봤다. 그의 눈이 지금 누구에게로 향해 있는지 읽혔다. 뒤늦게 나타난 이도는 그저 손주들의 자리 끝에 서서 아무 말 없이 유령처럼 존재하고 있었다.

이도는 무상 쪽을 바라보지 않았다. 예상하지 못한 일도 아니었다. 반찬을 가져다주던 강 여사가 감추고 있는 비밀을 털어놓지 못해 애달픈 눈빛을 보인 게 여러 번이었다.

그때마다 이도는 일부러 모른 척했다. 듣는다고, 달라지는 것은 없었다. 이미 그들 사이는 긴 강을 건너 버렸다고 생각했다. 이제 더 홀가분하게 지금의 자리를 내려놓을 수 있어 다행이라는 감정의 찌꺼기만 남은 상황이었다.

"장인어른, 그래도 좀 더 힘을 내셔야죠. 이 사람을 봐서라도요."

오랜만에 얼굴을 비친 선영의 남편 한길이 먼저 나서서 맏사위 노릇을 했다. 그 뒤에 서서 영란의 눈치를 받고 뒤늦게 한마디를 붙이는 막냇사위도 오랜만인 건 마찬가지였다.

"요즘 의술로 못 고치는 병이 어디 있습니까?"

제 몫을 챙기기 위해 헐레벌떡 달려온 사위들을 오랫동안 가라앉은 눈빛으로 바라보던 무상은 대답 없이 눈을 감아 버렸다. 늘 이렇듯 곁을 주지 않는 차가운 장인어른이라 사위들도 큰 자리가 아니면 핑계를 가져다 대고 피했다. 그저 선흥의 사위라는 타이틀만으로 만족하자는 생각도 했었다. 하지만 유산 문제에 있어서는 마냥 손을 놓고 있을 수 없었다.

가장 밑바닥의 욕망 앞에서 물러설 인간이 몇이나 될까. 그 달고 단 열매를 하나라도 더 가지기 위해 모여든 사람들이 모두 병실 안에 있었다. 민아와 정민도 다르지 않을 것이다. 이도는 자신 역시 그들에게 그런 인간으로 비쳐진다는 걸 잘 알고 있었다.

"그만 쉬고 싶어. 다들…… 가거라……."

무상은 더 이상 아무도 보고 싶지 않다는 것처럼 고개를 창가로 돌려 버렸다. 하나둘 자리를 뜨자 이도도 그들을 따라 병실을 나왔다.

"넌 알고 있었지?"

영란이 이도를 돌아보며 비꼬듯 물었다.

"……몰랐습니다."

이도는 짤막하게 대답하고는 성큼성큼 복도를 걸어 나가 그곳을 벗어났다. 영란은 여전히 고개를 숙이지 않는 조카의 뒷모습을 보며 코웃음을 쳤다. 그러고는 당연하다는 듯 선영 쪽으로 달라붙었다.

"언니, 이제 머리 좀 아프겠네. 난 지금 누가 회장이 될지 궁금해 미칠 지경이야. 이렇게 욕심을 버리고 마음을 내려놓으면 편안한 것을. 내가 이제야 무소유의 마음을 터득했다니까."

비밀의 열쇠라도 쥔 것처럼 그녀에게 주식을 넘기라고 제안하던 언니가 효은의 조부가 죽고, 권 상무가 선흥의 주식을 넘겨받자 아무 일도 없었다는 듯 예전의 태도를 유지했다. 상황이 어떻게 돌아가는

지는 몰라도 그것을 구경하는 입장에선 이토록 흥미롭고 짜릿할 수 없었다. 어차피 영란은 자신의 아들 정민이 회장이 될 가능성이 희박하다는 것을 처음부터 알고 있었다. 언니와 조카를 흔들면서 그들에게 밀려난 패배자의 앙갚음을 해 왔다는 게 솔직한 마음이었다.

"무소유가 뭔지나 알고 입을 놀려."

선영은 명품으로 휘감은 동생의 겉모습을 한심하게 훑어 내리며 비웃음을 내놓았다. 주름 하나 없이 팽팽하게 당겨진 얼굴은 그녀의 나이를 가늠할 수 없게 만들었다. 세월에 지지 않으려 악착같이 맞서는 주제에 무소유라니. 겉과 속, 모든 것이 작위적인 동생을 딱한 눈빛으로 건너다보던 선영은 이렇게 시간을 허비하고 있을 때가 아니라 생각하며 빠르게 걸음을 옮겼다.

권이도의 비밀을 발설하지 않는 대가로 권 회장이 남길 유산을 모두 그녀가 물려받기로 확답을 받았지만 언제 뒤통수를 칠지 모르는 양반이었다. 이도를 감쪽같이 권씨 핏줄로 둔갑시킨 사람이었다. 그녀가 회장 자리에 오르기 전까지는 그 어떤 것도 믿을 수 없었다.

대기하던 비서를 만난 그녀는 가방을 넘기며 핸드폰을 들었다. 만나야 할 사람이 있었다. 통화 버튼을 누르자 신호음이 가고 여자의 목소리가 들렸다.

"오랜만이죠. 만났으면 하는데, 시간 괜찮아요?"

선영의 제안에 여자는 곧 짧은 대답을 내놓았다.

❋ ❋ ❋

"이러시면, 저 상무님한테 혼납니다."

효은은 환자복을 갈아입고, 가져온 짐까지 모두 챙긴 상태였다. 무슨 일이 있어도 병원에 있도록 만들라는 이도의 신신당부를 듣고 보초를 선 지 얼마 되지 않았다. 효은에게 알레르기가 있다는 사실을 몰랐던 재영은 자신의 실수로 그녀가 큰일을 당할 뻔했다는 소식에 이도 앞에서 고개를 들 수가 없었다.

권 회장의 현재 상태를 전하는 것도 쉬운 일은 아니었다. 더 이상 이도의 눈 밖에 나는 일은 없어야 했다. 재영은 얼른 효은의 가방을 뺏어 들 듯 잡아 쥐었다.

"비서님이…… 최 박사님 소개한 거 맞죠?"

효은은 마지막 카드를 꺼내 든 것처럼 재영의 허를 찔렀다. 그걸 지금 효은이 알고 있다는 것은 그녀의 신변에 변화가 생겼을 수도 있다는 것이었다. 그의 루트로 전달받은 사항은 없었다. 재영이 놀란 표정을 감추지 못하자 효은이 뒷말을 덧붙였다.

"아직 제가 퇴사한 건 모르시는구나. 유능하신 줄 알았는데, 아니네요."

그렇게 자신을 뒷조사하며 이도와 운명처럼 다시 재회하게 만든 걸 어떤 핑계로 풀어낼지 기다리는 눈빛이었다. 재영은 모든 사실을 이실직고할 수밖에 없었다.

"제가…… 저 혼자 꾸민 일입니다. 상무님 지시 같은 건 없었습니다. 너무…… 그저, 기다리는 게 답인 것처럼 바보같이 굴기에, 아니, 구서서 제가 주제넘는 짓을 했습니다. 그것 때문에 퇴사하시게 된 거라면 제가 최 박사님을 만나 뵙고 사죄를 하도록……."

"아뇨. 그러실 필요 없어요. 그 일이 발단이 되긴 했지만, 저도 박사님을…… 속였어요. 제가 솔직했어야 했는데……. 그 잘못을 따지려고 박 비서님께 말씀드린 거 아니에요. 그냥, 그러니까, 한 번만 눈감아 달라고요. 저 이제 멀쩡해요. 서울 가야 할 일이 있어서 그래요. 꼭 부탁드려요."

효은을 지금 서울로 데려가면 분명 이도의 싸늘한 눈빛과 마주하게 될 것이다. 하지만 재영은 그녀를 막아 낼 자격도, 힘도 없었다.

"그럼, 제가 모셔다드리겠습니다. 그건 사모님도 받아 주셔야 합니다."

효은은 사모님이란 말에 놀라다가 뒤늦게 고개를 끄덕였다. 재영이 물건들을 챙겨 먼저 병실을 빠져나갔다. 효은은 뒤돌아 공간을 둘러봤다. 이도와 함께 있었던 어제가 꿈처럼 낯설어지고 말았다. 이제 더 이상 그가 아프지 않기를 바랐다. 그러기 위해선 그녀가 모든 진실을 알아야만 했다.

서울로 올라가는 길에 이도에게 전화가 걸려 왔다. 효은은 통화 버튼을 누르고 잠시, 숨을 골랐다.

"네, 아저씨."

― 또 어디로 숨을 생각이면, 조직 하나 사서 사람을 풀 거고, 뭘 배우러 떠나겠다고 하면, 평생 한국에만 살도록 출국 금지 명단에 올릴 거야.

병실에 그녀가 없다는 것을 확인하고, 허겁지겁 핸드폰을 꺼내 통화 버튼을 눌렀을 그의 모습이 눈에 선했다. 전화가 연결되자 안심하는 한편 괘씸한 마음에 진지하게 뱉어 내는 그의 협박이 효은은 어쩐지 사랑 고백 같아서 웃음과 함께 눈물이 났다.

생과 사, 기쁨과 슬픔은 언제나 붙어 다니는 것일까. 할아버지를 떠나보내고 나서도 효은은 이도 때문에 웃을 수 있었다. 그러한 삶의 진리를 이제야 인정하고 가슴 깊이 받아들이며 그녀는 또 한 뼘 성장했다.

"도망가고 싶어도 못 가요. 지금 아저씨 편이랑 같이 있으니까."

효은이 운전석의 박 비서를 바라보며 그를 안심시켰다.

― ……어디야?

그는 진지하게 물었다.

"서울 가는 길이에요."

― 설마, 나 만나러 온다는 소리는 아니지?

그가 지금 강원도로 내려왔다는 것을 효은은 처음부터 짐작할 수 있었다.

"아저씨가 이렇게 빨리 내려올 줄 몰랐어요. 미안하지만, 어제 나

두고 가 버린 벌이라고 생각해 줘요."

이도는 할 말이 없어져 버렸는지 잠자코 아쉬운 숨소리만 내놓고
있었다.

— …….

"얼른 와요. ……보고 싶어요."

전화기 너머에서 작은 웃음이 흘러나왔다. 또 이렇게 그는 효은에
게 지고 말았다.

— 알았어. 기다리고 있어. 금방 갈게.

그의 목소리를 가슴에 담고 효은은 전화를 끊었다. 잠시 후, 그녀
가 원하던 장소에 도착했다. 박 비서는 다른 물음 없이 차 문을 열어
주었다. 효은은 고맙다는 인사를 건네고 천천히 걸음을 옮겼다.

약속한 장소의 문 앞에 서서 그녀는 숨을 골랐다. 똑똑. 단정하게
노크를 하자 그녀를 기다리고 있던 사람의 목소리가 들려왔다. 문을
열고 들어서자 두 사람이 반가운 표정으로 효은을 반겼다.

"어서 오너라……."

무상은 자식들에게 보인 적 없는 따뜻한 웃음을 지으며 효은을 바
라봤다. 권 회장의 눈짓을 받은 강 여사는 조용히 효은의 손을 한 번
잡아 준 뒤 병실을 나섰다. 이제 공간 안에는 효은과 무상 둘뿐이었
다. 효은은 간단한 인사만 건넨 뒤 그 자리에 멈춰 서 있었다. 2년 사
이, 너무나도 달라진 무상의 모습을 보며 세상을 떠나기 전, 할아버지
태호를 떠올릴 수밖에 없었다.

지난번 효은과 함께 있던 이도가 전화를 받고 달려간 곳이 여기라고 했다. 박 비서는 혹시나 하는 오해라도 둘 사이에 더 이상 남아서는 안 된다며 묻지도 않은 말을 꺼냈다. 그래서 효은은 그저 가족들을 불러 모으기 위해, 부풀려진 상황인 줄로만 알았다.

재벌들의 그런 모습들은 티브이 드라마의 단골 장면이었으니까. 그리고 무상은 절대 무너질 일이 없을 것처럼 단단해 보이는 사람이었다. 적어도 효은이 아는 모습은 그랬다. 가장 높은 자리에서 자식들을 손에 쥐고 호령하며 자신을 더 외롭게 만들어 효은이 그의 옆에 잠시 머물러 벗이 되어 준 적도 있었다.

"……계속 그렇게 서 있을…… 생각이야?"

효은이 온다고 해서 무상은 호흡기까지 빼놓고 기다렸다. 어차피 오늘 눈을 감아도 전혀 이상하지 않을 상태였다. 하루라도 더 살아 보겠다고 악착같이 의술에 의존할 생각은 없었다. 그래서 모두에게 비밀로 하고 이곳에 들어왔다.

하지만 떠나기 전, 단 하나만은 그의 입으로 직접 용서를 구하고 싶었다. 용서. 그것이 맞을 것이다. 무상은 다가온 효은의 손을 붙잡았다.

"태호가…… 이랬지. 자주 손을 잡아 주었어. 누구든 가리지 않고…… 따뜻하게 품었지. 너, 네가……, 그런 네 할아버지를 아주 많이 닮았어."

효은은 울지 않으려 입술을 깨물었다. 애써 입꼬리를 끌어 올리며 무상을 향해 활짝 웃어 보였다.

"저한테, 할아버님도 그러세요. 처음엔 좀, 무섭기도 했는데……
저한테는 잘 웃어 주시고, 제 편이 되어 주셨잖아요. 그러니까, 할아
버님도 따뜻한 분이세요."

노인의 마음을 전부 알지는 못했다. 그 속에 감춰 둔 어두운 욕망
을 읽어 낼 만큼 그녀는 세상을 알지 못했고, 아직 어렸다. 순수했기
에, 그저 이 집안사람들이 보여 주는 모습으로만 받아들였을 것이다.

"이도 녀석이 들으면…… 널 욕할 게야."

무상이 효은의 표현에 고개를 저었다.

"그러라고 하죠. 분명, 나중에 후회할 거예요. 저도 지금 그렇거든
요. 제가 따끔하게 혼낼게요. 이제라도 정신 차리고 잘해 드리……."

"내 뜻이었어. 안 가겠다는 그 녀석을 독일에 보낸 건……."

왜 모든 진실은 뒤늦게 밝혀져 사람들을 후회하게 만드는 걸까.

효은은 무상의 말이 무얼 의미하는지 이해한 순간, 더 이상 웃을
수가 없었다. 무상이 이제부터 털어놓을 이야기가 그녀에게 어떤 감
정을 몰고 올지 그런 것은 중요하지 않았다. 그를 두고 떠나 버렸던
순간, 효은은 이미 후회했는지도 모른다. 되돌릴 수가 없었으니까.

그리도 알아 달라 했던 이도의 속마음을 효은은 끝까지 듣지 못했
다. 얼마나 더 그에게 미안해야 할까. 그것마저 모두 자신이 받아야
할 벌이라 이해하고 넘어가 버릴 그가 눈에 그려져 고개를 숙일 수밖
에 없었다.

"네가 날 찾아오기만 기다렸어. 그러면서 생각했다. 어디서부터 말을 꺼내야……, 네가 그 녀석을 이해하고, 나 또한 그 녀석을 이해할 수 있을지. 나는 아직도 모르겠어. 아직도 내가 녀석을 이용한 건지, 욕심낸 건지, 아니면…… 내 혈육보다 더 마음을 준 것인지."

무상은 결국 효은에게까지 이해받으려 하는 자신의 변명 앞에서 신물이 올라오기도 했다. 이제 와 그 녀석이 그를 받아들여 주고, 할아버지로 인정하길 바라는 것일까. 그 자신 스스로도 정리할 수 없는 마음들이 여전히 정신을 괴롭혔다.

"하루아침에 부모를 잃은 손자가 내 핏줄이 아니란 증명이 눈앞에 있었어. 녀석도 그 사실을 알게 되었고. 골방에 갇혀 울던 녀석이 내게 매달렸지. 뭐든지 하겠다고. 자기를 버리지 말라고……. 그래서 가짜로 살라 했다. 절대 들키지도 말고, 나 권무상의 손자로만. 내가 그리 시켰어."

효은은 더 들을 수 없어 무상의 손을 놓아 버렸다.

"그만, 그만하셔도 돼요. ……알겠어요. 다 이해했어요."

어느새 눈물이 볼을 타고 소리 없이 흘렀다. 다른 말은 기억나지 않았다. 자기를 버리지 말아 달라고 울며 빌었을 그때의 어린 권이도가 너무 안쓰러워 가슴이 저렸다. 그의 외로움이 심장에 박히듯 그녀에게 사무쳤다.

"분명, 무슨 이유가 있을 거라곤 생각했어요. 그렇게 결혼하기 싫어하는 이유가 뭔지. 나한테 마지막 한 끝은 주지 않고 숨기는 게 뭔지 궁금하면서도 서운했어요. 나를 사랑했다면 말했을 텐데. 나한테 말하지 않은 건, 사랑하지 않기 때문이라고……."

그날, 그는 떠나겠다는 그녀를 말리지 않고 다시 별장으로 데려갔다. 효은은 미리 준비하고 있었던 것처럼 짐을 싼 뒤 인사를 건네고 돌아섰다. 혹시나. 그래도. 제발, 나를 붙잡아 주었으면 했지만 그는 돌아서 가는 그녀의 뒷모습만 바라보며 바보처럼 서 있었다.

언제나 그랬을 것이다. 진짜와 가짜 사이에서, 그는 자신이 누구인지 몰랐다. 그의 사랑을 그녀에게 진심으로 설명할 방법이 없었다. 진짜라 말할수록 그것은 더 완벽한 가짜로 꾸며졌다.

"그래. 그 녀석에게 가짜로 살라 시킨 건 내 욕심이었어. 나는, 내가 지키고 싶은 건 선홍이었다. 그걸 가장 잘 이끌 수 있는 사람이면 내 핏줄이 아니어도 상관없었어. 이도는 완벽하게 제 몫을 해냈어. 그래서…… 더 욕심을 부리고 말았어. ……그 녀석이 마지막까지 놓지 않는 게, 선홍이었으면 했다."

권 회장은 잠시 숨을 고른 후 죄를 변명하듯 다시 입을 열었다.

"그런데…… 처음으로 내게 한 부탁이 놓아 달라는 거였어. 진짜가 되겠다고. 괘씸했어. 내가, 그 녀석을 놓을 수가 없었어. 이제껏 쌓아 온 그 노력들을 어찌 그렇게 간단히 버리겠다는 건지. 나는…… 이해할 수가 없었어. 그리고…… 알았다. 내가 선홍보다…… 그 녀석을 더 마음에 품고 있었다는 걸……."

효은은 이 모든 게 서로를 향한 어긋난 사랑이라는 걸 깨달을 수 있었다. 무상은 제 곁에 두는 것으로 사랑을 완성하려 했고, 이도는 떠나는 것으로 그에게 인정받고 싶었을 것이다. 그리고 그녀 자신은…… 사랑을 몰랐다. 그가 모든 걸 털어놓을 때까지 그를 믿고 기다려 주지 못했다. 과거엔 눈앞에서 사라져 버리는 것으로 그를 벌하였고, 그의 앞에 다시 나타난 뒤론 사랑인 걸 알면서도 모른 척하며 그를 용서하지 못했다.

"다…… 내 욕심 때문이었다는 걸, 이제는 알아."

무상이 다시 효은의 손을 붙잡았다.

"그러니…… 효은아. 그 녀석을…… 진짜로 살게 해 다오."

"……."

어쩌면 이곳에 왔어야 할 사람은 그녀가 아니라 이도였을지도 모른다. 무상이 내놓은 진심을 받아들이고, 더 이상 후회하지 않을 선택을 해야 했다. 효은은 그러겠다는 승낙도, 그러지 않겠다는 거절도 하지 않은 채 그 자리에서 일어나 병실을 빠져나왔다.

이도에게는 그의 오피스텔에 가 있겠다고 문자를 보낸 후, 마트에 들렀다. 그가 좋아했던 음식을 떠올리며 재료들을 집었다. 그런데 생각보다 행동이 앞섰다. 효은은 더 이상 머릿속의 회로를 돌릴 수가 없었다.

그녀가 들었던 이야기가 현실 같지 않았다. 뭐가, 어디서부터 잘못된 것일까. 그 끝없는 후회가 두려워 효은은 아무렇지 않은 척 그를 위한 식사를 준비하고 이도를 기다렸다.

평소에도 요리 솜씨가 좋지 않았는데 지금은 정신이 반쯤 나가기까지 했으니 제대로 될 리가 없었다. 밥은 물을 너무 많이 넣어 질게 되었고, 찌개에는 구우려던 동그랑땡이 불청객처럼 자리를 잡고 앉아 있어 그녀를 당황스럽게 만들었다.

시계를 확인하자 그의 퇴근 시간이었다. 마음이 더 급해졌다. 효은이 다시 정신을 붙잡고 다른 재료들을 꺼내려는데 오피스텔의 비밀번호를 누르는 소리가 들려왔다. 그가 들어서고 구두를 벗었다. 안도의 한숨을 내쉰 뒤, 성큼성큼 부엌에 있는 그녀에게로 다가오는 게 느껴졌다. 효은은 꺼낸 오이를 씻기 위해 싱크대의 물을 틀었다. 좀처럼 고개를 돌릴 수가 없었다.

"……장효은."

가라앉아, 꼭 혼내는 것만 같은 목소리로 그가 그녀를 불렀다.

"아, 왔어요? 배고프죠?"

평소처럼, 그 옛날처럼, 아무것도 아닌 것처럼. 효은이 말을 뱉었지만 목소리가 부자연스럽게 떨렸다. 나이가 들면 거짓말도 잘한다던데, 효은은 그게 잘되지 않았다. 시간이 흘러도 그녀는 달라지지 못했다.

"할아버지 만난 거 알아."

그는 오히려 담담했다. 효은은 그러냐며 돌아서 홀가분한 미소로 그를 마주하는 게 맞았다. 가까스로 마음을 먹고 몸을 돌려 이도를 바라봤다. 그는 화가 난 눈빛이었다. 그러나 아무 말도 하지 않았다. 아무것도 묻지 못했다.

제대로 화조차 내지 못하게 만드는 여자가 효은인 걸까. 그에게 그녀는 어떤 존재일까. 그걸 알고 싶어 그리도 안달이 나 그의 사랑을 갈구하고 의심했음에도 이제는 그 마음을 알게 되면 행복하기보단 가슴이 아플 것 같아 효은은 아무것도 확인할 수 없었다.

"밥은 무슨 밥이야."

이도가 자연스럽게 말을 돌렸다.

"그동안 말 못 했는데…… 솔직히 네 밥, 먹기 힘들어."

다시 한번 이혼 서류가 날아갈 소리를 그는 당당히 했다. 효은은 이도를 노려볼 수밖에 없었다. 그리고 저도 모르게 울음이 터졌다. 이놈의 눈물샘을 없애 버려야 했다. 어린애도 아니고. 불리할 때마다 눈물을 흘리며 그를 꼼짝하지 못하게 만들었다. 이제 우는 여자는 질린다며 그가 떠나 버릴까 봐 겁날 정도였다.

"앞으로 내가 해 주는 밥, 먹기만 해 봐요."

효은이 돌아서 칼을 잡고 오이를 난도질했다. 이도는 잠깐 주춤하며 머뭇거리다 미소를 머금고 그녀의 손에서 칼을 빼냈다. 천천히 그를 다시 바라보게 만든 뒤 가만히 끌어안았다.

"안는다고 다 해결될 것 같아요?"

안아 줄 사람이 누군데. 이 아저씨가 정말. 효은은 또다시 코끝이 찡해지고 말았다.

"우리 이제, 누구 탓도 하지 말자. 후회도 하지 말고, 오해도 하지 말고, 동정하지도 말자. 그냥……."

"아니, 말하지 마요."

효은이 그를 떼어 내고 말을 막았다.

"내가 할 거예요. 내가 해야 하는 게 맞잖아요."

그녀는 눈물을 훔치고 이도와 시선을 맞췄다.

"그래. ……해 봐."

그가 얄밉게 그녀의 뺨을 어루만지며 여유로운 태도를 보였다.

"아저씨, 아니, 당신…… 아이 갖고 싶어요."

늘 이렇게 뒤통수를 치는 여자였다. 이도는 어이가 없어 웃어 버렸다.

"당신한테…… 진짜 가족, 만들어 줘야겠어요."

웃던 이도의 눈이 깊게 가라앉았다. 이제 눈물은 그녀만의 무기가 아니었다.

"이러니……."

이도가 효은의 뺨을 붙잡았다.

"내가 다 줄 수밖에."

전부를 내걸 듯 그의 다급한 입맞춤이 시작되었다.

17. 끝내고 싶지 않은 순간들

상황은 생각지 못한 장소에서 벌어졌다. 가족을 만들어 주겠다는 그녀의 고백을 들은 그는 곧장 실행에 옮기겠다며 입을 맞춰 왔다. 정신 없이 이어지는 키스에 넋을 놓고 있는 사이, 그녀는 밥상을 차려야 할 식탁에 앉혀졌다. 효은은 부끄럽고 음탕한 느낌이 들어 그를 바라봤다.

"여, 여기서…… 해요?"

"여기서 하면, 아이가 잘 생긴다던데."

이도는 효은의 블라우스 단추에 집중하며 진지하게 대답했다.

"누, 누가요?"

"내가."

씨익 웃어 버린 그가 효은의 겉옷을 모두 벗긴 뒤 속옷 안에 감춰진 가슴을 움켜쥐고 탐하기 시작했다. 달을 머금은 듯 깊고 다정했던 눈빛은 이미 색정에 젖은 짐승의 눈동자로 변해 있었다.

효은은 겁이 나기도 하고, 설레기도 했다. 그녀의 몸을 아는 남자는 그뿐이었다. 그가 어루만지고, 집착하듯 더 깊은 곳으로 찾아 들어갈 때면 몸속의 숨겨진 어딘가가 기다린 것처럼 열리는 것만 같았다.

"이, 이제…… 여기서 밥 못…… 흐흑, 먹을지도 몰라요."

효은이 짐짓 경고하듯 말했지만 이미 이도의 손은 그녀의 아래를 침범해 자리 잡은 상태였다.

"그럼, 여긴 그거 할 때만 쓰지 뭐."

그가 가볍게 대답하며 웃었다. 얄미웠지만 반격을 할 수가 없었다. 익숙한 단계처럼 그의 손이 아래를 적셨다. 신음을 뱉으려 하는 순간, 입술이 치고 들어와 혀를 날렵하게 빨아 댔다. 몸이 더욱 깊게 점령당하자 효은은 정신을 차릴 수 없었다.

"하아……. 흐읏. 아, 아저씨……."

"또 아저씨야?"

효은을 혼내듯 이도가 고개를 들었다. 그의 입술엔 둘의 체액이 묻어 번들거렸다. 효은은 무방비 상태로 흐트러진 그의 모습이 어쩐지 반갑고, 안도감이 들어 웃음이 나왔다.

"그 웃음의 의미는 뭐야?"

이도가 어둡게 가라앉은 눈동자로 무섭게 묻자 효은은 손을 들어 그의 뺨을 쓸어 냈다. 내 사람. 단 한 번도 내 가슴에서 떠난 적이 없었던 사람. 이렇게 다시 만나 서로를 마주 볼 수 있다는 것만으로 감사하다는 생각이 들었다. 그가 알면 이게 몸을 섞다 생각할 일이냐고 표정을 굳히겠지만 효은은 지금이 아니면 안 될 것처럼 그의 이목구비를 하나하나 쓸어 내며 만졌다.

"장효은⋯⋯."

애틋한 눈빛에, 두 눈 가득 들어찬 눈물에, 이도는 또 덜컥 겁이 나고 말았다. 지금 자신의 아래에 누워 있는 사람이 효은이 확실함에도 불안한 마음이 들었다. 그녀의 마음을 갖고, 몸을 안아도, 자꾸만 더 가지고 싶었다. 더 가질 수 있는 것이 없다는 게 안타까워 억울할 정도였다.

"얼마나 만지고 싶었는지 몰라요."

효은의 고백은 또다시 이도의 가슴을 후회로 가득 차게 만들어 버렸다. 바보같이, 벌을 받으라는 말에 그는 그저 참고 또 참기만 했다. 그녀를 찾아가 얼굴이라도 봤다면, 서로가 가진 마음을 숨길 수 없다는 걸, 조금이라도 빨리 깨달았다면.

이도는 효은이 자신에게 한 것처럼 그녀의 뺨을 쓸어 내며 사과했다.

"미안해. 내가 바보 같았어."

"알긴 아는구나."

효은이 그녀답게 핀잔을 주었다.

이도는 이제라도 용서해 달라며 그녀의 입술에 입을 맞추는 것으로 사과의 뜻을 알렸다. 쪽쪽쪽. 버드 키스를 남기던 그는 진지하게 다음 단계를 밟았다.

"흐읏. 잠⋯⋯ 깐만."

이도의 입술이 천천히 가슴을 지나 배로, 그리고 손이 차지하고 있는 곳으로 서슴없이 내려갔다. 뭐 하는 거예요. 말을 뱉기도 전에 신음부터 터졌다.

"아웃……. 흐응……."

온몸에 전기가 일듯 효은이 허리를 비틀었다. 거기는 왜. 그녀도 몰랐던 공간이 열리는 것 같았다. 효은에게선 아픔과 쾌감이 뒤섞인 신음이 여러 차례 흘러나왔다. 불기운이 이는 것처럼 온몸으로 뜨겁게 퍼져 나가던 감각이 어느 한순간, 팡 하고 터지자 그녀는 전신을 축 늘어뜨렸다.

"아, 윽……!"

나른하게 퍼진 몸에서 헐떡거리는 숨이 흘러나왔다. 효은이 얼굴을 붉히며 고개를 꺾자 이도는 망설이지 않고 몸을 맞췄다.

"흐읏. 너무……."

오래만이기도 했고, 장소가 낯설어 효은은 긴장했다. 그의 것이 깊숙한 곳까지 꽉 차듯 밀려들어 오자 효은은 그의 어깨를 꽉 붙잡고 몸을 굳혔다. 이도는 그 순간 그녀를 안아 올려 거실 소파로 장소를 옮겼다.

"이제 소파에서도 이 생각밖에 안 날 거야."

그는 개구진 아이 같으면서도 그 뒤엔 음란함을 품은 능수능란한 어른 남자 같았다. 허리를 놀리며 미처 다 벗지 못한 넥타이와 와이셔츠를 벗어 던질 땐 그녀가 더 흥분해 아랫배가 뜨거워졌다. 부끄러웠지만 감추고 싶진 않았다. 그녀에게 이런 감정을 가질 수 있게 하는 사람은 오직 그뿐이니까.

"아저씨가, 흐읏, 이렇게…… 변태인 줄 몰랐네요."

효은은 가까스로 지지 않기 위해 한 소리를 했다.

"그래서 싫어?"

하체를 더 가까이 붙이며 이도가 물었다.

"싫……으면, 으읏, 안, 할 거예요? 으읏."

효은은 그의 귓가에 달뜬 숨을 내쉬며 되물었다.

"그럴 리가."

이도는 효은의 물음에 간단히 웃었다. 그러곤 아래에 속도를 붙였다. 온몸의 기관들이 뒤흔들리고 세밀하게 반응하는 것만 같았다.

머리가 어질어질할 정도로 그가 밀어붙일 때면 효은에게는 쾌감이 찾아들었다. 이도는 그녀만을 위해 만들어진 남자처럼 반응하는 곳을 정확하게 찾아 공략하고 괴롭혔다.

"으윽. 거기, 너무…… 일부러 이러는 거죠?"

"당연한 거 아니야?"

"변태."

효은이 당장이라도 자지러질 것같이 몸을 흔들면서도 할 말은 했다. 이도는 더 힘을 실으며 그녀와 똑바로 눈을 맞췄다.

"그냥 변태 하지, 뭐. 어차피 난…… 너한테만 반응하니까."

핥아 대던 귀를 물며 그가 속삭인 말에 효은은 절정을 느껴 버렸다. 축 늘어진 그녀를 안아 올린 그가 다시 걸음을 옮겼다. 이번엔 마침내 침실이었다. 도대체 오늘 밤이 끝나긴 할 것인가. 효은은 그의 몸에 기댄 채 체념하듯 생각했다. 그러다 자신의 몸이 이도의 손가락 하나에 좌지우지된다는 사실이 부끄럽기도 하고, 억울하기도 했다.

만족스러운 표정으로 그녀를 내려다보는 그가 얄미워 그녀다운 생각이 일었다. 효은은 그가 눕힌 몸을 억지로 일으키고는 오히려 이도를 침대에 눕혔다.

"뭐 하려고?"

그가 놀라 물었지만, 어쩐지 기대에 찬 눈빛이기도 했다.

"나도 변태 해 보려고요."

효은이 당돌하게 유혹했다. 이도는 졌다는 표정으로 그녀를 올려다봤다. 그녀의 나신은 그저 바라보는 것만으로도 그를 흥분시키기에 충분했다. 그런 여인이 몸을 타고 올라 그를 품으려 하고 있었다.

"할 수 있겠어?"

이도는 오히려 효은을 걱정했다.

"다, 당연하죠."

한 손으로 그의 배를 짚고 몸을 지탱한 채 조심스럽게 그를 품으려 했다. 하지만 상상하지 못한 고통이 머리를 쳤다.

"잠…… 이게…… 안, 안 들어가요……윽."

얼굴을 붉힌 효은이 애처로운 표정으로 이도를 내려다봤다.

"힘을 빼고, ……천천히."

이도는 효은을 돕듯 그녀의 허리를 단단히 붙잡았다.

"으, 으윽."

마침내 하나가 되자 두 사람 모두에게서 감출 수 없는 흥분의 열이 차올랐다.

"하아⋯⋯."

둘은 한참을 서로 바라보기만 했다. 이도의 눈빛에 사나운 욕구가 차오르는 게 보였다. 어서 움직이길 원하는 것 같았다. 하지만 효은은 꼼짝할 수가 없었다. 단단하게 잡힌 무게감이 이전과는 달랐다. 조금이라도 움직이면 눈알이 빙빙 돌 것만 같았다.

"못 하겠어?"

참지 못하고 이도가 묻자 효은은 오기를 부리듯 고개를 흔들었다. 일단 움직였다.

"하앗!"

조금만 허리를 들었을 뿐인데 머리끝까지 전기가 차오르는 것만 같았다. 효은은 그래도 포기하지 않고 최선을 다했다. 처음보다 부드러워지자 리듬까지 타기 시작했다.

"⋯⋯어때요?"

효은이 그의 표정을 살피며 물었다.

"그런 건 묻는 거 아니야."

이도는 이미 머리의 퓨즈가 나가 버린 상태였다. 효은이 몸을 흔드는 모습을 보는 것만으로도 절정이 올 것 같아 주먹을 쥐고 가까스로 마지막을 참아 냈다. 그러나 더 이상은 힘들었다.

"으윽. 잠깐만."

다시 효은을 아래에 눕힌 이도가 그녀의 허벅지를 벌려 붙잡고는 급하게 안을 점령했다. 흥분해 일어선 전신을 집요하게 헤집었다. 효은은 여러 번 절정을 느끼며 발끝을 떨었지만 이도를 밀어 낼 수는 없었다.

"하아……."

두 사람의 신음이 끝없이 얽혀 들었다. 효은은 이미 항복을 외쳤지만 이도는 멈추지 못했다. 끝나지 않을 것 같은 날이었다. 아니, 끝내고 싶은 않은 순간들이었다.

"임신한 줄…… 알았어요."

몇 번째인지, 숫자를 셀 수 없이 정사가 끝나지 않고 이어지는 순간이었다. 그는 고개를 들어 가만히 효은을 바라봤다. 가라앉은 눈빛엔 설명할 수 없는 감정이 가득했다. 효은은 그런 이도를 더욱 깊게 품으며 뒤늦은 고백을 했다.

"유학 가기…… 전이었어요. 그래서, 임신이면 떠나지 말아야지. 책임지라고 아저씨한테 더 화내야지. 그런 생각을 했어요."

그때를 생각하듯 효은이 슬픈 웃음을 보였다.

"근데…… 아니더라고요. 혹시 몸에 문제가 있어서 그런 걸까 싶어 검사까지 다 받고 괜찮다는 소리를 들으니까, 그제야 눈물이 났어요."

이도는 그때의 효은이 가진 마음의 슬픔을 다 알지 못해 미안했다. 그래서 그저 그녀를 말없이 끌어안을 수밖에 없었다.

"왜 그랬는지 알았어요……. 내 마음이 문제였어요."

이도는 효은의 두 뺨을 붙잡아 자신을 바라보게 만들었다.

"그때도 말했지만, 난 너 하나면 돼."

혹시나 효은이 임신에 대한 부담을 느낄까 봐 이도는 자신의 뜻을 다시 한번 단단히 일렀다. 그의 진지한 표정에 효은이 푸스스 웃음을 흘렸다.

이리도 달콤한 고백을 듣고 싶어서였을까. 효은은 그와 눈을 맞추며 웃었다. 그제야 홀가분해졌다. 그에게 가족을 선물하고 싶은 마음이 그저 욕심으로 남는다고 해도, 더 이상은 미안하지 않을 것 같았다. 그가 있으니까. 이제 서로를 믿게 되었으니까.

"나도 고백 하나 할까?"

자신의 차례라는 것처럼 이도가 물었다. 효은이 고개를 끄덕이자 그는 지금 생각해도 부끄럽다는 듯 민망한 웃음을 덧붙였다.

"사실은, 아웃렛에서 너 만났을 때…… 그 아이가 내 아이일까, 하는 멍청한 생각을 했어. 그럼 널 어떻게든 옆에 데려다 놓기 쉬울 테니까."

박 비서조차도 모르게 진실을 알아보았다. 그 아이가 효은과 전혀 상관이 없다는 결과를 확인했을 땐…… 허탈함이 아닌 또 다른 질투심이 일었다.

그때 그녀의 옆에는 늘 그를 신경 쓰이게 만들던 '한승재'라는 녀석이 있었으니까. 누가 봐도 부부라고 생각할 만큼 두 사람은 잘 어울렸고, 그들 사이에 있는 아이 또한 한 가족처럼 느껴졌다. 혹시나 갈 곳 없는 그 아이 때문이라도 효은이 그 남자에게 가 버릴까 봐 겁이 나기도 했다. 지금 생각하면 우스운 소유욕이었지만, 그땐 누구에게도 말하지 못할 고민이었다.

"설마, 내가 아저씨 아이를 혼자 키우겠어요?"

효은은 그의 추측을 단번에 날리는 물음을 내놓았다

"내 성격 알잖아요. 당장 양육비 내놓으라고 찾아갔겠죠."

그녀의 대답에 이도는 웃어 버렸다. 맞았다. 그가 아는 효은은 감추는 것보다 드러내는 데 더 익숙했다. 당당하게 자신의 사랑을 표현하고, 그에게 다가와 꼼짝하지 못하도록 만들었다. 그런 그녀라서 이도는 사랑했을지도 모른다고 생각했다.

"그래. 난 빈털터리가 되어도 너한테 다 주겠지."

그가 미련 따윈 없다는 듯 웃으며 진하게 입을 맞췄다.

"진짜죠? 나한테 다 줄 거죠?"

효은이 사랑스럽게 그의 가슴에 얼굴을 기대고 물었다.

"대신, 나도 데려가야 한다는 거 알지."

이도는 그게 몸이든, 정신이든 전부 다 책임져야 할 것이라며 그녀의 몸을 더욱 파고들었다.

"지치지도 않아요?"

효은이 고개를 저으며 묻자 이도는 그녀의 손을 자신의 아래로 가져갔다. 놀란 효은은 놀라 귀까지 빨개졌다.

"이거, 왜, 이래요?"

"왜 그럴까?"

이도가 진지하게 물었다. 답은 그의 눈 안에 있었다. 너 때문이라고. 그러니 책임지라고. 효은은 작은 한숨을 내쉬었다.

"혹시…… 2년 동안 기다리게 한 벌이에요?"

그녀다운 추측이었다. 이도는 당연하지 않느냐며 입을 맞춰 왔다. 처음인 것처럼 사랑하는 일을 다시 시작했다. 효은이 몸서리치며 떨어지려 하면 이도는 그녀를 숨 막히게 끌어안았다. 그럼 효은의 가슴은 또다시 울컥하며 먹먹해졌다. 이리도 그녀를 놓지 못하는 그의 집착이 그동안의 그리움처럼 느껴져 그를 밀어내지 못했다.

"사랑한다고 말해 줘."

끝에 도달하기 전, 이도가 효은의 얼굴을 붙잡고 부탁했다. 그것은 애원 같기도 했다. 효은은 눈물을 머금으며 대답했다.

"사랑해요."

효은이 고백하자 이도는 망설이지 않고 그녀의 깊은 곳에 '사랑'이라 대답한 흔적을 토해 냈다. 그러곤 물러날 줄 알았다. 하지만 또다시 그가 효은을 끌어안았다. 지치지도 않는지 짙은 눈빛으로 허리를 포개 오자 효은은 그대로 이끌려 갈 수밖에 없었다. 이 남자의 진짜는 영원히 혼자만 간직하고 싶은 욕심이 들끓었다. 그가 그녀를 끝없이 끌어안도록 만들었다.

❋ ❋ ❋

　기쁨과 슬픔은 언제나 동시에 찾아오는 걸까. 충만한 행복함으로 단잠을 자고 있던 두 사람을 깨운 건 이도의 핸드폰 벨소리였다. 조용한 새벽녘에 전화가 울린다는 것만으로도 나쁜 일이라는 걸 짐작할 수 있었다.

　효은은 나체로 앉아 전화를 받는 이도의 슬픈 뒷모습을 바라보며 자꾸만 그를 안고 싶었다. 슬픈 일이 생긴 것만 같은 불안감이 찾아왔다. 그녀의 예감은 맞았다. 하늘은 할아버지가 떠난 그때처럼 끝없는 행복만을 주지 않았으니까.

　무상이 태호의 곁으로 떠났다는 사실을, 강 여사는 덤덤히 이도에게 알렸다. 그녀는 그 누구보다 그가 가장 먼저 알아야 한다고 생각한 것 같았다.

　이도는 전화를 끊고 효은을 돌아봤다. 몸을 일으키려는 그녀에게 그가 괜찮다는 듯 입을 맞췄다. 그는 조용히 웃었지만 그 웃음 안에는 수많은 감정들이 담겨 있는 것만 같았다. 효은은 어떤 말부터 꺼내야 할지 몰랐다. 그저 침대에서 내려가 드레스 룸으로 들어서는 그의 뒷모습을 지켜만 볼 뿐이었다.

　예의를 갖춘 옷을 찾아 입고 거실로 걸어 나오는 그의 얼굴엔 감정 같은 건 없었다. 효은은 더 이상 가만히 앉아만 있을 수 없었다. 그에게로 다가가 그날의 이도처럼 말없이 끌어안기만 했다. 이도는 괜찮

227

다며 오히려 그녀의 어깨를 다독였다.

"……다녀올게."

그가 현관 쪽으로 돌아서려 하자 효은은 급하게 입을 열었다.

"나도…… 가게 해 줘요."

당연한 일이라 생각했지만 이도는 그의 가족들 사이에 효은을 세워 놓고 싶지 않았다. 하지만 이도는 늘 그녀의 고집을 이기지 못했다. 그는 효은의 손을 붙잡고 병원으로 향했다.

뒤늦게 소식을 듣고 나타난 친인척들은 무상이 이리도 허무하게 세상을 뜰지 몰랐다며 한탄했다. 단단한 양반이었으니 당연히 죽음 앞에서도 얼마간은 맞서 싸울 것이라 예상했을 것이다.

장례는 무상의 유언을 따라 조촐하게 치러질 예정이라고 그의 전담 변호사가 가족들에게 알렸다. 그래도 한 그룹의 회장이 가는 길인데 이리 조용하게 지내는 건 아니지 않느냐고 두 사위는 같이 뜻을 모았다. 그들 사이에서 두 딸이나 손주들은 아무런 말이 없었다. 아버지가 그렇게 하겠다고 하면, 그렇게 해야 하는 거라고 알고 살았다. 뜻을 거슬러 봤자 돌아오는 건 없었다.

"그리고…… 유산 관련 유언 내용은 신임 회장 선출 이후에 공개하라고 말씀하셨습니다."

"그게 무슨……?"

어쩐 일로 조용하던 둘째 딸 영란이 무슨 소리냐며 전담 변호사를 바라봤다. 당연히 공평하게 나눠져야 할 몫이었다. 그런데 지금 변호사는 회장이 누가 되느냐에 따라 유산의 행방이 달라질 것이라 말하고 있었다. 아버지는 마지막까지 자신의 존재감을 이렇게 내보이는 것일까. 허무하면서도 억울한 기분이 솟았다.

"알겠어요. 수고하셨습니다."

영란은 변호사를 돌려보내는 선영에게 시선을 주었다. 여유를 가진 언니의 담담한 눈빛에서 모든 걸 읽었다. 아버지와 언니 사이에 뭔가가 있었다. 그러지 않고서야 이리 조용할 수가 없었다. 권이도를 이길 수 있는 패를 이미 쥐고 있는 것일까. 그것이 무엇인지 영란은 무슨 수를 써서라도 알아내고 싶었다. 욕심 같은 건 내려놓겠다고 했지만 본성은 어쩔 수가 없었다.

선영이 회장 자리에 앉는 걸 이젠 절대 지켜보고 싶지 않았다. 차라리 권이도라면 이해할 수 있었다. 그게 그녀의 앞날에도 더 도움이 되리라 확신했다.

장례를 치르는 내내 이도는 손자로서의 도리를 다했다. 그가 하고 싶었던 얘기는 효은에게 전해졌을 테니, 무상도 아쉬움은 없을 것이다. 설사 한이 남았다고 한들, 그것은 그의 몫이었다. 이도는 이제 그에게 남은 미련이 없었다.

권씨의 핏줄이 되어 가짜로 살아온 삶 역시 그 자신임을 받아들였기에 더 이상은 미련한 인생을 살지 않으리라는 깨달음을 얻었다. 그

중심에는 사랑, 효은이 있었다.

이도는 쪽잠을 자며 조문객을 맞이하는 효은을 바라봤다. 남들이 꺼려 하는 허드렛일까지 마다하지 않았다. 상을 치르는 내내 부엌만 맴도는 강 여사의 옆에서 따뜻한 위로를 건네는 것도 그녀뿐이었다. 무상이 살아온 삶의 진짜는 저 두 사람이라는 것처럼, 두 여인은 조용히 공간을 지켰다.

"다시…… 잘 지내기로 한 거죠?"

그처럼 두 여인에게 시선을 두던 민아가 용기 내듯 이도에게 물었다. 그녀를 돌아본 이도는 더 이상 서늘한 감정을 드러내지 않았다. 효은이 곁에 있다면, 이젠 그 누구도 미워하고 원망할 생각이 없었다.

"그래. 다시는 안 놓칠 거야."

이도의 대답에 민아는 다행이라는 웃음을 보였다. 그러곤 더 이상 그의 곁에 머물지 않았다. 그녀는 자신의 가방을 챙겨 장례식장을 빠져나갔다. 그녀가 그곳에서 모습을 보이지 않는다고 해도, 신경 쓸 사람은 없었다.

병원 밖으로 나온 그녀는 핸드폰을 꺼내 통화 버튼을 눌렀다. 통화음이 연결되기도 전에 당사자가 그녀 앞으로 다가왔다. 조문객들을 배웅하고 돌아오는 길인 듯 보였다.

"왜? 무슨 일이니?"

그녀를 대하는 날카로운 목소리는 여전했다.

"드릴 말씀이 있어요. 아셔야 할 것도 있고요."

민아는 영란을 향해 흔들림 없이 시선을 맞췄다.

'그런다고, 네가, 네 인생이 달라질 것 같니?'

끝내 박태수 팀장과의 결혼을 거부하는 민아에게 선영은 신경질적인 눈빛으로 본심을 드러냈다. 넌 이용당하는 충견으로 살면 되는 거라고. 내가 그 지옥에서 데려와 키운 이유가 그것이라고. 감성에 빠져 허튼 반항 같은 건 하지 않는 게 좋을 것이라고. 타이르듯 건네는 이성적인 협박이었다.

민아는 어머니 선영의 말을 삼키고 또 삼켰다. 하지만 가슴속에서 흘러 내려가지 못하고 심장에 박힌 듯 그녀를 더한 악으로 밀어 넣었다. 이젠 끝내야 했다. 그게 자신을 내던지는 일일지라도 후회도 원망도 없었다. 이대로 사라진다고 해도 생의 미련 같은 건 남지 않은 지 오래였다.

"무슨 일인데 날 따로 불러내고. 아직 장례식도 안 끝났는데, 이렇게 급하게 내 시간을 뺏는 이유가 뭔지나 들어 보자."

영란은 민아가 언젠간 폭탄이 될지도 모른다는 직감은 늘 가지고 있었다. 근본도 모르는 아이를 입양해 키우겠다는 언니 선영의 행동을 이해할 수 없었다. 무서울 게 없는 들짐승들은 아무리 개조를 해도 본바탕을 지우기 힘든 법이었다.

그러나 언니의 입양 이유는 너무도 단순했다. 자식이 아니라 심복을 키우고 싶다는 것. 권선영이 어떤 인물인데. 영란은 언제부턴가 민아에게 싸구려 연민이 생기기도 했다.

하지만 어차피 민아는 자신의 편에 설 수 없는 사람이었다. 적이라면 적이었다. 이렇게 다정하게 마주 앉아 얘기를 나눌 사이도 아니었기에 그녀는 용건만 간단히 하라는 눈빛을 하며 일부러 커피 잔을 큰 소리 나게 내려놓았다.

"보여 드릴 게 있어요."

차분한 목소리로 말한 민아가 가방에서 서류를 꺼냈다.

낚아채듯 서류를 빼앗아 온 영란은 그 안의 내용을 확인했다. 그녀의 눈동자가 갈라지듯 커졌다. 배신감. 그것이 첫 번째 감정이었다. 어디서 구했는지는 알 수 없지만, 민아가 건넨 서류는 권 회장이 생전에 남긴 유언장이었다. 거기엔 내용을 확인했다는 선영의 사인도 남아 있었다.

이것이었나. 그리도 여유로웠던 이유가. 영란은 기가 차다 못해 가슴이 짓눌리는 듯한 억울함에 답답했다. 아버지란 사람이 어떤 인물인지 모르지 않았다. 하지만 마지막 기대 같은 건 있었다. 어쨌든 핏줄이었고, 그녀에게도 어느 정도의 정은 있을 것이라 여겼다.

막내라는 이유로 늘 양보만 하던 인생이 머릿속을 스치며 그녀의 상처 난 가슴속에 불을 지폈다. 다스리지 못한 감정이 고스란히 드러나는 눈빛으로 영란은 앞의 민아를 바라봤다. 무엇보다 이 아이의 의도를 알아야 했다. 이것을 보여 준다는 건 그녀가 선영의 편에서만 움직이지 않는다는 뜻이었다.

"이모님의 주식을 원한 건, 이 모든 걸 숨기기 위한 쇼일 뿐이에요.

만약 이모님이 그 계략에 속아서 주식 전부를 건넸다고 생각해 보세요. 약속한 내용이 지켜졌을까요? 어머니는 할아버지 유산이 아니더라도 충분히 회장 자리에 오르실 텐데, 뭐가 아쉬우시겠어요."

영란은 혼란스러웠다. 이 유언장대로라면 민아의 이야기가 더 설득력이 있었다. 언니 선영이 주식을 받는 대가로 자신이 원하는 걸 들어주겠다고 제안했을 때 의심하지 않았던 게 실수였다. 회장이 되기 전에 방해물들은 없애는 것이 그녀의 작전이었을까. 모든 걸 뺏어 가야 안심할 수 있는 자리였으니 어쩌면 그 추측이 더 신뢰가 가기도 했다. 하지만 지금 민아의 태도도 아무 의심 없이 믿어 주기엔 무리가 있었다.

"그리고 이건, 권선영 이사님과 관련된 비리 자료들에요."

민아는 눈 하나 깜짝하지 않고 또 다른 서류를 영란 앞에 내밀었다. 잘 키운 충견이 사육사를 물어 죽이는 것과 뭐가 다르단 말인가. 영란은 새삼 민아가 무섭고, 가증스러웠다. 그리고 궁금했다. 이렇게까지 주인을 물어뜯는 이유가 뭘까. 그래도 호적상 어머니였다. 세상에 끝까지 감출 수 있는 비밀은 없었고, 언젠가 그녀의 지금 이 배신도 밝혀질 것이다.

"네, 네가 이렇게 하는 이유가 뭐야? 네 어머니가 회장 되면 너한테 더 좋은 거 아닌가?"

단순하다는 것처럼 민아가 영란에게 웃어 보였다.

"그래 봤자 지금보다 더 잔인하고, 악랄한 충견이 되기밖에 더 하겠어요?"

"하. 왜? 이제 와서 착한 사람이라도 되고 싶은 거야? 사람은 생긴

233

대로 살아야 하는 법이야. 달라져 봤자 알아주는 사람은 나 자신밖에 없어. 너는 어차피 지금까지 살아온 모습으로 기억될 테니까."

영란은 어울리지 않는 충고를 건네면서 의도치 않게 자기 자신을 돌아보게 되었다. 변하려 해 봤지만 그녀는 이미 그런 여자였다. 세상이 그녀를 그런 사람으로 정의 내렸다면 그렇게 사는 것도 나쁘지 않다는 생각을 했다.

"남들이 절 어떻게 보든 상관없어요."

체념이 담긴 민아의 눈빛은 오히려 홀가분해 보였다.

"저는 알아주잖아요. 그거면 됐어요."

선영의 옆에서 민아가 어떤 인생을 살았을지 짐작 못 하는 건 아니었다. 그 깊은 상처로 인해 자폭하며 모두를 멸망시키는 지경까지 이르고 있는 줄은 몰랐다. 영란은 처음으로 민아를 딱한 눈빛으로 바라봤다.

"그래. 네 시나리오대로 이걸 미끼로 언니가 물러난다고 하자. 그 다음은 당연히 권이도 아닌가? 내가 이길 수 있는 방법은 없어. 어차피 끝난 게임이라고."

민아가 이 정도로 마음을 먹었다면 더한 화살도 가지고 있을 게 분명했다. 영란은 접었다고 생각했던 욕심이 다시 되살아나듯 솟구쳐 올랐다. 자신은 달콤한 열매 앞에서 걸음을 멈출 수 있는 사람이 아니란 걸 이미 깨달았다. 그것 또한 자아 성찰이었다.

"만약…… 이도 오빠가 권씨 핏줄이 아니라면요?"

18. 저도 달라져 보려고요

무상을 떠나보낸 이후로도 일상은 평온했다. 적어도 이도와 효은에게는 그랬다. 같은 공간에서 잠을 자고, 몸을 섞고, 아침을 먹은 뒤 출근해 있는 동안 떨어져 있는 시간을 아쉬워했으며 저녁을 기다리고 또다시 만나 그 일상을 반복했다. 그것이 행복이라는 것을 두 사람은 이제야 깨달아 이 시간이 너무도 소중하고 달콤했다.

"이리 가까이 와 봐요."

아침 식사를 한 식탁을 정리하고 드레스 룸으로 들어온 효은은 이도의 넥타이 매무새를 다듬어 주었다. 그 모습을 가만히 지켜보는 그의 눈빛에선 더할 수 없는 사랑이 쏟아졌다.

"오늘은 여기서 해 볼까?"

효은은 시선만 들어 그를 노려봤다. 왜 그 소리를 안 하나 싶었다.

가족을 만들어 주겠다는 말이 이렇게 큰 파장을 몰고 올 줄은 몰랐다. 체력 보충을 위해 매일 저녁 반찬으로 올리는 장어도 모두 효은이 다 먹어야 할 판이었다. 이도는 브레이크가 없는 사람처럼 효은을 안고 또 안았다. 그게 그동안의 그리움에 대한 복수이자 보상이라는 걸 알았지만 우선은 그녀가 살아야 했다.

그들이 사랑을 나눈 흔적들이 집 안 곳곳에 남아 아무것도 못 할 지경이었다.

"오늘은 참아요. 중요한 날이잖아요."

평소와 다름없이 행동했는데도 효은은 이미 알고 있었다.

"어떻게 알았어? 아직도 스파이랑 내통 중이야?"

이도는 의심의 눈초리를 보냈다.

"내가 생각보다 더 무서운 여자라는 걸 알겠죠?"

효은은 일부러 이도의 넥타이를 바짝 조여 맸다.

"그래서 나한테 백수 된 거 숨기고 휴가라고 한 거야?"

당황한 그녀가 잠시 눈을 끔벅였다.

"어, 어떻게 알았어요?"

"당신 스파이가 내 스파이이기도 해."

이도는 간단하게 대답하고 더 이상 묻지 않았다. 모든 일의 내막을 모를 사람이 아니었다. 하지만 그는 그녀가 말하지 않으면 먼저 묻지 않았다. 기다림에 익숙해져 버린 걸까. 효은은 또 안타깝게 마음이 가라앉았다.

"반성하라고 한 말은 아니야. 네 일이니까, 네가 알아서 하는 게 맞는다고 생각해서 가만히 있는 거야. 다른 이유는 없어. 우리, 사랑하는 사이지만 그만큼 서로를 존중해야 하는 거잖아."

이리도 생각이 깊은 남자인데. 효은은 그를 떠난 시간들이 후회로 밀려왔다. 이도는 눈시울을 붉히는 그녀의 얼굴을 들어 올려 뺨을 애틋하게 쓰다듬었다. 그의 눈빛엔 복잡한 감정이 섞여 있었다. 그 이유를 누구보다 그녀가 더 잘 이해했다.

"그래도, 배려만 하는 사이는 싫어요. 서로 싸우기도 하고, 더 알고 싶어서 집착도 하고, 그러다가 미안해하기도 하고, 그런 사이였으면 좋겠어요."

효은은 거짓 없이 솔직해졌다.

"그래. 그럼, 넌…… 내가 어떻게 했으면 좋겠어?"

신임 회장을 뽑는 주주 총회가 있는 날이었다. 포기도 선택도 모두 그 스스로 결정해야 할 몫이었다. 효은은 잠시 이도를 바라보다 똑같은 손길로 그의 뺨을 쓸어내렸다.

"그냥…… 아저씨 선택 존중해요. 내가 꼭 회장 마누라 되고 싶다고 떼쓰면 당신 힘들 때마다 나한테 그 얘기 할 거잖아요. 책임지라고. 뭐, 그렇다고 백수가 되라는 소리는 아니지만……. 우리 두 사람, 아니, 어쩌면 나중에 우리 아이가 태어나도 밥은 굶기지 않을 정도의 능력은 있어요, 나. 그러니까, 다른 생각 하지 말고, 아저씨 생각만 해요."

"아저씨든, 당신이든, 이제 호칭은 하나로 통일해. 참고로, 난 당신이 훨씬 더 좋아."

이도는 또 그렇게 싱겁게 효은의 걱정을 덜어 주었다. 그가 어떤 결정을 하든 믿을 수 있는 신뢰는 이미 생겼다. 그저, 당신이 아플 때, 힘들 때, 그리고 가장 기쁠 때, 내가 당신 옆에만 있게 해 달라고 효은은 그 마음만 알아 달라는 뜻을 담아 그를 꼭 끌어안았다.

"진짜 시간 없는데, 어쩌지?"

이도는 능글맞게 티셔츠 안으로 손을 넣으며 말했다. 효은이 그를 밀치고 드레스 룸을 빠져나갔다. 이도는 효은을 따라 방을 나서며 마음을 다잡았다. 이미 모든 걸 결정한 상태였다. 후회도 미련도 없었다. 이제 그의 곁엔 권이도의 하나뿐인 진짜, 장효은이 있으니까. 걱정할 것은 없다는 결론이었다.

❀ ❀ ❀

주주 총회가 열릴 공간 안에는 평소와 다르게 들뜨고, 초초한 기운이 감돌았다. 신임 회장에 누가 될지에 대한 모두의 관심이 지대한 것은 당연했다. 그 인물이 새로운 선흥을 만들어 갈 것이고, 여기 모인 사람들은 이제 그가 내놓은 법에 따라야 했다. 후보로 거론된 선영과 이도는 앞자리에 앉아 사람들의 선택을 기다리는 입장이었다.

회장 선출에 앞서 이도는 예정에 없던 시간을 만들어 단상에 올랐다. 술렁이던 장내가 이내 조용해졌다. 그 모습을 지켜보던 선영은 긴장의 끈을 놓칠 수 없었다.

"안녕하십니까. 권이도 상무입니다. 먼저 선흥 그룹 신임 회장을 선출하기 전에 드릴 말씀이 있어서 이 자리에 섰습니다. 저는 이제 거짓 없고, 신뢰할 수 있는 기업으로 저희 선흥이 새로운 도약을 해 나가야 한다고 생각합니다. 그러기 위해선 앞서, 저부터가 거짓 없이 솔직해져야 한다는 건 당연할 것입니다."

이도는 준비한 서류를 총회장 프레젠테이션 화면에 띄웠다. 장내는 소란해지기 시작했고, 모두들 이 사실을 직접 폭로한 이도에게 시선을 집중했다.

황급히 주주 총회장을 빠져나온 선영은 포커페이스를 유지한 채 자신의 집무실 쪽으로 향했다. 그녀를 비호하듯 뒤따르던 비서는 적당한 거리를 유지하며 그녀의 감정을 살피기에 바빴다. 그 모습을 지켜보는 영란의 입가에 통쾌한 미소가 스쳤다. 제아무리 표정 관리를 해도 지금 권선영이란 인간이 어떤 기분일지 영란은 잘 알 수 있었다.

어쩌면 지금부터 시작일지도 몰랐다. 동생으로 태어났다는 이유만으로 무시와 멸시를 당했던 그간의 설움이 얼마나 큰 상처로 남아 그녀를 괴롭혔는지 당사자가 되어 경험해 보지 않으면 모르는 법이었으니까. 선영에게도 인생에서 영원한 승자는 없다는 걸 깨달을 시간이 필요했다. 그걸 곁에서 지켜보며 충분히 즐기고 싶은 영란은 아들 정민과 함께 유유히 공간을 빠져나갔다.

집무실로 들어선 선영은 따라 들어오려는 비서를 막았다. 문을 닫고 책상 쪽으로 걸어간 그녀는 눈을 감고 숨을 몰아쉬었다. 하지만 터져 버린 감정은 이미 그녀가 감당할 수 없는 수준이었다. 선영은 한순간에 돌변해 책상 위에 놓인 물건들을 집어 던지며 참아 내지 못한 화를 쏟아 냈다. 굉음이 나고 다급하게 비서가 들어섰다.

"이사님!"

"민아, 걔 지금 어디 있는지 알아봐."

핸드폰을 꺼내 통화 버튼을 누를 이성조차 남아 있지 않은 선영은 입술을 짓이겨 문 채 비서에게 지시했다. 곧장 대답하고 집무실을 나선 비서는 안으로 아무도 들이지 말라고 했다.

화가 가라앉지 않아 머리가 팽팽 도는 것만 같았다. 선영은 그제야 테이블 소파에 몸을 내려놓았다.

'저는…… 돌아가신 권무상 회장님의 친손자가 아닙니다.'

갑작스런 이도의 충격 고백은 주주들을 혼란스럽게 만들기 충분했다. 차기 회장 선출은 무기한으로 연기됐고, 선영은 총회장을 빠져나오며 피가 거꾸로 솟는 기분을 느껴야만 했다.

어디서부터 잘못 생각한 걸까. 권이도가 출생의 비밀을 직접 밝힐 것이라는 추측부터 했어야 했나. 아버지는 그것까지 계산하고 유언장 공개를 미룬 걸까.

그리고 어젯밤 영란이 불쑥 찾아와 내민 자료들을 보고 그녀는 다른 계산을 할 수가 없었다. 왜 이것이 동생의 손에 들려 있는지. 누가, 무슨 의도로 자신을 저 밑으로 끌어내리려 하는지.

복잡해진 머릿속에 인물 하나가 선명하게 걸려 왔다. 서민아. 그 아이밖에 없었다. 그녀의 비밀을 너무 많이 쥐고 있는 시한폭탄 같은 가짜 딸. 배은망덕하게도 그녀는 자신이 쥐고 있던 모든 칼날을 그 누구도 아닌, 그녀를 구원한 어머니에게로 겨눴다. 선영은 팽팽 돌던 눈이 불길에 휩싸이듯 타오르는 것만 같았다.

사랑이 뭐라고. 상대방은 알아주지도 않는 멍청한 짝사랑의 말로가 키워 준 부모를 배신하는 것이란 말인가. 선영은 웃음이 났다. 다른 방법이 생각나지 않았다.

영란은 그녀가 회장 자리에 앉게 되면 그동안 저지른 비리에 관한 자료들이 모두 공개될 것이라며 여유롭게 협박했다. 그러곤 단순한 이유를 덧붙였다.

'다른 이유는 없어. 그냥, 언니가 싫어. 차라리, 권이도가 이겼으면 해.'

권이도. 권이도. 끝까지 그녀를 괴롭히는 이름이 귓가에 맴돌았다. 선영은 머리를 흔들며 벨소리가 울리는 핸드폰을 붙잡았다. 비서의 전화였다. 그녀는 곧장 몸을 일으켰다.

문은 아주 쉽게 열렸다. 독립한 뒤 한 번도 와 보지 않은 민아의 오피스텔이었다. 선영이 들어서자 민아는 곧장 부엌으로 들어가 차를 준비했다. 이렇게 그녀가 사색이 되어 찾아올 것을 알고 있었다는 것처럼.

"커피 내린 게 있어요. 그거 드릴게요."

"너니?"

선영은 여유롭게 앉아 커피 따위를 마실 생각이 없었다. 곧장 따져 묻자 민아가 그녀 쪽으로 고개를 돌려 시선을 마주했다.

"네."

대답은 싱겁도록 쉽게 흘러나왔다.

"왜? 왜⋯⋯! 도대체 왜 이러는 건데! 그깟 정략결혼 좀 하라고 했다고 이러니? 아니면, 권이도한테 마지막 순정이라도 바치려고 이러는 거야? 그래. 내 잘못이지. 멀쩡한 게 이상한 그 소굴에서 널 데려오는 게 아니었어. 처음부터 네가 아니어야 했어!"

선영은 화를 참지 못하고 민아에게 다가갔다.

"⋯⋯너, 너 같은 게 다 망칠 일이 아니라고!"

한순간 민아의 뺨이 돌아갔다. 붉어진 볼을 붙잡은 민아는 미친 사람처럼 웃었다. 그러다 독하고 서늘한 눈빛으로 선영을 바라봤다.

"그러니까, 왜 절 데려다 키우셨어요? 그냥, 그런 지옥에서 살다가 죽게 놔두시지. 처음엔 멍청하게 천국으로 가는 줄 알았어요. 나도⋯⋯ 그렇게 남들처럼 살 수 있을 거라고 생각했어요. 근데⋯⋯ 살아 보니 더 지옥 같았어요. 더 힘들었어요. 더 사랑받고 싶었어요. 이용당하는 줄 알면서도, 집 잃은 개처럼 갈 곳이 없어, 낮이고 밤이고 시키는 대로 다 하면서 껍데기처럼 살았어요."

"그래. 그게 네 인생이야. 넌 그렇게 살면 되는 거야. 도대체 뭐가 문제야?"

선영은 이해할 수 없다는 눈빛이었다.

"근데 저도 사람이더라고요. 참을 수 없을 땐, 참아지지가 않더라고요. 이렇게 살다가…… 죽기 싫었어요. 내가 잘못한 건 빌고, 제자리로 돌려놓고 싶었어요. 그래서 포기해야 하는 게 어머니라면…… 그렇게 하려고요."

하. 선영에게선 헛웃음만 흘러나왔다. 지금의 자리가 싫다면 붙잡을 생각은 없었다. 지금이라도 다른 허수아비를 데려와 옆에 두면 그만이었다. 민아를 대체할 인물들은 많았다.

"싫다는 사람, 억지로 옆에 둘 생각 없어. 너 혼자만 사라지면 끝날 일을, 이렇게까지 하는 이유가 뭐야? 내가 너한테 복수심을 느끼게 만들었니? 다른 사람들 붙잡고 물어봐. 네가 어떻게 커 왔는지. 너는 남들보다 더 누리고 더 많이 가지면서 살아왔어. 그게 당연하다고 생각한 것부터가 잘못이야, 알아?"

"……왜, 그때…… 제 가방에서 그 서류를 가져가셨어요? 되돌릴 수 있었는데, 그래도 그 사람이 불행하길 바란 적은 없다고 변명이라도 할 수 있었을 텐데……. 왜, 왜, 어머니는…… 왜…… 저를, 여기까지 오게 만드셨어요?"

모두 그 이유 때문이었나. 선영은 뒤늦게 참회라도 하는 것처럼 구는 민아가 역겨워 웃음도 나지 않았다.

"네가 착각하나 본데, 그 서류를 쥐고 이도를 협박한 건 너야. 애초에 그 비밀을 끝까지 숨기지 못한 네 잘못이라고."

"알아요. 그래서, 다시 되돌리려는 거예요. 애당초 그렇게 치졸한 방법까지 써 가면서 회장 자리에 오르는 건, 어머니가 원하신 게 아니잖아요? 안 그래요? 달라지신 어머니 때문에, 저도 달라져 보려고요. 그게 잘못됐나요?"

민아는 오히려 당당히 선영에게 되물었다. 그녀가 알던 민아가 아니었다. 납작 엎드려 종처럼 굴던 아이가 알에서 깨어나듯 자신의 머리까지 잡아먹으려 하고 있었다. 선영은 더 이상은 그 어떤 대화도 의미가 없다는 걸 깨달았기에 홀연히 돌아섰다. 그리고 마지막 말을 남겼다.

"널…… 앞으로 다시 볼 일은 없을 거다."

돌아서 나간 선영이 쾅, 하고 현관문을 닫자 그제야 민아는 다리에 힘이 풀린 듯 자리에 주저앉았다. 눈물 같은 건 흐르지 않았다. 오히려 속이 후련했다. 이제껏 그녀가 하지 못했던 말들을 꺼내 놓았다는 것만으로도 만족했다. 어차피 인정받지 못하는 이 집안에서 계속 허수아비로 살 순 없었다. 민아는 안방으로 들어가 상자에 담고 있던 나머지 옷들을 정리했다.

얼마 지나지 않아 초인종 소리가 다시 들렸다. 분풀이가 덜 끝난 건가. 민아는 당연히 선영인 줄 알고 문을 열었다. 하지만 문 앞에 서 있는 사람은 전혀 예상하지 못한 인물이었다.

"……민아 씨."

박태수. 어쩌면 이 남자를 정리하는 것도 그녀의 몫일지 몰랐다.

"죄송해요. 어머니, 아니, 권선영 이사님 만나셨으면…… 이미 상황 파악은 되셨을 것 같은데, 더 설명을 해 드려야 하나요?"

그의 눈빛에서 민아는 이 남자가 모든 걸 알고 찾아왔다고 느꼈다. 그는 그녀를 바라보기만 할 뿐이었다. 왜 이러는 걸까. 우리가 뭘 했다고. 당신이 원하는 건 내가 아니라 권선영의 사위가 되는 것 아니냐고 진실을 까발리며 알려 줘야 돌아설 것인가. 지쳐 버린 민아는 모든 것이 지겨웠다.

"그래요. 내가 뭘 원하는지…… 누구보다 민아 씨가 가장 잘 알겠죠. 거짓말할 생각은 없습니다. 맞아요. 처음부터 권선영 이사님 사위가 되고 싶어서 이 결혼 할 생각이었습니다. 팀장 자리까지 오르는 것도 뭐가 빠질 지경인데, 로또라도 맞은 것처럼 한 방에 선흥 장녀의 사위가 될 기회가 나한테 생겼어요. 거부할 이유가 있겠습니까?"

태수는 그때를 떠올리듯 황송한 웃음을 지었다.

"그래서 어떻게든 이 여자를 잡아야 하는데, 나한테 관심이 하나도 없어요. 생전 처음 여자 집 앞에서 기다리는 것도 해 봤어요. 그래도 모자라는 것 같아서 뭘 좋아하는지, 이상형은 어떤지, 왜 이 집에 입양이 되었는지, 그 이전에는 어떻게 살았는지, 난 그런 걸 찾고 있었어요."

민아는 태수의 말을 더는 듣고 싶지 않았다.

"전 더 이상 권선영 이사님 딸이 아니에요. 그래서 억울하신 거면……"

"그래요. 억울합니다. 억울해요."

태수가 민아의 앞으로 다가왔다.

"그건 그거고. 여기서 나가면 어디로 갈 겁니까?"

"……."

민아는 그의 말뜻을 이해할 수 없었다.

"이제 권선영 이사님 딸이 아니래도, 서민아는 맞을 거 아닙니까?"

"박 팀장님."

"내가, 서민아란 여자가 궁금해졌습니다."

허공에서 둘의 시선이 얽혔다. 민아는 웃어 버렸고, 태수의 표정은 굳어 버렸다.

"그걸…… 지금 저보고 믿으라고요? 그래요. 제가 궁금해지셨다니 감사하네요. 그런데 전 박 팀장님한테 관심이 없어요. 죄송해요."

민아는 문을 닫으려 했다. 그 순간, 현관으로 들어온 태수의 발이 문이 닫히는 걸 막았다.

"내가 느낀 억울함에 대한 책임은 져야 하는 거 아닙니까?"

"무슨……."

"이사 준비 중인 것 같은데, 그것만 도와주겠습니다. 아, 다른 건 할 생각 없어요. 나도 자존심이란 게 있으니까, 관심 없다는 여자한 테 더 들이대진 않을 겁니다. 어차피 이젠 배경 같은 거 신경 쓸 필요 없이 그냥 여자 대 남자 아닙니까? 내 이 억울한 감정이 풀릴 때까지

만…… 보기 싫어도 면상 좀 마주합시다. 나한테 그 정도 권리는 있
잖아요?"

할 말을 마친 태수는 문을 열어젖힌 후, 안으로 들어섰다. 그가 신
발을 벗고 거실 안으로 성큼성큼 걸음을 옮기는 동안에도 민아는 현
관에서 움직이지 못했다. 그는 슈트를 벗고 셔츠 소매를 아무렇게나
걷어 올린 뒤 그녀의 물건을 옮기기 시작했다.

듬직해 보이는 등이었다. 이전에는 보이지 않던 박태수란 사람의
모습이 그녀의 눈에 들어왔다. 물 한 잔도 주지 않느냐는 그의 말에
민아는 마음이 시큰거렸다. 저 바닥에 짓이겨져 버린 그녀의 자존심
이 조금은 위로받는 느낌이었다. 민아는 그 자리에서 태수의 등만 바
라보고 서 있었다.

✸ ✸ ✸

문이 열리고 이도가 들어서자 영란은 반가운 듯 손을 들어 보였다.
여태껏 단 한 번도 그에게 내비친 적 없던 친절한 웃음에 이도는 오히
려 불편한 마음을 감출 수가 없었다. 그는 늘 하던 것처럼 같은 온도
로 그녀의 앞에 자리를 잡고 앉았다.

"오후 회의가 있어서요. 시간 많이 못 냅니다."

딱 잘라 선을 긋는 모습도 이도는 이전과 똑같았다. 하지만 영란은
달라졌다. 예전 같았으면 그의 집무실에 막무가내로 쳐들어와 폭언을

퍼붓고 사라질 사람이었다. 무엇이 그녀를 이렇게 이성적으로 부드럽게 만들었을까. 이도도 궁금해지긴 했다.

그의 폭탄 발언으로 주주 총회는 무기한 연기되었다. 그는 회장직이 당연히 선영에게 넘어갈 것이라 생각했다. 하지만 어째선지 그녀는 시간을 두고 결정하는 게 맞을 것 같다는 중립적 태도를 보이며 곧장 나서지 않았다. 그러한 의견을 드러낸 데는 분명 다른 이유가 있을 것이다. 그리고 그 원인이 어쩌면 지금 그의 앞에 앉은 영란일 수도 있다는 확신이 들었다.

"시간 없다니 돌려 말하지 않을게. 회장 자리에 네가 앉아."

이도는 고개를 들어 잠시 영란을 바라보다 흐린 웃음을 내놓았다. 무상이 죽고 나자 이젠 그녀가 그의 목줄을 잡고 흔들 셈인가. 핏줄이 아닌 가짜가 진짜 노릇을 했으니 그 책임이라도 지길 바라는 마음인건지. 이도는 모든 게 지겹고 우스웠다.

"제가 아니라도 그 자리 오를 사람은 많을 텐데요. 고모님부터가 탐내신 자리 아닙니까?"

이도는 직언했다. 영란은 아니라고 부정할 생각은 없었다.

"그래. 그런 욕심이 없었다면 거짓말이지. 근데…… 이젠 욕심의 방향을 바꿔 보려고. 쭉 멍청하게만 돌던 머리가 제정신을 찾았는지 어떻게 하는 게 나한테 더 이득인지 따지게 됐어. 솔직히 나나 우리 정민이가 그 자리에 앉으면 선홍이 어떻게 변할지 불 보듯 뻔한 거 아니야? 난 선홍이 가진 부와 명예를 계속 누리고 싶은 사람이야. 그렇게 되려면 회사가 제대로 굴러가야겠지. 그러기 위해선 네가 회장직을 맡는 게 최선이라는 생각이 들었어."

"큰고모님도 잘 해내실 겁니다."

이도는 단칼에 다른 답을 내놓았다. 이미 마음을 접은 지 오래였다. 더 이상 더러운 잇속 싸움에 휘말리고 싶지 않았다. 그에겐 그러지 않을 권리가 생겼다. 이제 와 처음 가진 자유를 놓치고 싶은 생각은 없었다.

"내가 그렇게 안 만들 거야. 그럴 수 있는 무기도 당연히 가지고 있고."

영란은 포기하지 않았다. 이도는 그녀가 이러는 이유를 알 수 없었다. 그들이 피로 엮이지 않은 사이라는 걸 모든 사람들에게 밝혔다. 더 억울해하며 그를 괘씸하게 여기고 내쫓으려 하는 게 당연했다.

"오히려 잘됐어. 차라리 네가 우리 집안 핏줄이 아니라는 게 더 안심이 돼. 너는 그저 전문 경영인으로서 선흥을 이끌면 되는 거야. 네가 말한 거짓 없는 새로운 선흥을 만들기엔 너만 한 인물이 없잖아?"

영란은 자신이 하고 싶은 말은 여기까지라는 듯 가방을 들고 일어섰다. 이도는 돌아서는 그녀에게 되물었다.

"정말, 저한테 바라시는 게 그것뿐입니까?"

어깨를 잠깐 으쓱거린 그녀가 예전처럼 솔직한 속내를 꺼냈다.

"우리 정민이, 제대로 밑바닥부터 가르쳐 준다는 약속 하나 해 주면 더 좋고. 네 뒤를 이어서 선흥을 이끌 수 있을 정도로. 어떤 방법을 쓰든 그건 네 자유야. 그리고…… 도저히 안 될 놈이면 어쩔 수 없지 뭐."

　간단히 웃고 돌아선 영란이 또각또각 구두 소리를 내며 장소를 빠져나갔다. 생각이 많아진 이도는 그 자리에 앉아서 아직 식지 않은 커피 잔을 가만히 내려다봤다.

19. 진짜 남편

몇 주 사이, 계절은 어느덧 겨울로 바뀌어져 있었다. 효은은 추운 겨울이 오면 그 어느 때보다 더 누군가를 그리워했다. 하지만 이제는 그 사람이 누구인지 알았다. 이번 겨울은 그리움도 아픔도 없이 따뜻하게 보낼 거라는 확신이 생겼다. 모두 '권이도'라는 남자 덕분이었다.

"핸드폰 좀 그만 보지? 헤어진 지 얼마나 됐다고."

제인이 투덜거리듯 효은에게 면박을 주었다. 오늘은 드디어 승재가 퇴원 수속을 밟는 날이었다. 간단한 골절상으로 입원해 있던 승재는 갑작스럽게 맹장이 터지면서 생각보다 입원 기간이 길어졌다.

꼭 네가 가 봐야 하냐며 질투심을 숨기지 않던 이도는 말과 다르게 그녀를 병원까지 데려다주고 출근했다. 제인의 말처럼 헤어진 지 몇 시간 되지 않았지만 그가 보고 싶었다. 숨길 수 없는 마음을 친구 제인에게 들키는 건 어쩌면 당연한 것일 수도 있었다.

"넌, 그래서 비행기표는 끊은 거야?"

효은은 승재가 퇴원하면 제인이 영국으로 돌아갈 것이라 여겼다.

"내가? 왜? 나 한국에 계속 있을 건데? 소설도 완성해야 하고."

오히려 눈을 동그랗게 뜬 제인이 효은에게 되물었다.

"그럼 이제 어디서 지낼 건데?"

"네 집."

"그 빌라 팔았어."

"뭐?"

청천벽력 같은 소리라도 들은 것처럼 제인의 눈동자가 얼었다.

"그, 그 집 아직 계약 남은 거 아니었어?"

"사정이 생겨서 그렇게 됐어."

일의 마무리는 이러했다. 부동산 쪽으로 빠삭한 이도에게 도움을 받아 효은은 단단히 마음을 먹고 집주인을 만났다. 약한 이들에겐 강하고 강한 이들에게 약한 모습을 보이는 아주머니는 집 안 곳곳에서 발견된 문제를 법적으로 분석한 서류를 내밀자 오히려 그녀의 손을 붙잡고 사정했다.

집 문제는 잘 마무리되었지만 효은은 어쩐지 씁쓸했다. 당당한 홀로서기를 꿈꿨는데 세상은 만만치가 않았다. 그녀 혼자의 힘으로 해낼 수 없는 일들이 많았고, 때론 도움을 받아야만 더 쉽게 해결되는 일도 있다는 걸 뼈아프게 느꼈다.

그렇다고 자존심 때문에 쉽게 해결할 수 있는 문제를 돌아가는 바보가 되지는 않기로 했다. 인생을 살다 보면 누군가의 도움을 받을 수도 있었고, 그 속에서 노하우를 터득하며 그녀 또한 다른 사람들에게 도움을 주는 것이 가장 슬기로운 해답이라는 걸 배워 가고 있는 중이었다.

"그럼 나는 어떡하라고?"

"그걸 왜 나한테 물어."

"야."

"어, 저기 승재 온다."

효은은 얼른 말을 돌렸다. 때마침 퇴원 수속을 마무리한 승재가 기수와 함께 나타났다. 아기 띠를 한 그의 가슴엔 껌딱지처럼 붙어 있는 민서가 잠들어 있었다. 효은은 자꾸만 안쓰러운 마음이 들어 연신 아기의 얼굴을 쓰다듬었다.

"너까지 안 와도 된다니까. 무슨 큰 수술 한 것도 아니고."

승재는 여전히 효은에게 감정이 남았는지 툴툴거렸다. 그래도 그녀를 발견한 순간 반가운 웃음을 감추지 못했다. 제인은 그런 승재가 못마땅했지만 어쩔 수 없는 것이라 생각하며 그에게 다가가 들고 있던 외투를 당연하게 걸쳐 주었다.

"왼손 들어 봐요."

간병인 모드로 돌아간 그녀가 승재에게 자연스럽게 명령했다. 이제 다 나았으니 그럴 필요 없다고 핀잔을 줄 줄 알았던 그는 습관처럼 익숙하게 제인의 말을 따랐다. 그녀가 가방에서 모자 하나를 골라 머리에 씌워 주는 순간에도 어색함 같은 건 없었다.

"회색 모자 쓰고 싶은데요."

"그거 빨아서 안 돼요."

효은은 그런 두 사람을 지켜보며 오묘한 웃음을 내비쳤다. 그녀가 이도와 재회의 행복을 만끽하는 사이, 이 둘 사이에도 알 수 없는 감정이 생겨 버린 것은 아닐까. 그녀 나름의 촉을 세웠다. 그것이 혼자만의 생각은 아니었는지 승재의 옆에 서 있는 기수의 눈빛도 효은과 다르지 않았다.

"누가 보면 두 사람 부부인 줄 알겠다."

"네?"

"뭔 헛소리?"

기수의 직언에 승재와 제인이 동시에 발끈했다. 그러고는 어색하게 떨어지더니 어울리지 않게 얼굴을 붉혔다. 효은은 100프로라는 생각이 들었다. 사람이란 게 그랬다. 외롭거나, 아프거나, 기대고 싶을 때 옆에 있어 주는 사람에게 마음을 주는 법이지. 그녀도 다르지 않았다. 그 마음이 동정일 것이라 생각하며 부정했지만 그 동정이라는 감정이 사랑으로 변할 수도 있는 것이었다.

"그건 그렇고, 내일부터 큰일이다."

두 사람을 곁눈질로 살피던 기수가 갑자기 운을 뗐다.

"왜요?"

효은이 의도를 알아채고 물었다.

"나 3호점 오픈한다고 했잖아. 그래서 지금처럼 민서 못 챙길 텐데. 승재는 출근도 해야 하고, 아직 팔도 무리하면 안 될 거고. 베이비시터 모집 사이트 봐도 조건 맞는 사람이 없네. 우리는 입, 주 베이비시터가 필요하거든."

유독 입주라는 단어를 더 강하게 발음한 기수는 이제 배턴을 효은에게 넘겼다.

"여자도 괜찮아요?"

"당연하지. 누구 좋은 사람 있어?"

"왜 멀리서 찾아요? 여기 제인이 있잖아요. 쟤, 유아교육 전공에 알다시피 한국어는 우리보다 더 잘하는 만능."

"야!"

제인이 그녀답지 않게 소리를 치며 효은을 말렸다. 그 순간, 슬쩍 제인의 눈치를 보던 승재가 조용한 목소리로 결론을 내려 주었다.

"민서가…… 음, 뭐, 제인 씨, 잘 따르니까, 나쁠 건…… 없을 것 같은데."

그렇다고 같이 살고 싶다는 소리는 아니라며, 승재는 일부러 할 필요 없는 말까지 덧붙이고는 후다닥 주차장 쪽으로 걸어갔다. 제인은 잠시 그런 승재를 바라보다가 효은과 시선을 맞추었다. 효은은 흔쾌히 고개를 끄덕였다. 누구에게나 정해진 인연이 있는 법이지. 어디선가 할아버지 태호의 목소리가 들려오는 것만 같았다.

그녀의 인연은 지금쯤 뭘 하고 있으려나. 저절로 한 남자를 생각하는 사이, 효은의 주머니에서 진동이 울렸다. 얼른 화면을 확인했지만 아쉽게도 그녀가 기다린 인물은 아니었다. 미처 지우지 못한 심리 센터의 전화번호가 찍혀 있어 효은은 통화 버튼을 눌렀다.

"네. 장효은입니다."

— 나, 최윤선이에요.

커피숍 안으로 들어서자 최 박사가 손을 들어 자신의 위치를 알렸다. 효은은 간단히 고개를 숙여 인사를 건네고는 그녀의 앞으로 다가가 자리를 잡고 앉았다.

"안녕하셨어요?"

"그래요. 효은 씨도 잘 지냈죠?"

두 사람은 어색하게 웃으며 서로를 바라봤다. 효은은 설마 최 박사에게서 직접 연락이 올 것이라곤 생각지 못했다. 그녀는 효은이 미처 챙겨 가지 못한 물건들 때문이라는 핑계를 댔지만, 그냥 버린다고 해도 문제없는 것들이었다. 만났으면 한다는 말에 효은은 잠시 망설이긴 했지만 움츠러들거나 피하는 것도 우습다는 생각이 들었다.

"음료 주문하고 올게요."

효은이 그녀의 비서였던 때처럼 얼른 지갑을 들고 일어서려 했다.

"난 괜찮아요. 다른 곳에서 마시고 온 길이에요."

최 박사는 웃으며 고개를 흔들었다.

"효은 씨 시간, 많이 뺏을 생각은 없어요."

효은에게 분명 불편한 자리라는 걸 최 박사가 더 잘 알았다. 그렇게 하루아침에 퇴사 처리를 하고 윤선도 빈자리를 느낄 수밖에 없었다. 같이 지낸 시간이 얼마 되지 않았더라도 사람의 정이라는 게 그랬다. 그만큼 효은을 신뢰하고 믿었기에 실망감도 더 컸었던 것 같았다.

"하실 말씀 있으시면 편하게 하셔도 괜찮아요."

효은은 오히려 그런 윤선을 다 이해한 것처럼 평온한 얼굴이었다.

"나한테…… 서운한 마음은 없어요?"

"없다고 말하면…… 전 또, 저를 속이는 거겠죠. 사실 서운한 마음보다 박사님이 말씀하신 신뢰에 대해서 다시 한번 생각하게 됐어요. 그 사람과 제 사이를 솔직하게 말씀드리지 못한 건 분명 제 잘못이 맞아요. 하지만 전…… 박사님께 변명할 기회조차 얻지 못했어요. 그게 억울하더라고요. 잠깐이었지만 제가 박사님께 그런 사람으로 보였구나. 내가 솔직하지 못한 이유가 있다고 생각해 주실 순 없었을까……. 결국 마지막엔 저도 제 생각만 하고 있더라고요."

효은은 감추지 않고 속내를 털어놓았다.

"그걸 깨달은 순간, 뒤통수를 탁 맞은 거 같더라고요. 그 입장이 되고 나서야, 상대방이 어떤 마음이었는지 알게 되었어요. 그 사람 두고 유학을 떠났을 때도…… 무슨 이유 때문에 솔직하지 못했는지에 대한 생각보다, 나한테 말하지 않았다는 서운함만 가득했어요. 근데 이번 일을 겪으면서 그런 생각이 들더라고요. 꼭 그것을 알아야만 했을까. 모른다고 해서 그를 사랑하지 않는 건 아닌데…… 만약 감추고 있는 게…… 그 사람조차도 감당할 수 없는 깊은 상처라면, 기다려 주는 게 맞지 않았을까…… 난 왜 그 사람을 더 믿어 주지 못했을까. 그런 후회가 들었어요. 뭐, 그렇다고 마음을 숨기는 게 맞는다는 건 아니에요. 솔직함만큼 강한 믿음은 없으니까요."

긴 고해 성사 끝에 효은이 또다시 웃었다. 맑은 미소가 잘 어울리는 사람이라 윤선은 처음 만났을 때부터 효은에게 인간적으로 끌렸다. 그녀라면 상담가로서도 큰 몫을 하지 않을까 기대했었다. 그리고 자신의 그런 생각이 잘못된 착각이 아니라는 걸 지금 다시 한번 깨달을 수 있었다.

"얼마 전에 권 상무님…… 비서라는 분이 찾아왔어요."

윤선의 말에 효은이 놀라 시선을 맞췄다.

"아, 그건……."

"알아요. 효은 씨 뜻 때문에 온 게 아니라는 건. 솔직히 나도 마음이 삐딱해져 있던 상태라, 이미 퇴사 처리를 했기 때문에 달라질 건 없다고 말했는데도…… 하루 종일 센터 앞에서 기다리더라고요. 오해만이라도 풀어 달라고 상황 설명을 하는데, 그렇게까지 하는 건 효은 씨에 대한 믿음이 있기 때문이라는 걸 알겠더라고요."

효은은 어쩐지 가슴이 뭉클해지고 말았다.

"그분 얘길 듣고 나니까…… 내가 왜, 효은 씨를 보내고 나서 며칠 동안 멍하게 지냈는지 알 수 있게 됐어요. 내 사람을 얻는 게 중요하다는 걸 알고 있으면서도 세상 이치에 더럽혀지다 보니…… 그 사람보다도, 들리는 말에 먼저 집중하게 돼 버렸어요. 나를 보호하는 게 먼저고, 당연하다고 여기면서. 효은 씨보다 더 긴 인생을 살았고, 박사라는 타이틀까지 달고 있지만…… 그게 성숙하다는 뜻은 아니더라고요."

윤선은 자신의 오해와 잘못을 감추고 모른 척 묻어 두고 싶지 않았다. 특히나 효은에게는 꼭 지금의 마음을 전하고 싶었다. 효은은 그녀를 그렇게 되돌아보게 만드는 사람이었다. 그래서 다시 욕심이 생기기도 했다.

"혹시……, 전처럼 나를 도와줄 생각은 없어요?"

윤선이 진지하게 의견을 물었다. 효은은 잠시의 망설임도 없이 또 그녀다운 깔끔한 웃음을 보였다.

"말씀만으로 감사드려요. 근데 지금은 일보다…… 제 옆에 있는 사람을 더 열심히 사랑하는 데 시간을 쏟고 싶어요."

이보다 더 멋진 거절이 있을까. 윤선은 아쉬움을 뒤로한 채 쓸쓸하게 웃었다. 그리고 헤어지기 전, 효은의 손에 서류 하나를 건네주었다.

"이 상담 일지는 아무래도 효은 씨가 마무리하는 게 나을 것 같아서요. 오늘 만나자고 한 이유는 이것 때문이었어요."

윤선은 홀가분한 마음으로 자리에서 일어섰다.

언젠가 또다시 볼 날이 있었으면 한다는, 기대감을 숨기지 않은 채 최 박사가 돌아가고 효은은 한발 늦게 커피숍을 빠져나왔다. 이도가 보고 싶었다. 이 일지의 마지막까지 꼭 그녀가 채워 넣어야 한다는 의무감이 생겼다.

설레는 마음을 안고 횡단보도를 건너던 효은은 갑작스런 현기증을 느끼며 자리에 주저앉았다. 빵빵. 클랙슨 소리가 이명처럼 그녀에게 크게 닥쳐왔다.

"괜찮으세요?"

누군가 그녀에게 묻는 말이 점점 멀어져 갔다. 다행히 현기증은 곧 잦아들었다. 사람들의 도움을 받아 무사히 횡단보도를 건넌 효은은 119를 불러 주겠다는 아주머니의 친절을 사양하고 직접 가까운 병원으로 향했다.

간단한 검사를 마친 그녀는 의사에게 진단명을 듣고, 한참이 지난 뒤에야 그곳을 빠져나왔다. 지금 생각나는 건 오직 단 한 사람밖에 없었다. 핸드폰을 꺼내 전화번호를 누르려던 효은은 제주 출장이 잡혀 늦을 것이라는 그의 문자를 먼저 마주했다. 아쉬운 마음을 뒤로하고 조심히 다녀오라는 글자를 천천히 써 넣었다.

내일 아침 찬거리를 사서 오피스텔로 걸어가는 내내 의사의 말이 머릿속을 가득 채웠다. 이럴 땐 어떻게 해야 하는 거지. 남들은 어떻게 하는지 물을 수도 없었다.

효은은 얼떨떨한 정신으로 오피스텔 비밀번호를 눌렀다. 문을 열자 따뜻한 훈기와 함께 인기척이 느껴졌다. 이도일까. 출장이 취소라도 된 걸까. 헐레벌떡 집 안으로 들어선 효은은 그녀를 보고 놀라 서 있는 한 여인과 마주쳤다.

"……여사님!"

효은은 얼른 강 여사에게로 다가갔다.

"그냥, 부산 내려가기 전에…… 오늘까지만 조용히 챙겨 주고 가려고 했는데……. 들키고 말았네요. 효은 양이 이해해요. 늙은이가 오지랖이 넓어서 이런 거니까. 권 상무한테는 비밀로 해 줘요. 알면…… 또 전화를 해서 한숨부터 쉴 테니까."

강 여사는 고향인 부산으로 거처를 옮기기 전에 반찬만 챙겨 주고 가겠다는 마음으로 오피스텔에 도착했지만 막상 집 안에 발을 들여놓고 나니 그게 쉽지 않았다. 거실부터 안방까지 말끔하게 청소를 한 뒤 빨래까지 마치고 나서야 마음이 편안해졌다. 이렇게 챙기는 것도 오늘이 마지막이 되어야 한다는 걸 그녀 스스로가 더 잘 알았다.

"효은 양 왔으니 난 이제 가 봐야겠네."

강 여사는 얼른 가방을 챙기려 했다. 그녀의 뒷모습을 지켜보던 효은은 갑자기 가슴속에서 울컥 감정이 치솟았다. 급하게 곁으로 다가가 붙잡듯 그녀의 등을 꼭 끌어안았다.

"가긴 어딜 가세요. 저…… 저, 꼭 먹고 싶은 게 있어요. 해 주세요. 제발요."

강 여사는 효은이 이전과 조금 다르다는 것을 금방 알아챘다. 몸을 돌려 효은을 바라보자 그사이 눈물을 흘렸는지 눈가가 짓물러져 있었다. 뭐가 또 이 아이를 아프게 한 건지. 강 여사는 걱정이 되는 마음을 어쩔 수가 없었다. 조용히 효은의 눈물을 훔쳐 주며 그녀가 되물었다.

"뭘 해 줄까? 먹고 싶은 게 뭐예요?"

효은이 눈물 섞인 웃음을 지으며 곧장 대답했다.

"……백숙이요. 너무 삶아서 흐물흐물하고, 간도 제대로 안 맞아서 약으로만 먹어야 하는 그런 백숙이…… 먹고 싶어요."

그 음식을 누가 해 주었는지 강 여사는 효은의 눈빛만 보고도 알수 있었다. 효은이 올 수밖에 없는 이유가 한 사람을 떠올리자 모두설명되었다. 그녀는 얼른 재료를 사 오기 위해 몸을 움직였다.

"맛이 어때요? 그때 그 맛이랑…… 비슷해요?"

뚝딱 해치운다는 표현은 이럴 때 쓰는 것이란 생각이 들 정도였다. 강 여사는 금방 백숙 한 그릇을 만들어 효은의 앞에 내놓았다. 그사이 곁들여 먹을 수 있는 반찬들까지 식탁 위에 차려지자 진수성찬이 따로 없었다. 효은은 또다시 가슴이 먹먹해지고 눈물이 핑 돌았다. 가까스로 울음을 삼킨 뒤 강 여사가 발라 준 살코기 한 점을 입에 넣고 음미하듯 씹었다.

"하나도 안 비슷해요. 이렇게…… 맛있지가 않았어요."

효은이 아플 때면 태호가 몸보신을 위해 해 주던 음식이 백숙이었다. 그것만큼은 도우미 아주머니에게 맡기지 않고 자신의 손으로 직접 만들었다. 어린 효은은 늘 맛이 없다며 투정을 부렸다. 맛이 없는 게 몸에 좋은 법이야. 할아버지는 괴짜 같은 논리를 내놓으며 그 음식을 하나도 남김없이 먹도록 만들었다. 그러고 나면 어떤 병이든 나았다. 효은은 그게 신기할 정도였다.

어른이 되고 아픈 일을 숨길 수 있게 되면서 할아버지의 백숙을 맛볼 일이 없었다. 그런데 오늘, 그게 미치도록 생각났다. 더 이상 그 음식을 먹지 못한다는 게 이리도 서러워질 줄이야. 효은은 수저를 내려놓고 어린아이처럼 꺼이꺼이, 울음을 쏟아 냈다. 강 여사가 다가와 그런 효은을 꼬옥 안아 주었다.

"내 음식이 맛있다고 운 사람은 효은 양이 처음이에요. 알아요?"

강 여사는 자신의 방식으로 그녀를 다독였다. 왜 이리도 서러움이 생기는지 이해하고도 남았다. 축복은 이렇게 타이밍을 맞추지 못할 때가 많았다. 그래도 살아가야 하는 게 인생이었다.

"식기 전에 얼른 먹어요."

강 여사가 효은의 손에 다시 수저를 쥐여 주었다. 효은은 울다가 금방 또 웃으며 허겁지겁 백숙을 먹기 시작했다. 정말 오랜만에 먹어 보는 식사다운 식사였다.

"아저씨가 제 밥은 못 먹겠대요. 너무 맛이 없어서."

효은이 친정 엄마에게 고자질하듯 덧붙임 하나 없이 사실을 고했다.

"저런…… 가만히 뒀어요?"

강 여사가 쿵짝이 맞도록 맞장구를 쳐 주었다.

"사실은 사실이니까요. 우리 이렇게 살면 굶어 죽을지도 몰라요."

"내가 도우미 채용하라고 말해 줄게요."

"저희랑 같이 살아 주시면 안 돼요?"

하고 싶은 말이 그것이었다. 효은이 강 여사에게 시선을 맞췄다.

"효은 양……."

"염치없다는 거 알아요. 여사님도 이제야 자유가 생기셨는데, 하고 싶으신 것도 얼마나 많으시겠어요. 맞아요. 저라도 입맛 까다로운 권 씨 집안사람들, 징글징글할 것 같아요. 근데, 그래도요. 저를 생각해서 가까이 계셔 주시면 안 돼요?"

강 여사는 고운 눈망울로 부탁하는 효은을 복잡한 표정으로 바라보기만 했다. 왜 이렇게 억지를 부리는지도 알았다.

"권 상무가…… 원하지 않을 거예요. 효은 양 마음은 충분히 받았어요. 그것만으로 나는……."

완곡한 거절이 전해지기도 전에 효은이 갑자기 창백해진 표정으로 자리에서 일어섰다. 그녀는 입을 틀어막고 욕실로 직행했다. 곧 먹은 것들을 쏟아 내는 안쓰러운 소리가 들려왔다. 강 여사는 얼른 효은을 따라 욕실로 들어가 그녀의 등을 부드럽게 쓸어 내며 두드려 주었다.

"급, 급하게 먹어서…… 그래요."

효은이 벌게진 눈으로 뒤늦은 변명을 했다. 강 여사는 그저 고개를 끄덕이며 가장 먼저 떠오른 추측에 대한 물음을 삼키는 것밖에 할 수가 없었다. 아무래도 그녀의 인생은 권씨 남자에게 묶이는 것으로 정해진 걸까. 이 간절한 부탁을 거부할 수 없을 것 같다는 예감이 스쳐 갔다.

※ ※ ※

"꼭 여기부터 와야겠어?"

그녀를 뒤따르면서도 이도는 기어이 한마디를 건넸다. 효은은 앞장서 걷다가 다시 되돌아와 그의 손을 붙잡아 이끌었다. 산 위로 올라설수록 숨이 차오르고 속이 더부룩해졌지만 이것만큼은 고집을 피울 수밖에 없었다.

"진짜 괜찮아요. 아무렇지 않다고요."

"아침 먹은 걸 다섯 번이나 게워 낸 사람이 할 소리인가. 너, 여기까지 차 타고 오는 내내 창밖에 머리 내놓고 숨 쉬었어. 그걸 보고도 나더러 가만히 있으라고?"

걱정 가득했던 그의 눈빛이 심각하게 굳어지자 효은은 할 말이 없었다. 당신을 걱정하게 만든 벌은 나중에 달게 받겠다는 것처럼 축 처진 눈동자로 그를 올려다봤다.

"할아버지가…… 보고 싶은 걸 어떡해요. 진짜 잠깐만 보고 가는 길에 병원 들러요. 아저씨가 가지 말자고 해도 갈 테니까, 이번 한 번만 내가 하자는 대로 해 줘요. 네? 응?"

결국 효은이 애교 작전까지 부리자 이도는 항복을 외칠 수밖에 없었다. 그는 단번에 효은을 공주님 안기로 들어 올리곤 산 중턱을 성큼성큼 걸어 올라갔다.

"괜찮은……."

"한 마디만 더 해."

그가 서늘한 목소리로 그녀의 입을 막았다. 솔직히 그의 품에 안긴 채 이동하니 울렁거림은 덜했다. 효은은 이렇게 든든한 남자가 그녀를 사랑한다는 게 아직까지도 믿기지가 않았다. 훔쳐보듯 그를 바라보는 사이, 어느새 태호의 산소 앞에 도착했다.

두 사람은 평소 태호가 좋아하던 음식들을 차려 놓고 예의를 갖춰 인사를 건넸다. 그리고 곧 그 옆을 다정히 지키고 있는 산소 앞에 나란히 섰다.

"저 왔어요, 할아버님. 아저씨도…… 같이 왔어요. 보이시죠?"

효은이 고집을 부려 끌고 온 이유를 이도가 모를 리 없었다. 장례를 치르고 단 한 번도 찾아오지 않았던 무상의 산소는 태호의 옆에 나란히 자리해 있었다. 그것이 태호가 했던 것처럼 무상의 첫 번째 유언이었다. 친구 옆에 있으면 그곳에서 덜 외로울 것 같다는 말은, 강 여사에게만 전한 것 같았다. 효은은 그 말을 듣고, 이도를 이곳에 데려오지 않을 수 없었다.

그에게 무상이 어떤 존재인지, 아직까지도 이도의 속마음을 전부 다 알지 못한다. 만약 그녀에게 모두 털어놓지 않는다고 해도 서운한 마음 같은 건 갖지 않기로 했다.

그 말을 듣고 나면 그가 아니라 그녀가 더 아플 것만 같아서, 이기적이게도 그가 말하기 전엔 묻는 것조차 할 수가 없었다. 다만, 이렇게 두 사람이 마주할 수 있는 시간이 있었으면 했다. 이곳에 올 때마다 이도의 마음이 조금씩 치유되어 더 이상 아프지 않았으면 하는 게 그녀의 바람이었다.

"왜 아무 말이 없어요?"

효은이 무상의 산소를 바라보며 묵묵히 서 있기만 하는 이도에게 핀잔을 주었다.

"무슨 말을 해?"

"하고 싶은 말 없어요?"

"……없어."

이도의 시선이 결국 태호의 산소 쪽으로 옮겨 갔다.

"나는 두 분 앞에서 아저씨한테 묻고 싶은 말 있어요."

불쑥 효은이 나섰다.

"무슨 말?"

"회장 되니까 어때요?"

이도는 싱겁다며 웃어 버렸다. 정말 어떤 걸까. 그는 왜 스스로 회장 자리에 앉게 된 걸까. 뒤늦은 물음을 자신에게 던져 보기도 했다.

영란의 제안은 이미 거절하기로 결론을 내린 후였다. 그리고 무상의 유언장이 공개되었다. 모든 상황을 미리 꿰뚫어 본 것처럼 권 회장은 이도의 비밀이 밝혀질 시, 전 재산을 선흥 재단에 기부하겠다는 말을 남겼다. 어느 누구도 감히 상상하지 못한 마무리였다. 모두가 알아 온 무상은 그런 인물이 아니었다. 무엇이 진짜일까. 그것이 궁금해진 이도는 결국 그의 뜻을 따를 수밖에 없었다.

선영은 이 모든 결과가 짜인 각본인 것이냐며 복수심을 불태웠다. 하지만 아주 가까운 이의 손에 그녀를 파멸시킬 힘이 쥐어진 상태였다. 영란은 핏줄이 아닌 이도를 회장 자리에 앉히며 오히려 기뻐했고, 너무나도 닮은 자신의 핏줄이 몰락하는 걸 지켜보며 안도했다. 세상은 그렇게 설명할 수 없는 일투성이였다.

"노코멘트."

이도는 긴 생각 끝에 간단하게 답했다.

"그럼, 나랑 다시 사니까 어때요?"

효은은 기대감에 찬 눈빛이었다.

"그것도…… 노코멘트."

실망한 눈동자엔 거짓이 없어 이도를 더욱 기쁘게 했다. 이 마음 또한 설명할 수가 없었다.

너는 모를 거야.

네가 나한테 얼마나 소중한 존재인지.

네가 내 전부라는 걸.

내가 널 얼마나 사랑하는지.

"이런 식으로 나온다 이거죠? 그럼, 내 비밀 말 안 할래요."

"무슨…… 비밀?"

이도가 곧장 심각해진 얼굴로 효은을 바라보았다. 이렇게까지 말하면 눈치챌 만도 한데, 오히려 효은 자신이 답답해 미칠 것만 같았다.

"나, 임신했어요."

"……."

"아저씨, 이제 아빠 된…… 앗."

말이 끝나기 전에 효은의 몸이 휘청하며 이도에게로 안겨 들어갔다. 너무 꽉 끌어안아서 숨이 쉬어지지 않을 정도였다. 그 정도로 좋은 걸까. 행복한 고민을 하면서도 어쩐지 심술이 나기도 했다.

"나만 있으면 된다면서요? 이렇게 좋아하면 나 섭섭해요."

효은이 입술을 삐쭉거리자 이도가 그녀의 뺨을 다정하게 쓰다듬었다.

"……고마워. 가족 만들어 줘서."

또 이리 진지하면 그녀가 미안해졌다.

"나도 고마워요. 내 진짜 남편 되어 줘서."

이도는 웃으며 고개를 내렸다. 뜨거운 키스로 화답하자 효은의 얼굴이 붉어졌다. 얼른 병원 가요. 그녀가 그를 밀쳤고, 이도는 업히라는 듯 그녀에게 등을 보였다. 진짜 남편들은 다 이런 거야. 다른 소리를 하지 못하게 만들었다. 효은이 못 이긴 척 업히자, 이도는 천천히 아래로 걸어 내려갔다. 산소 뒤편엔 언제부턴가 옅은 무지개가 떠 있었다. 마치 두 사람에게 주는 선물처럼 오후의 풍경이 그림 같았다.

— *fin*

에필로그

1. 효은 — 그녀만 아는 첫사랑

"응. 지겨워. 그래도 알잖아, 울 할아버지 고집."

효은은 핸드폰을 귀와 어깨 사이에 끼운 후 막대 아이스크림의 껍질을 벗겼다. 친구 지연이 학원 이야기와 거기서 마주친 잘생긴 남학생의 외모를 들뜬 목소리로 다다다 말하는 동안 그녀는 얼른 아이스크림을 한 입 베어 물었다. 달콤하고 시원한 메론 맛이 입 안을 감싸안았다. 그제야 더운 기운이 조금은 가시는 것 같았다.

방학이 시작되고 시골 별장에 내려온 지 일주일이 지나고 있었다. 친구들은 고등학교 진학을 위해 방학도 잊은 채 하루 종일 학원을 오가고 있는데 효은은 책 한 자 들여다보지 못한 채 에어컨도 없는 시골의 여름을 오롯이 견디고 있었다.

할아버지 태호는 이게 계절을 맞이하는 올바른 자세라고 했다. 더

운 게 당연한 것이고, 그 더위를 이겨 내는 힘을 기르는 것도 공부라고. 우리 강아지는 너무 참을성이 부족하다는 싫은 잔소리까지 덧붙이며 커다란 부채를 찾아 부치기 시작했다. 땀으로 흥건히 젖은 할아버지의 뒷모습이 안쓰럽게 느껴지자 더 이상 불평을 내놓을 수 없었다.

효은은 자신만의 살길을 찾기 위해 별장 밖으로 튀어 나갔다. 그녀가 향한 곳은 읍내 버스 대합실이었다. 여름 뙤약볕을 피해 시원한 에어컨 바람을 쐴 수 유일한 장소였다. 효은은 에어컨 바람이 가장 시원하게 불어오는 입구 쪽 의자에 자리를 잡고 앉아 친구에게 전화를 걸었다. 오는 길에 정류장 앞 슈퍼에서 산 아이스크림까지 입에 물고 나니 여기가 천국이란 말이 절로 나왔다.

— 내 말 듣고 있어, 장효은?

"어, 어어. 그래서 이번엔 며칠 동안 좋아할 건데?"

효은은 친구의 흥분된 목소리를 듣고도 심드렁했다. 그녀는 또래 여자애들을 이해할 수가 없었다. 동갑인 남자들이 뭐가 멋있다고. 하루 종일 시답잖은 장난과 농담, 유치한 행동을 하는 게 전부인 유아적인 놈들인걸.

그녀는 아이돌보다 배우에게 더 끌렸고, 바람둥이처럼 말이 많은 사람보다 진중하고 조용한 사람에게 훨씬 매력을 느꼈다. 하지만 그들은 모두 티브이 화면 속 인물이었다. 고로, 현실에 존재할 가능성은 제로. 그녀는 아직 이성보단 풀리지 않는 수학 문제에 대한 호기심이 더 컸다.

— 하여튼 너, 분위기 깨는 덴 뭐 있어.

친구 지연이 기어이 한마디를 내놓았다.

"미안."

효은이 짧게 사과했다.

— 그러니까 너도 누굴 좀 좋아해 보란 말이야. 그래야 대화가 통하지. 고등학교 가기 전에 짝사랑도 못 하는 건 범죄야.

하하하. 효은은 지연의 논리에 헛웃음을 터뜨렸다.

"좋은 사람이 없는데 어떡하라고. 그렇다고 일부러 좋아할 수도 없잖아."

효은은 이제껏 단 한 번도 남자를 보고 심장이 두근거린 적이 없었다.

— 거기, 시골에 괜찮은 애들 없어?

"있겠니?"

사람 자체가 드문 곳이었다.

— 에휴. 말을 말자. 아, 걔 있잖아. 네 짝꿍. 한……승잰가.

띠띠띠. 승재 얘기가 나온 순간, 휴대폰에서 배터리가 없다는 경고음이 울렸다. 효은은 잘됐다 싶어 친구에게 바이를 외치고 핸드폰을 닫았다.

'한승재가 웬 말이야.'

효은은 생각만 해도 소름이 돋는다며 웃어넘기곤 녹아내리는 아이스크림을 다시 핥아 먹었다. 그때, 그녀가 앉은 긴 의자의 끄트머리에 한 남자가 다가와 앉았다. 버스를 기다리는 사람이라 생각하고 스쳐보던 효은의 시선이 그대로 고정되어 버렸다.

남자는 어린 그녀가 봐도 잘생겼다. 고가의 셔츠와 먼지를 깔끔하게 차려입은 모습으로 보아 이곳 시골 사람이 아닌 게 분명해 보였다. 분위기에 압도되어 한참 동안 남자를 훑어보다 깊게 감겨 있는 눈매 쪽으로 시선을 주는 순간 가슴이 두근, 제멋대로 뛰었다.

그런데 푹 눌러쓴 야구 모자가 그의 비주얼을 가리는 것 같아 효은은 어쩐지 자신이 더 화가 났다. 벗겨서 제대로 보고 싶었다. 그 마음을 주체하지 못하고 있는데, 그런 그녀의 마음을 읽었는지 남자가 천천히 모자를 벗었다.

깔끔하게 깎은 머리카락. 군인이 아니면 하기 힘든 머리 모양이었다. 이런 악조건 속에서도 그의 잘난 얼굴은 죽지 않았다. 두상까지 반듯하고 조각 같아서 조물주의 솜씨에 박수를 치고 싶을 정도였다. 그렇게 한참 남자를 넋 놓고 바라보고 있는데 어느 순간 깊고 어두운 시선이 그녀에게로 닿았다.

"엄마야!"

효은은 놀라 들고 있던 아이스크림을 떨어뜨리고 말았다. 거기다 뜨겁게 달아오른 얼굴은 부끄러움을 더욱 도드라지게 만들었다.

"아, 쪽팔려."

바닥만 보고 앉아 있던 그녀는 한참 만에 고개를 들었다. 그런데 남자가 없었다. 거짓말처럼 사라져 버렸다. 효은은 놀라 얼른 정류장 밖으로 나섰다.

빠르게 눈동자를 움직여 남자를 찾았다. 남자는 큰 세단 앞에 멈춰 서 있었다. 그때 운전석에서 양복을 입은 중년의 남성이 내리더니 그 남자에게로 다가가 깍듯이 인사를 건넸다. 그러고는 그가 가지고 있는 짐을 당연한 듯 넘겨받았다.

남자에겐 익숙한 일인 듯 보였다. 비서라도 되는 건가. 이 마을에 놀러 온 돈 많은 집 아들쯤 되려나. 효은이 마음대로 상상의 나래를 펼치는 동안 남자는 비서가 열어 준 뒷좌석 문 안으로 조용히 올라탔다. 그리고 차는 쌩하니 정류장을 벗어나 버렸다. 효은은 그 모든 걸 훔쳐보고 있던 스스로가 뒤늦게 한심하게 느껴졌다.

그 이후로도 한참 동안 동네 여기저기를 돌아다녔다. 핸드폰까지 꺼졌으니 할아버지가 찾을 게 뻔했지만 효은은 이상하게도 곧장 집으로 향하기 싫었다.

자주 찾는 개울가에 앉아 이유 없이 돌을 던져 보기도 했다. 그러면서도 자꾸만 까까머리 남자를 떠올렸다. 이게 뭘까. 분명 가슴이 두근거렸어. 친구들이 말했던 감정이 이것일까. 그녀는 혼자만의 충격에 빠져 허우적댔다.

분명 나이도 그녀보다 한참이나 많아 보였다. 머리를 짧게 잘랐으니 군인일 가능성이 제일 컸다. 손가락으로 나이 차이를 세어 보다 효은은 긴 한숨을 내쉬었다. 아무리 그래도 이렇게 어른을 좋아할 수 있을까. 말 그대로 군인 아저씨였다. 그리고 그 사람이 어디에 사는지, 이름이 뭔지도 몰랐다. 심지어는 다시 만날 수 있을지조차 알 수 없었다. 다 부질없는 생각이란 소리였다.

효은은 자리에서 일어나 엉덩이를 탈탈 털었다. 벌써 강가 너머로 노을이 지고 있었다. 지금 돌아가지 않으면 며칠은 집 밖으로 나가지 못할 정도로 잔소리를 들을지도 몰랐다. 그런 생각이 드는 순간 효은은 전속력으로 뛰기 시작했다.

별장에 도착해서 가장 먼저 한 행동은 1층 거실의 눈치를 살피는 것이었다. 그녀의 방이 있는 2층으로 올라갈 방법은 두 가지였다. 거실로 들어가 복층 계단을 오르는 것과 건물 뒤쪽의 옥상으로 올라가는 계단을 타는 것이다. 매번 그곳에서 걸어 내려와 할아버지 몰래 동네를 돌아다녔다. 지금도 그 타이밍이었다. 아무렇지 않게 2층에 올라가 이불을 덮고 누워 있으면 할아버지는 전혀 눈치채지 못할 것이다. 중학생이 된 이후론 숙녀의 사생활을 지켜 주어야 한다며 할아버지는 그녀의 방 출입을 자제했다.

도둑고양이처럼 살금살금 뒤쪽 공간으로 들어서던 효은은 낯선 담배 연기를 맡았다. 놀라 멈춰 선 그녀와 눈이 마주친 남자가 조용히 담배를 비벼 끄고 꽁초를 챙겨 자신의 주머니 안에 넣었다. 이 남자가 왜 여기에 있을까. 그 생각이 머리에 스치기도 전에 효은은 자신에게로 가까이 다가온 남자를 똑바로 마주해야 했다. 심장이 또 제멋대로 뛰기 시작했다. 이게 아무래도 고장이 난 걸까.

"안녕."

그는 그 한마디를 남기고 사라져 버렸다. 그가 서 있던 자리엔 담배 향이 은은하게 감돌았다. 그게 싫지 않았다. 효은은 멍청한 얼굴로 한참을 그렇게 서 있었다.

"이쪽은 할아버지 고향 친구. 얼른 인사드려."

"안녕하세요."

효은은 꾸벅 고개를 숙였다. 정신이 없는 나머지 1층 거실로 들어서던 그녀는 할아버지에게 실컷 잔소리를 듣고 난 후, 식탁에 앉아 있는 낯선 두 사람과 마주하게 되었다.

"네가 효은이구나. 아주 예쁘게 잘 컸어."

한눈에 봐도 큰 회사의 사장님처럼 보이는 할아버지의 친구는 반가운 눈빛으로 효은을 바라봤다. 시골 별장에 내려와 있을 때면 할아버지의 지인들이 수시로 찾아오곤 했다. 이번에도 그런 작은 소란에 불과할 줄 알았던 일이 그녀의 앞자리에 앉아 있는 남자로 인해 허리케인급의 큰 사건이 되어 가고 있었다.

"여기 군인 아저씨는 할아버지 손자. 인사들 해."

가만히 앉아 식탁 너머 어딘가를 바라보고 있던 남자가 그제야 효은에게 눈을 맞춰 왔다. 우리는 이미 인사했지? 하는 물음이 섞인 눈빛으로 그녀를 바라보기만 했다. 그게 몸속 어딘가를 자꾸만 간질이는 것만 같아 효은은 얼른 그의 시선을 피하며 고개를 숙여 인사했다.

"안녕하세요."

"우리 강아지가 전화기 꺼 놓고 돌아다니지만 않았어도 벌써 식사했을 텐데."

"할아버지!"

효은이 발끈하며 할아버지를 바라봤다.

"늦어서 미안하네. 먼 길 오느라고 시장할 텐데 얼른 들어."

태호는 손녀의 부끄러움 따윈 신경 쓰지 않고 손님들을 챙겼다. 효은은 또다시 얼굴이 빨갛게 달아오르는 것 같아 당장이라도 식탁을 박차고 일어나고 싶었다. 하지만 예의를 가장 중요하게 생각하는 할아버지가 그걸 가만히 두고 볼 리 없었다. 어쩔 수 없이 그녀는 고개를 푹 숙인 채 수저를 들었다.

앞의 남자도 조용히 식사를 시작하는 게 보였다. 말이 없는 타입인지 할아버지가 이것저것 질문을 던져도 단답으로만 대답할 뿐, 더 이상 대화를 이끌어 나가지는 않았다. 그도 할아버지의 등쌀에 못 이겨 이 시골에 끌려온 것 같았다. 나이 많은 어른들이나 좋아할 동네지, 젊은 사람들에겐 전혀 매력적이지 않은 장소였다.

그런 생각이 들자 효은은 그에게 묘한 동질감을 느꼈다. 반찬을 집어 올리는 척하며 잠깐잠깐 남자를 바라볼 때마다 심장이 쿵쿵, 박자소리를 내며 뜀박질을 했다. 그래도 멈출 수가 없었다. 결국 효은은 그날 저녁 밥은 모두 남기고, 반찬만 줄기차게 먹고 말았다.

❀❀❀

다음 날이었다. 효은은 제대로 잠들지 못하고 꼴딱 날밤을 새웠다. 2층 그녀의 방 맞은편엔 작은 빈방이 있었다. 그곳에 남자가 묵었다. 할아버지의 친구분은 1층 큰방을 쓰시고, 그는 2층으로 올라오게 된 것이다.

그동안 태호를 찾아온 지인들은 대부분 1층 큰방에서 다 같이 지내다 돌아갔다. 태호가 효은을 생각해 2층까지 올라올 일은 만들지 않았는데, 왜 이번엔 그러지 않은 걸까. 효은은 날이 밝을 때까지 잠들지 못하고 자신의 방문을 노려보며 큰 한숨을 내쉬었다.

문을 열고 나가면 남자가 지내는 방이 있었다. 그 말은 그가 그녀의 방으로 들어올 수도 있다는 소리였다. 혹시 몰라 문을 잠가 두긴 했지만 기분이 이상했다. 꼭 한 공간에 있는 것처럼 불안하고, 불편하고, 속까지 울렁거렸다.

뜬눈으로 밤을 지새운 효은은 소화제를 먹고 아침 식사 자리로 내려갔다. 별장을 돌봐 주는 박 씨 아저씨의 부인이 식사를 준비해 주었다. 효은은 간단한 것은 돕는 편이었기에 평소처럼 주방 안으로 들어섰다. 그런데 아침 식사가 2인분만 차려져 있었다. 거실로 나가 보니 할아버지와 할아버지의 친구분이 낚시 복장을 갖춘 채 외출 채비를 하고 있었다.

"낚시요? 두 분만요?"

"왜, 너도 가고 싶으냐?"

"아니, 그건 아니고."

그 남자는 보이지 않았다. 이름도 듣지 못한 할아버지 친구의 손자. 까까머리 군인 아저씨는 아침잠이 많은 것인지 지금의 사태에 대해서 관심이 없는 듯 보였다.

"이도는 아침 운동 나갔어. 곧 돌아올 테니까 같이 아침 먹고. 혹시 심심하면 네가 오빠 데리고 나가서 동네 구경 좀 시켜 주고. 알았지?"

오빠는 무슨. 할아버지 말에 효은은 입을 삐쭉였다. 그리고 그의 이름이 '이도'라는 것을 알게 되었다. 할아버지 친구분이 권 사장님이라고 했으니, 그럼 그의 이름은 권이도. 권이도. 이도. 여러 번 입속에서 되새겼다. 조용하고 단단한 그의 모습과 잘 어울리는 이름이란 생각이 들었다.

"그럼 우린 다녀오마."

"네. 다녀오세요."

효은은 마당까지 할아버지들을 배웅했다. 그때 별장 안으로 들어서는 이도가 보였다. 키가 훤칠하게 커 운동복을 입은 모습이 마치 스포츠 의류 모델 같기도 했다.

그는 두 어른을 향해 말없이 고개를 숙였다. 낚시를 간다는 걸 이미 알고 있었는지 그는 별다른 질문을 하지 않았다. 효은은 목소리 들기가 참 어려운 사람이구나, 생각했다. 어제저녁 말했던, '안녕'이란 두 글자가 이렇게 소중할 수가 없었다.

소중하다니. 그와 다정하게 말을 섞고 싶은 걸까. 왜. 효은은 자신의 감정을 부정하기 바빴다. 처음 찾아온 낯선 흔들림이었다. 이럴 땐 어떻게 해야 하는지 아무도 가르쳐 주지 않았다. 갑자기 엄마가 생각났다. 그녀를 낳다 돌아가신 엄마가 만약 살아 계셨다면 왜 이런 것인지 물었을까. 기분이 가라앉은 효은은 이도보다 먼저 별장 안으로 들어갔다.

뒤따라 들어온 이도는 곧장 2층으로 올라갔다. 무슨 말이라도 해 주면 어디 덧나. 먼저 밥을 먹으라든지, 조금 기다렸다가 같이 먹자든지. 효은은 텅 빈 식탁에 홀로 자리를 잡고 앉았다. 신경 쓰지 않겠다고 마음먹고 수저를 드는데 이도가 갈아입을 옷을 들고 1층 욕실로 향하는 것이 부엌에 앉은 효은의 눈에 보였다.

쏴아아아. 물줄기 소리가 들리자 효은의 목에서 꿀꺽, 하고 저절로 침이 삼켜졌다. 왜 이래. 저 남자가 샤워를 하는 게 뭐, 어때서.

별장에 찾아왔던 할아버지의 지인 중에는 그녀의 또래도 많았다. 다정하게 그녀를 챙겨 주던 고등학생 오빠와 개울가를 산책한 적도 있었다. 그녀에게 전화번호를 알려 달라며 연락하고 지내자는 말에도 피식, 웃음만 났었다. 집에 가서 공부나 열심히 하라고 핸드폰을 되돌려 줬던 게 여러 번이었다.

이상하게도 그 누구에게도 마음이 움직이지 않았다. 스무 살도 안 된 어린애들이 뭘 안다고. 효은은 자신을 객관적으로 바라보았다. 누군가에게 감정을 가지는 것이 우습다는 생각이 들었다. 그 두근거림을 사랑이라고 표현하며 호들갑을 떠는 동갑내기 친구들에게 정신 차리라고 성적표를 디밀어 주기도 했다.

친구들 사이에서 애어른으로 통하는 효은은 그래서 지금 자신이 욕실 안에 들어가 있는 남자의 행동 하나하나에 휘둘리고 있다는 사실에 자존심이 상했다. 어떻게든 이 마음이 그녀가 생각하는 그것만은 아니길 바랐다.

딸깍.

그때, 욕실 문이 열리는 소리가 들렸다. 이도가 젖은 머리카락을 닦아 내며 걸어 나오자 효은은 모든 생각들이 삭제되는 것만 같았다. 그만 보였다. 그에게서 나는 시원한 향기가 가슴을 마구 뒤흔들었다. 부엌으로 들어온 이도가 그녀의 앞에 자리를 잡고 앉을 때도 효은은 넋 나간 시선을 어쩌지 못했다.

"이거, 먹으면 되지?"

그가 효은에게 물었다. 효은은 그저 고개만 끄덕였다. 이도는 천천히 식사를 시작했다. 원래 성격이 그런 건지, 그는 서두르는 법이 없었다. 밥을 먹고 숟가락을 내려놓은 뒤, 젓가락으로 반찬을 집었다. 수저를 동시에 들지도 않았고, 많은 양을 입에 넣지도 않았다. 고요하고 차분한 그의 행동이 어쩐지 섹시하다는 생각까지 들었다.

'미쳤구나, 장효은.'

효은은 고개를 흔들었다. 정신을 차려야 했다. 아무렇지 않은 척, 이제껏 놀러 온 지인들을 대했던 것처럼 이 사람에게도 당당하고 산 뜻한 모습을 보이면 되었다.

"언제 가세요?"

효은이 불쑥 질문을 던지자 이도가 고개를 들어 그녀에게 눈을 맞 췄다.

"……몰라."

그는 짤막하게 대답하고 다시 식사에 집중했다. 마치 너와는 긴 대 화를 나누고 싶지 않다는 무언의 행동 같았다. 효은은 어쩐지 오기가 생겼다.

"세상에 불만 많으시죠?"

"……."

첫 번째와 두 번째 질문의 수위가 너무도 차이 났다. 이도가 잠깐 입꼬리를 올리더니 서늘한 눈으로 효은을 바라봤다. 누가 그러면 무 서워할 줄 알고. 효은은 겁내지 않고 또다시 입을 열었다.

"군대 갔다 오신 게 불만이신가? 뭐, 나라 지킨다고 2년 동안 자기 시간 뺏긴 거 이해는 돼요. 그래도 국방의 의무를 다하시는 아저씨들 덕분에 우리는 지금 안전하게 살고 있고. 나는 그런 아저씨들한테 여 섯 살 때부터 매년 감사 편지도 보냈어요. 한 번도 답장은 못 받았지 만."

효은은 그게 서운한 건 아니라며 어깨를 으쓱거렸다. 그리고 말을 덧붙였다.

"암튼, 불만이라도 어쩌겠어요. 다들 그렇게 사는데. 저라고 이해도 안 되는 수학 문제 계속 풀고 싶겠어요? 해야 하는 거니까. 남들도다 하니까. 그러니까 지금처럼 세상 불만 혼자 다 가진 듯한 표정 좀풀지 그래요? 아저씨가 자꾸 공포 분위기 조성해서 밥이 목구멍에서스탑하고 있잖아요."

효은의 수다 섞인 도발에 이도는 잠깐 어이없는 웃음을 보였다. 그가 웃자 효은은 또다시 심장이 콩닥거렸다. 웃어도 이러고, 인상을 써도 문제고. 어쩌자는 거야. 그녀는 자신의 심장에다 벌을 주듯 가슴을쾅쾅 때렸다.

"내가 비켜 줄게."

이도가 불쑥 자리에서 일어섰다. 그런 뜻은 아닌데. 효은은 같이앉아 식사를 해도 괜찮다고 말하려다 허벅지를 붙잡았다. 여자의 자존심이 있지. 안 돼. 안 된단 말이야.

"저기요."

벌써 저만치 걸어 나가 2층으로 올라서려는 이도를 효은이 다급하게 불렀다.

"내가, 도, 동네 구경 시켜 줄……?"

정말 용기를 내서 한 말이었다.

"괜찮아."

대답은 질문보다도 빨랐다. 이도는 망설임 없이 돌아섰다.

"아니, 나는 할아버지가 시켜서 그런 거……."

그녀의 변명은 듣지도 않은 채 그는 2층으로 사라졌다. 효은은 갑자기 억울해져 눈물이 차올랐다. 발까지 동동 구르다 남은 밥을 푹푹 퍼서 입 안으로 쑤셔 넣었다. 다시는 저 남자에게 말을 걸지 않으리라. 그녀 나름의 큰 다짐을 하며, 긴 아침 식사를 홀로 끝냈다.

효은은 이도를 혼자 두고 집을 나섰다. 누군 동네 구경 시켜 주고 싶었는지 아나. 혼자 다니는 게 그녀도 더 편했다.

평소처럼 아이스크림을 하나 사서 대합실 에어컨 명당에 자리를 잡고 앉았다. 친구에게 전화를 걸려다 내키지 않아 그만두었다. 보나 마나 학원에서 만난 남학생 얘기나 한참 늘어놓을 게 뻔했다. 남자가 뭐가 좋다고. 인상이나 쓰고, 고독한 척은 혼자 다 하는 허세 덩어리를 좋아하는 게 오히려 이상한 거 아닌가. 효은은 꼭 집어 한 남자를 생각한 자신에게 놀라 아이스크림을 떨어뜨릴 뻔했다.

"진짜 정신 안 차릴 거야, 장효은? 그 남자는 너한테 관심이 없고, 너보다 10년은 더 살았을 게 뻔하고, 노땅이고, 말도 없고, 재수도 없고, 있는 게 없는 사람이야. 좋아하는 여자가 이상한 거라고. 알겠어?"

옆자리에 누구라도 앉은 것처럼 효은이 혼잣말을 하자 대합실을 지키던 매표소 아주머니가 그녀를 안타깝게 바라보며 고개를 흔드는 게 보였다. 효은은 어색하게 웃으며 자리에서 일어났다. 미친 여중생이 정류장에 매일 나타나요. 소문이 돌기 전에 얼른 사라져야 했다.

갈 곳을 잃은 그녀는 발길 닿는 대로 걸음을 옮겼다. 죽어도 집에는 가기 싫었다. 그 남자와 마주쳐 또다시 어색한 공기를 견디는 것보다 뜨거운 뙤약볕을 이겨 내는 게 더 쉬웠다. 효은은 주머니에서 손수건을 꺼내 연신 땀을 닦으며 걷고 또 걸었다.

그러다 도착한 곳은 역시나 개울가였다. 그나마 시원한 바람이 부는 곳이었으니까. 늘 앉던 자리에 주저앉아 돌멩이를 찾았다. 강 안으로 힘차게 돌을 던질 때면 답답한 마음이 조금은 풀렸다. 오늘은 물수제비를 다섯 번 이상 튕겨 내리라 다짐하며 그녀는 날렵한 돌멩이를 모았다. 아쉽게 서너 번에서 그치자 오기가 났다. 오늘 누가 이기나 해보자. 전투적으로 머리카락을 다시 조아 묶고 효은은 힘차게 돌멩이를 던졌다.

하나, 둘, 셋, 넷, 다섯, 여섯!

우아아아아. 저절로 소리가 터져 나왔다. 효은은 환호성을 치며 제자리에서 폴짝폴짝 뛰었다. 누군가 옆에 있었다면 끌어안고 하이파이브 백 번은 했을 성취감이었다. 지나가는 사람이라도 붙잡아 자랑하고 싶었다.

그때였다. 그녀의 옆에서 인기척이 느껴졌다. 돌아보자 익숙한 남자가 그녀를 보며 서 있었다. 그때부터 모든 게 정지였다.

그는 멈추지 않고 그녀에게로 다가왔다. 왜. 집에 있어야 할 그가 왜 여기에 나타난 거지. 효은은 자신이 계속해서 두 손을 높이 들고 있다는 것도 모른 채 그를 바라보기만 했다. 남자는 그런 그녀를 배려한 듯 다른 곳으로 시선을 돌렸다. 쪽팔렸다. 효은은 얼른 쥐구멍을 찾아야 했다. 왜 평생의 쪽팔림을 모두 이 남자에게만 선보이고 있는 걸까.

남자가 저만치 걸음을 옮기는 걸 보고 그녀도 개울가를 벗어나려 했다. 개울가에 놓인 돌다리를 하나씩 밟는데 자꾸만 뒤를 돌아보게 됐다. 사람을 봤으면 인사라도 해야 하는 거 아닌가. 물수제비를 잘했으면 잘한다고 칭찬해 주고. 자기도 한 번 던져 주고. 그럼 나도 잘한다고 칭찬해 주고. 같이 좀 웃기도 하고. 효은은 알 수 없는 서운함이 밀려왔다. 어제오늘 혼자서 감정의 널을 뛰고 있었다. 다시 이도가 걸어간 쪽으로 시선을 돌리던 효은은 발을 헛디디고 말았다.

"으푸억!"

놀란 것보다 부끄러웠다. 근데 더 놀라운 일이 일어났다. 한참을 허우적대던 그녀의 몸이 단숨에 물에서 떠올랐다. 눈을 뜨자 코앞에 그 남자가 보였다. 화가 잔뜩 난 얼굴로 그녀를 내려다보는데 또 심장이 뛰었다. 이번엔 속도가 장난이 아니었다. 쿵쿵쿵쿵. 박자감도 아주 난리였다. 쿵짝쿵짝. 이 남자가 다 알아차리고도 남을 정도로.

'엄마, 나 어떡해. 아무래도 내 심장 터질 건가 봐.'

다급하게 개울가를 걸어 나간 그가 적당한 곳에 효은을 눕혔다. 넋이 나간 그녀를 내려다보는 그의 표정은 이전보다 더 화가 나 보였다. 그 모습에 효은은 눈물이 핑 돌고 말았다.

"괜찮아? 말해 봐. 무슨 말이든 해 보라고."

빰을 찰싹찰싹 때리면서 그가 소리치는데 효은은 펑펑 울음을 터뜨리고 말았다. 남자는 허탈한 표정으로 그녀를 내려다보기만 했다. 효은은 더 이상 그를 바라볼 자신이 없었다. 끄끅. 몸속에 남아 있는 물을 모조리 쏟아 내듯 눈물을 흘리고 그녀는 기절하듯 잠들어 버렸다. 그 이후의 일은 모르겠다. 차라리 모르는 게 나았다.

❀ ❀ ❀

효은은 그날부터 이도와 마주치지 않기 위해 철저히 노력했다. 식사 시간엔 오만 가지 핑계를 가져다 대며 피했고, 굶는 한이 있어도 그의 동선과 겹치는 일이 없도록 만들었다. 아침 일찍 1층이 아닌 옥상 계단으로 내려가 하루 종일 밖으로 나돌았다. 어차피 집 안은 밖과 다름없이 더웠고, 배가 고프면 정류장 근처 슈퍼에서 빵을 사 먹으며 끼니를 때웠다.

그렇게 몸을 혹사시키다가 결국 그가 떠나는 날, 앓아눕고 말았다. 차라리 잘됐다. 침대 안에 콕 처박혀서 얼른 이 열병이 지나기만을 기다렸다. 쓰디쓴 약을 한 움큼 집어 먹고 잠에 빠지려고 하는데, 문밖에서 두 사람이 나누는 대화가 어렴풋이 들렸다.

"……괜찮습니다. 쉬게 두세요."

"그래도, 이제 보면 또 언제 볼 줄 알고. 인사는 해야지."

"또 만날 일 있겠습니까?"

어느새 눈물이 뺨을 타고 흐르고 있었다. 개울가에서 모조리 흘려 보낸 줄 알았는데, 멍청하게 남아 있던 눈물이 주인 눈치도 보지 않고 쏟아져 나왔다. 차라리 잘되었다는 생각도 들었다. 조금의 미련도 가지지 않게 만드는 사람. 그런 그가 오히려 고마웠다.

안녕. 바이. 잊으려면 못 잊을까. 효은은 그렇게 그녀만 아는 첫사랑을 가슴에 묻었다. 아팠지만 설레었고, 어쩔 수 없는 마음이 어떤 것인지 알려 주었다. 사랑, 이라고 말하기 전이라 다행이었다. 그에 대해 아는 것이 없어 안도했다.

효은은 어느새 눈물을 그치고 잠들었다. 일어났을 때 그는 떠나고 없었다.

2. 이도 — 그도 몰랐던 첫사랑

[여기로 오너라.]

전역하는 날, 본가에 도착한 이도가 할아버지 무상에게 전달받은 문자는 간단했다. 이미 강 여사는 그에게 필요한 짐을 꾸려 놓은 상태였고, 무상은 주소만 남겨 놓은 채 먼저 출발해 버렸다. 조금만 기다렸다가 같이 내려가면 될 것을. 그런 그의 마음을 눈치챈 듯 강 여사는 이미 친구분과 약속 시간을 잡아 두어 어쩔 수 없으셨다며 무상의 행동을 변명했다.

부대에서 작은 사고가 생기는 바람에 전역 신고가 늦어져 이도는 생각보다 늦게 서울로 올라왔다. 그래도 하루쯤은 마음 놓고 쉴 수 있지 않을까 싶었는데, 무상은 그걸 가만히 지켜볼 사람이 아니었다.

"회사에 연락해서 차 보내 달라고 할게."

강 여사는 무상의 뜻이 무엇인지 알았지만 그래도 갓 제대한 녀석을 차편도 없이 내려보내는 게 마음에 쓰였다.

"아닙니다. 다녀오겠습니다."

이도는 강 여사가 준비해 둔 자신의 짐을 챙겼다. 문자로 주소를 보낸 걸 보면 알아서 찾아오라는 뜻이었다. 그것이 할아버지 무상이 지금껏 이도를 키워 낸 방식이었다. 이도 스스로의 노력으로 쟁취해 낸 것이 아니라면 누릴 수 없게 만들었다. 그건 그의 자식들도 마찬가지였다.

대학을 조기 졸업 하고 군대로 직행한 이유 역시 그 때문이었다. 이도가 솔선수범을 보이니 막내 고모 영란의 아들 정민도 현역 입대를 피할 수가 없었다. 요즘 재벌가 아들 중에 누가 현역으로 군대를 가느냐며 영란이 따져도 무상은 자신의 소신만 강조했다. 선흥을 이끌 인물이 되기 위해선 조그마한 흠조차 있어선 안 된다며 하소연하는 딸에게 못을 박았다. 영란은 그 뜻에 따를 수밖에 없었다. 그러지 않으면 정민은 회장 자리에 도전할 기회조차 가지지 못할 테니까.

이도는 군대 생활이 오히려 더 편했다. 무상의 그늘에서 벗어나 온전히 그 자신으로 살아 볼 수 있었던 2년이었다. 다른 것은 생각하지 않았다. 오로지 나라가 시키는 일에만 집중하며 '선흥'이란 두 글자를 잠시나마 지웠다. 하지만 그 시간에도 끝은 있었다.

무상이 있다는 곳은 한적한 시골 마을이었다. 버스를 두 번이나 갈아타고 나서야 이도는 작은 정류장에 도착했다. 그 이상의 주소는 적혀 있지 않았다. 도착했다는 문자를 보내자 곧 차편을 보내겠다는 짧은 답이 날아왔다. 이도는 잠시 기다리기 위해 정류장 대합실 안으로 들어섰다.

그가 두 번째로 타고 온 버스는 에어컨이 작동되지 않았다. 하필 폭염 지수가 최고치를 찍는 날에 기계가 고장 났다며 버스 기사는 연신 손님들에게 사과를 했다. 모두들 신경질적으로 부채질을 하며 창문을 열었지만 바깥 공기도 덥기는 마찬가지였다. 더위에 단련된 이도 역시 견디기 힘든 더위였다.

다행스럽게도 대합실 안에는 에어컨이 작동 중이었다. 이제야 숨통이 조금 트이는 것 같아 이도는 얼른 시원한 바람이 불어오는 곳에 자리를 잡고 앉았다. 그리고 곧장 눈을 감고 잠시나마 부족한 잠을 청했다.

전역일이 다가오자 그는 쉽게 잠들지 못했다. 입대 전부터 정해진 수순대로 그는 이제 곧 '선흥'의 신입 사원으로 입사하게 될 것이다. 무상이 원하는 그 '권이도'가 되기 위한 첫걸음이었다.

도망칠 것이라면 지금이어야 했다. 키워 준 은혜에 보답하는 건 나중의 문제였다. 그가 누구인지, 어떤 인생을 살고 싶은지, 진짜 자신을 들여다볼 수 있는 마지막 기회일지도 몰랐다. 허수아비 인생을 사느냐, 진짜 나를 찾아 떠나느냐. 군대에서의 시간은 이도에게 절대 해선 안 될 베팅을 고민하게 만든 위험한 휴가였다.

이래서 머리 검은 짐승은 거두는 게 아니란 말이 나오는 것인가. 이도는 자기 자신에게 조소했다. 잠이 올 리가 없었다. 머릿속이 더 복잡하게 얽히는 것 같아 깊게 눌러쓴 모자를 벗고 눈을 떴다. 그리고 한 소녀와 눈이 마주쳤다. 마치 오래도록 그를 바라보고 있었던 것처럼 여자아이는 얼굴을 붉힌 채 들고 있던 아이스크림을 호들갑스럽게 떨어뜨렸다. 혼잣말을 하며 머리를 콩콩 때리는 모습이 우스워 잠시 바라보는데, 주머니에서 진동이 울렸다.

누구일지는 뻔했다. 이도는 핸드폰을 확인하지도 않은 채 자리에서 일어나 대합실을 빠져나갔다. 정류장에서 멀지 않은 곳에서 그를 기다리고 있는 익숙한 세단이 보였다. 천천히 다가서자 그에게 깍듯이 인사를 건넨 무상의 비서가 서둘러 짐을 받아 들었다. 이도는 그가 열어 준 뒷좌석 문 안으로 들어섰다. 다행히 무상은 없었고, 시원한 공기만이 그를 맞았다.

자리를 잡자마자 차는 출발했다. 이도는 잠시 고개를 돌려 대합실 쪽을 바라보다가 등받이에 깊게 몸을 묻었다.

"얘가 이럴 녀석이 아닌데. 조금 더 기다려도 괜찮겠나?"

"당연하지. 우린 걱정 말게. 혹시 무슨 일이 생긴 게 아닌가 걱정이네."

무상이 그를 맞은 곳은 허름한 시골 별장이었다. 그리고 무상의 옆에는 웃는 모습이 인자한 어르신이 함께였다. 자신을 할아버지의 오랜 친구라고 소개한 그는 이도를 보자마자 손을 꽉 붙잡았다.

'*네가 이도구나.*'

그의 손은 따뜻했지만, 더운 날씨 생각은 들지 않았다. 한참을 붙잡혀 있던 손이 놓이자 이도는 조용히 자리에서 일어났다. 잠시 주변을 둘러보고 오겠다고 허락을 구한 후 집을 나섰다.

오랜만에 무상과 마주하자 담배 생각이 간절했다. 군대에서 그가 배운 잠깐의 일탈이었다. 평소 중독과 절제에 대해 예민하게 반응하는 무상이기에 이도는 성인이 되어서도 담배는 입에도 대지 않았다. 그랬던 그가 군대에서 가장 먼저 배운 게 쓰면서도 달달한 담배였다.

자신의 자제력으로 언제든 끊을 수 있을 거라 믿었기에 시작할 수 있었다. 하지만 담배란 존재는 그리 쉽게 그를 놓아주지 않았다. 이도는 별장 뒤쪽으로 돌아 들어가 사각지대에 서서 담배에 불을 붙였다. 조용히 타들어 가는 필터를 바라보자 마음이 편안해졌다.

한 개비 더 피울지 말지 고민하는 사이, 도둑고양이처럼 살금살금 다가오는 발자국 소리가 들렸다. 놀라 고개를 돌리자 한 소녀가 그보다 더 놀란 표정으로 자신을 바라보고 서 있었다. 어디서 봤더라. 익숙했다. 그래, 정류장. 이도는 그제야 이 여자애가 별장 주인의 손녀라는 결론에 도달했다.

서두르지 않고 천천히 담배를 비벼 끈 그는 꽁초를 챙겨 주머니에 넣었다. 그때까지 소녀는 얼음이 된 채 서 있었다. 눈빛이 매섭고 차갑다는 소리를 자주 들었기에 겁을 먹은 건가 싶었다. 이도는 자신답지 않게 그녀의 곁으로 다가가 먼저 말을 건넸다.

"안녕."

그리고 천천히 그곳을 벗어났다. 미리 위치를 봐 둔 마당 한쪽의 수돗가에서 입을 헹구고 손을 씻었다. 담배 냄새를 들키지 않기 위해 여러 번 비누칠을 했다. 곧 뒤쪽에서 문이 닫히는 소리가 들렸다. 그리고 인자한 줄만 알았던 어르신이 손녀를 혼내는 목소리가 밖까지 흘러나왔다. 이도는 그도 모르게 잠시 웃었다.

젓가락이 또다시 그의 앞에 놓인 콩나물무침 그릇으로 다가왔다. 키 크는 나이라 그런가. 이도는 그 횟수가 점점 늘어나자 효은 앞에 반찬 그릇을 놓아 주려 했는데, 그때마다 어르신의 질문이 날아와 행동으로 옮기지 못했다.

그리고 어느 순간, 앞자리에 앉아 있던 사람은 사라지고 없었다. 그녀의 밥그릇에 담긴 밥은 하나도 줄어들지 않은 채 산처럼 쌓여 있었다. 반찬을 엄청 좋아하는 건가. 이도는 딱 그대로의 추측만 했다.

딸깍. 문이 잠기는 소리에 2층으로 올라가던 이도는 걸음을 멈췄다. 이름도 듣지 못한 소녀의 방은 그가 묵기로 한 공간의 맞은편에 위치했다.

잠자리에 예민한 무상은 타인과 같이 방을 쓸 수 없는 사람이었다. 그래서 이도는 2층 방을 쓰기로 했다. 자네라면 믿을 수 있다는 알아듣지 못할 말을 꺼내며 어르신은 그에게 여분의 이불을 건네주었다. 그것을 받아 들고 계단을 올라가는데 맞은편의 방문이 잠기는 소리가 들렸다. 그때서야 이도는 그 뜻을 알아챘다.

충분히 이해할 수 있는 걱정이었다. 그는 성인이고, 그녀는 나이가 어린 중학생이라고 해도 남자와 여자였다. 사고는 예상치 못한 순간, 순식간에 일어나는 법이었다. 그런 의미에서 자신의 몸을 지키기 위해 단단히 문을 잠그는 소녀의 행동이 대견스러웠다.

이도는 혹시 모를 일을 대비해 2층에 나 있는 창문을 모두 단단히 잠그고 확인했다. 방으로 들어가 자리를 잡고 눕자 며칠 동안 그를 괴롭히며 도망쳤던 잠이 한꺼번에 몰려왔다. 오랜만에 그는 아주 편안하고 달콤한 단잠에 빠져들었다.

✻ ✻ ✻

그는 군 입대 전부터 하루도 빼놓지 않고 습관처럼 아침 운동을 해왔다. 어제 숙면을 취한 덕분에 운동을 나서는 기분이 상쾌했다. 가져온 운동복을 챙겨 입고 1층으로 내려가자 무상은 이미 소파에 자리를 잡고 앉아 조간신문을 읽고 있었다. 이도는 간단히 아침 인사를 전했다.

"안녕히 주무셨어요?"

"그래. 운동 가는 게야?"

"네."

"우리는 낚시를 가기로 했는데. 너는 어쩔 셈이야?"

그렇게 묻는 무상의 옆자리에 두꺼운 자료들이 놓여 있는 게 이도의 눈에 들어왔다. 그것이 다름 아닌 자신이 지금부터 파악해야 할 '선흥'에 관한 자료라는 걸 곧장 알아챘다.

"저는 앞으로 근무할 부서에서 배울 업무에 대해 공부하고 있겠습니다."

"그래. 혹시 몰라서 내가 윤 비서한테 가져오도록 지시했다. 입사하면 기획 팀으로 발령이 날 거다. 그쪽에 관한 자료들이야. 하나도 허투루 보지 말고. 가장 밑바닥 일까지 다 파악하고 있어야 최고로 높은 곳까지 올라갈 수 있다. 그걸 명심해라."

"……네."

이도는 싫은 내색 없이 고개를 숙였다. 이 휴가의 진짜 의미가 무엇인지 모르지 않았다. 문밖으로 나서는 그 순간에도 무상의 눈은 이도의 행동을 살피기 위해 고정되어 있었다. 매 순간 숨통이 조이는 삶을 그 스스로가 선택한 것이다. 후회해 봤자 소용없었다.

별장을 빠져나온 이도는 깊은숨을 몰아쉬며 달리기 시작했다. 이렇게라도 자신의 심장이 뛴다는 걸 확인하는 순간이 있어야 살아갈 수 있었다.

어른들을 배웅하고 나자 그 아이와 둘만 남았다. 무엇 때문인지 쌩쌩 찬바람을 일으키며 그녀는 별장 안으로 들어가 버렸다. 뒤따라 들어간 이도는 곧장 2층으로 향했다. 평소보다 더 많은 시간을 뛰어 온

몸이 땀으로 젖어 있었다. 식탁 위에는 2인분의 아침 식사가 준비되어 있었으니 같이 앉으려면 몸부터 씻어야 했다. 솔직히 입맛은 없었다. 하지만 홀로 아침을 먹게 해서는 안 된다는 생각이 들었다.

얼른 샤워를 하고 젖은 상태 그대로 식탁 앞에 앉았다.

"이거, 먹으면 되지?"

물음을 던져도 소녀는 대답 없이 고개만 끄덕였다. 대화를 주고받는 게 이리도 어려운 사이일까. 잠시 답답함을 느낀 이도는 식사를 시작했다.

평소 그는 대부분 무상과 함께 식사를 했다. 조용했고, 식사 이외의 것은 생각하지 않았다. 이도는 그 습관대로 조용히 밥을 입으로 집어넣기만 했다.

"언제 가세요?"

잘못 들은 줄 알았다. 그를 투명 인간 취급 하는 줄 알았던 소녀에게서 갑작스런 질문이 날아왔다. 이도는 그녀를 마주 보며 간단히 대답했다.

"……몰라."

정말 그도 모르는 일이었다.

"세상에 불만 많으시죠?"

그의 대답에 잘못된 부분이 있었던 걸까? 이어진 질문에 그는 헛웃음을 터뜨렸다. 이 소녀의 눈에는 보였던 걸까. 도망치고 싶어 하면서도 그럴 용기조차 없는 그의 이중적인 태도와 누구에게 향해 있는지 모를 원망과 그 자신에 대한 실망까지. 이도는 꼼짝없이 어린 소녀에게 변명조차 못했다.

"군대 갔다 오신 게 불만이신가? 뭐, 나라 지킨다고 2년 동안 자기 시간 뺏긴 거 이해는 돼요. 그래도 국방의 의무를 다하시는 아저씨들 덕분에 우리는 지금 안전하게 살고 있고. 나는 그런 아저씨들한테 여섯 살 때부터 매년 감사 편지도 보냈어요. 한 번도 답장은 못 받았지만."

군대. 편지. 답장. 어째선지 그녀가 도전적으로 내놓은 말들이 귀엽기만 했다.

"암튼, 불만이라도 어쩌겠어요. 다들 그렇게 사는데. 저라고 이해도 안 되는 수학 문제 계속 풀고 싶겠어요? 해야 하는 거니까. 남들도 다 하니까. 그러니까 지금처럼 세상 불만 혼자 다 가진 듯한 표정 좀 풀지 그래요? 아저씨가 자꾸 공포 분위기 조성해서 밥이 목구멍에서 스탑하고 있잖아요."

사랑스럽다. 따뜻하다. 그러면서도 그보다 더 철이 든 것처럼 어른스러움이 느껴진다. 이도는 소녀를 보면서 그 생각을 하며 웃었다. 그래서 배려하듯 대답했다.

"내가 비켜 줄게."

그는 식사를 다 마치지 않고 자리에서 일어났다. 자신 때문에 체하게 만들 순 없었다. 돌아서 2층으로 향하는데 뒤늦은 부름이 따라왔다.

"저기요."

또 무슨 야단을 치려나 싶어 이도는 돌아서기가 겁났다. 동그랗게 뜬 두 눈이 자꾸 어딘가를 건드리는 것 같기도 했다. 한 번도 느껴 본 적 없는 반응이었다.

"내가, 도, 동네 구경 시켜 줄⋯⋯?"

"괜찮아."

우선은 거리를 두는 게 맞았다. 그에겐 이 아이와 동네를 구경할 여유가 없었다. 무상이 가져다 놓은 자료들이 방 안에서 그를 기다리고 있었다.

"아니, 나는 할아버지가 시켜서 그런 거⋯⋯."

뒤늦게 변명하는 말이 2층 계단을 타고 올라오자 또다시 이도는 웃음이 나왔다. 그러면 안 된다는 생각으로 표정을 관리했다.

2층 방 안으로 들어서자 마음이 평온해졌다. 이도는 얼른 자료 하나를 집어 올렸다. 그는 내용 속에 빠져들며 곧장 집중했다.

앉은 자리에서 3권을 정독하고 나자 허리와 목이 뻐근했다. 이도는 자리에서 일어나 간단하게 스트레칭을 하고 방 안에 나 있는 창으로 다가가 밖을 내려다봤다. 그가 가지 않으면 생각이 없을 줄 알았는데 소녀는 총총총, 재빠른 걸음으로 별장을 벗어나고 있었다. 이도는 그 모습을 잠시 바라보다 무언가에 홀린 듯 핸드폰을 챙기고 운동복 상의를 주워 입었다.

빠르게 뒤따라 나왔다고 생각했는데, 소녀는 어디에도 보이지 않았다. 동네 지리는 그녀가 더 잘 알 테니 지름길로 빠져나갔을 수도

있었다. 그녀가 어디로 가 버렸는지 모르는 이도는 무작정 찾아 나서
는 수밖에 없었다.

별장으로 다시 돌아갈 마음은 생기지 않았다. 어제처럼 핸드폰을
꺼 놓은 채 조용한 동네를 밤까지 돌아다니다 혹시 모를 위험에 처할
수도 있는 일이었다. 할아버지의 부탁이 있었다고 했으니 그녀 혼자
돌아다니게 만든 게 알려지면 이도도 어르신에게 면목이 없었다.

이곳저곳 찾다 보니 저절로 동네 구경을 하게 되었다. 눈에 닿는
모든 것들이 그림 같았다. 그는 핸드폰을 꺼내 풍경 사진을 찍었다.
그림을 그리지 않겠다는 생각으로 모든 종이를 찢어 버린 후 그가 탈
출구처럼 갖게 된 취미는 사진이었다. 특히 자연을 있는 그대로 담아
내다 보면 마음이 차분히 가라앉으며 현재를 있는 그대로 받아들일
수 있게 되었다.

강가를 지나자 여름 풍경은 더욱더 절정을 이루고 있었다. 신이 나
여러 장의 사진을 찍으며 개울 쪽으로 들어서는데 핸드폰 화면 안에
한 여자가 걸렸다. 여기 있었군. 처음 든 생각은 반가움이었다. 그리
고 안도감. 그녀가 거기에 있다는 것만으로 그를 불안하지 않게 만들
어 주었다.

이도는 잠시 멋진 풍경 속 소녀의 모습을 감상했다. 물수제비를 뜨
려는지 돌을 주워 와 하나둘 던지기 시작했다. 처음엔 튀기는 횟수가
많지 않았다. 그래도 포기하는 법이 없었다. 자세를 그렇게 하면 안
되지. 이도는 당장이라도 다가가 훈수를 두고 싶은 마음이었다. 그 순

간이었다.

하나, 둘, 셋, 넷, 다섯, 여섯!

여섯 번을 성공한 소녀가 홀로 기뻐하며 제자리에서 폴짝폴짝 뛰었다. 이도는 저절로 핸드폰을 들어 그 모습을 사진으로 남겼다. 그리고 마치 누가 보기라도 한 것처럼 핸드폰을 얼른 주머니에 넣었다.

그때 소녀가 주변을 둘러보기 시작했다. 이도는 피할 수 없다 생각하며 개울가 쪽으로 다가갔다. 두 손을 그대로 든 채 그를 바라보고 선 소녀는 또 말이 없었다. 이도가 한 발 더 다가서자 얼굴까지 빨갛게 달아올랐다.

부끄러운 건가. 이도는 그냥 모른 척해 주는 게 낫겠다 싶었다. 그녀를 지나쳐 다른 쪽으로 걸어 나갔다. 그래도 인사는 건네는 것이 맞겠다고 생각하며 돌아서자 소녀가 보이지 않았다. 놀란 마음에 그녀가 있던 곳으로 뛰어갔다. 그 순간 개울의 돌다리 밑에 떨어져 허우적대는 소녀가 보였다.

이도는 망설임 없이 물속으로 뛰어들어 가 그녀를 안아 올렸다. 그를 보고 놀란 소녀는 숨까지 쉬지 못하고 있었다. 이도는 얼른 물속에서 나와 적당한 곳에 그녀를 눕혔다. 눈을 뜨고 그를 보고 있으니 의식이 없는 것은 아니었다. 하지만 시선이 또렷하지 않았다. 이도는 걱정이 돼 심각하게 소리쳤다.

"괜찮아? 말해 봐. 무슨 말이든 해 보라고."

그가 몸을 흔들자 소녀가 크게 울음을 터뜨렸다. 그 뒤로 강물을 위협할 정도의 엄청난 눈물이 소녀에게서 흘러나왔다. 놀라서 그런 건가 싶었다. 그만 울어. 너 그러다 실신해. 참다못한 이도가 한 소리 하기 위해 입을 여는 순간 소녀가 그의 품에서 스르륵 눈을 감아 버렸다.

이도는 얼른 소녀를 업고 뛰었다. 시골이니 병원은 없을 테고 어떻게 해야 하지. 심장이 미친 듯이 뛰기 시작했다. 우선은 그녀의 할아버지에게 먼저 이 사실을 알려야 한다고 생각하고 핸드폰을 찾는데 등에 업힌 소녀에게서 작은 목소리가 흘러나왔다.

"엄마⋯⋯. 엄마⋯⋯."

아무래도 실신한 것은 아닌 듯했다. 이도는 안도하며 그녀를 집으로 데려왔다. 때마침 낚시에서 돌아온 두 어른이 이도와 그녀를 놀란 눈으로 맞았다. 의사이기도 한 어르신은 얼른 소녀의 상태를 확인했다. 다행히 걱정할 필요가 없다며 오히려 그를 안심시켰다. 이도는 그때 자신의 표정이 얼마나 심각했는지 알지 못했다. 그길로 읍내로 나선 그는 문을 닫기 직전인 작은 약국에서 필요한 약들을 사 와 어르신에게 내밀었다.

"⋯⋯혹시 몰라서요."

"이걸 사러 거기까지 갔다 온 거야?"

어르신은 물에 빠진 자신의 손녀를 봤을 때보다 그녀를 위해 약국을 다녀온 이도를 보고 더 놀라워했다. 그는 당연한 일을 한 것처럼 약을 건네고 돌아섰다. 원래 그가 책임져야 하는 일이었다는 듯.

그날 이후론 소녀를 볼 수 없었다. 분명 같은 공간에 있는 것이 맞는데 마주치는 순간은 찾아오지 않았다. 한 번쯤은 상태가 괜찮은지 확인하고 싶었다. 아니, 그의 행동을 못마땅하며 시니컬하게 혼내 줬으면 했다. 물수제비를 성공하고 활짝 웃던 모습을 다시 한번 마주하길 바랐다.

하지만 소녀는 그가 떠나는 날까지 꽁꽁 숨은 채 모습을 드러내지 않았다.

"이제 보면 또 언제 볼 줄 알고. 인사는 해야지."

"또 만날 일 있겠습니까?"

이도는 평소대로 그 어떤 것에도 미련을 두지 않으며 돌아섰다. 두 어르신이 인사를 나누는 모습을 조용히 지켜본 후 차에 올랐다. 옆자리에 앉은 무상은 곧 눈을 감고 잠을 청하는 것 같았다. 이도는 창가로 고개를 돌려 이제 익숙해진 시골 풍경을 바라봤다. 그리고 주머니에서 핸드폰을 꺼냈다. 찍어 놓은 사진들을 한 장 한 장 지워 갔다.

그리고 마지막으로 하나 남은 사진에서 손이 멈추었다. 폴짝 뛰어오르며 환호하는 소녀. 그는 자신도 모르게 입가에 미소를 머금은 채 한참을 그 화면에 빠져 있었다. 그런 손자의 모습을 낯설게 바라보고 있는 할아버지 무상의 시선을 그는 알지 못했다.

외전

1. 승재와 제인

"……그애서, 자따 마리아?"

효은이 입 안 가득 음식을 머금고 제인에게 되물었다. 맞은편에 앉은 제인은 자신의 고민을 불성실하게 듣고 있는 효은이 못마땅했지만 친구의 불러 오는 배를 보니 불만을 제대로 표출할 수도 없었다.

"다 먹고 말해. 무슨 소린지 모르겠어."

"아라써."

말이 떨어지자마자 효은은 전투적으로 포크질을 시작했다. 3인분 이상의 스테이크 세트는 어느새 효은의 배 속으로 사라지고 없었다.

입이 짧은 건 아니었지만 이렇게 식욕이 왕성하지도 않았다. 유학 시절, 효은은 늘 어디에 무언가를 두고 온 사람처럼 한 발 붕 떠 있었고, 밥은 살기 위해 먹는 것, 그 이상도 이하도 아닌 것처럼 보였다.

"너, 혹시 먹덧이야?"

"머떡? 그게 뭐야?"

효은이 음식을 가까스로 삼키며 되물었다.

"먹는 입덧. 넌 임산부가 그런 말도 몰라?"

"야, 넌 왜 임산부도 아니면서 그런 걸 아는데? 내가 줄임말, 같은 거 배우지 말라고 했지? 한국말 완전히 익히기 전에 그런 유행어부터 알게 되면 나중에 책 쓰는 데 도움 되는 거 하나도 없다고 내가 충고한 거 같은데?"

"아, 잔소리. 상담 공부 한 애는 뭔가 다를 줄 알았는데 그것도 아니네. 오늘 밥값 벌려고 내가 민서 파더 가게에서 설거지를 얼마나 한 줄 알아? 제대로 된 해답을 내놓으란 말이야. 그만 좀 먹고."

효은이 그제야 포크를 딱 내려놓았다. 그러고는 뚫어지게 제인을 바라봤다. 마치 해답이 그녀의 눈 안에 있다는 것처럼. 제인은 스르르, 효은의 눈빛을 피했다.

"답은 이미 나왔는데, 무슨 말을 해?"

"어?"

제인은 효은이 하는 말을 이해할 수 없었다. 여러 가지 생각들로 마음이 복잡해 잠까지 설쳤다. 누구에게든 말하지 않으면 죽을 것만 같아 스테이크로 임산부를 꼬셔내 레스토랑에 데리고 왔는데, 상황을 제대로 설명하기도 전에 친구는 답이 나왔다고 말했다. 한국 사람들은 결론부터 얘기하는 버릇이 있었다. 이게 사람을 얼마나 미치게 하는지 모를 것이다.

"두 사람이 잤다는 건, 서로를 이성으로 본다는 얘기고. 그럼 사귀면 되잖아. 뭘 망설여? 난 지금 고민하고 있는 네 모습이 아주 낯설다. 매일 밤마다 유학생들 파티에 참석해서 오는 남자 숫자 세고 가는 남자 욕하던 내 친구는 어디 있나 싶은데?"

"야! 그건 옛날에 그냥……."

"진심이구나."

효은이 제인의 말을 자르며 결론 내렸다.

"뭐?"

"네가 승재한테 갖고 있는 마음. 가벼운 게 아니란 소리잖아, 지금 네 행동."

"야, 그건, 그러니까……."

제인은 입이 막혀 버렸다. 여태껏 이런 적이 없었다. 남자, 연애, 사랑, 그런 것들에 심각해지는 편이 아니었다. 순간의 감정들이 사라지면, 그 공백을 메울 수 있는 것들이 나타났다. 효은과의 만남도 그랬다. 사랑의 빈자리를 우정으로 채워 줬으니까.

효은은 그런 제인을 알기에 놀리는 재미가 더 쏠쏠한 것 같아 보였다. 시커멓게 타들어 가는 그녀의 속도 모르고.

그래, 이렇게 될 것이라고 예상하지 못했던 것은 아니었다. 효은의 반강제적인 부탁으로 한승재란 남자를 간호하면서 그에게 호감을 느끼지 않았다면 거짓말일 것이다. 젊은 남녀이지 않은가. 어쩔 수 없이 그의 겉옷을 벗기고 입혀 줘야 했고, 그러면서 간간이 보이는 탄탄한 근육들이 그녀의 욕망을 건드릴 때도 있었다. 하지만 잘 참아 냈다.

공은 공이고 사는 사니까. 프로페셔널하게 그를 간호하고 돌아서는 게 그녀가 할 일이었다. 더군다나 한승재라는 남자는 아주 오랜 친구인 효은에게 마음을 고백했다가 단 1초 만에 차여 아직 실연의 아픔을 극복하지도 못한 상태였다. 제인은 그를 돌같이 보려고 애써 눈을 사시처럼 뜨기도 했다.

'*많이...... 피곤해요? 눈이......?*'

어느 날, 그런 행동을 이상하게 여긴 승재가 한 손을 들어 그녀의 눈가를 매만졌다. 심장이 쿵쿵쿵 뛰었다. 아무렇지 않게 눈을 까뒤집어 보는 남자에게서 슬쩍 흘러나온 개구진 미소가 심장을 간지럽혔다.

뭐 하는 거야. 뭐 하고 있어, 제인! 정신을 차리기 위해 그를 밀쳤고, 승재는 침대 아래로 굴러떨어졌다. 우당탕탕. 무언가 떨어지는 소리를 듣고 나타난 간호사가 승재의 팔을 살피고는 제인을 의심하듯 날카롭게 바라봤다.

지금 생각해 보면 그 간호사가 승재에게 흑심이 있었던 것도 같다. 혈압을 하루에 몇 번이나 재는지. 차라리 기계를 한 대 사서 그녀가 직접 잰 후 리스트를 작성해 가져다주고 싶을 정도였으니까.

"아님, 별로였어?"

"......뭐?"

자신의 생각 속에 빠져 있던 제인은 효은의 질문에 담긴 뜻을 생각하곤 입을 더 크게 벌렸다. 애 엄마가 되더니 성 상담 쪽으로 진로를 바꿀 생각인가 싶었다.

늦게 배운 도둑이 날 새는 줄 모른다더니. 효은은 제인이 다녔던 필라델피아 공립 학교의 양호 선생 수잔 같은 눈빛을 보였다. 그때 그녀는 제인의 손에 콘돔을 꼭 쥐여 주며 너의 느낌에 솔직하라고 속삭였었다.

당시에는 그 말이 무슨 뜻인지 알지 못했다. 그런데 지금에서야 그 수수께끼 같은 말을 이해하게 되다니. 그것도 나이 스물여섯에 말이다.

좋았다. 인정한다. 돌아온 민서 마미와 기수 파더의 신혼집으로 놀러 가 평소 주량보다 많은 술을 마시고, 이제 내 일은 끝난 건가요, 하는 생각에 우울해진 마음으로 승재와 함께 사는 집으로 돌아가는 길에 다리에 힘이 풀려 그에게 업히고, 등이 따뜻하다고 속삭이고, 그의 심장 소리가 등을 뚫고 나온 것처럼 쿵쿵댄다고 놀려 대고, 그러다가 어느새 집 안으로 들어가 그에게 같이 자자고 졸라 댄 것.

그 모든 게 어느새 싹을 틔우고 무럭무럭 자라나 화분 밖으로 흘러나온 잎사귀처럼, 감출 수 없는 일이 되고 말았다.

어색함 따윈 없었다. 익숙하게 입을 맞추고, 옷을 벗기고, 간지럽다며 웃고, 그러다 진지해지면 더 가질 수 없어 속상해하면서도 서로의 몸을 헐떡거리며 탐했다.

제인. 제인. 자꾸만 그녀의 이름을 부르는 승재가 고마워 어처구니 없게 눈물이 나기도 했다. 아파요? 나 해 보질 않아서 조절이 잘 안 됩니다. 아프면 말해요. 알았죠? 다정하게 속삭이는 그 입을 막고 그녀가 더 깊게 그를 품었다. 술 때문일 거야. 그럴 거야. 제인은 심각해지지 않으려 했다.

자고 나면 떠나 버린 남자가 한둘인가. 어떤 관계든 상처받은 건 잘 지워지지 않았다. 한승재라는 남자가 마음에 품은 건 자신이 아니라 그녀가 가장 아끼고 사랑하는 친구, 효은이었다. 제인은 그러한 현실에 쿨할 수가 없었다. 언제나 가볍고, 솔직하게, 인생을 즐기며 살자는 주의였지만 그녀의 마음속에는 아직 다 자라지 못한 소녀가 살고 있었다.

"제인."

효은이 그녀를 불렀다. 지금 무슨 생각을 하고 있는지 다 안다는 것처럼 목소리에 한숨이 묻어 나왔다. 이렇게 그녀의 두려움까지 다 알아주는 친구는 없었다. 그래서 제인은 효은이 소중하고, 두 사람 중 그 누구도 잃고 싶지 않았다.

"그래. 맞아. 보이프렌 씨가 좋은 건 맞는데……. 이상해. 좀, 그래. 이렇게 사람을 좋아해 본 적이 있었나 싶게, 그만큼 좋아졌어. 그래서 더 겁나. 이런 사람이랑 만나다 헤어지면 난 어떡하지. 이제 영국으로 돌아가서 논문도 마무리해야 하는데. 장거리 연애는 해 본 적도 없고, 그 사람한테 상처 주기도 싫어. 그리고 또 효니는 보이프렌

314

씨랑 여전히 친구고, 우리가 만나다 헤어지면 나는 둘 다 잃는 게 아닐까, 그런 멍청한 생각도 들고. 암튼, 그래. 효니도 알잖아. 나 큰소리만 잘 치고, 정작 해결해야 할 문제가 생기면 숨어 버리는 거."

"나도 숨었잖아."

효은은 짧게 과거를 회상했다.

"그건…… 어쨌든, 두 사람은 결혼한 상태였고, 다시 잘됐으니까. 효니도, 그 사람도 서로를 못 잊어서 어떻게든 다시 만나야 하는 운명이었고."

"그래. 네 말대로라면 이런저런 변명을 가져와 붙이면 우리가 운명이라는 이유가 될 거야. 그럼 넌? 너도 모든 핑계를 갖다 대서 승재랑 만날 수 없는 이유를 만들고 있는 거 아니야? 현실적인 문제, 그래, 이해해. 근데 가장 중요한 게 뭔지 알아?"

효은이 제인의 눈을 깊게 바라봤다.

"뭔데……?"

"그 모든 핑계나 변명들을 우습게 만드는 승재를 향한 네 마음."

누가 그걸 몰라. 고리타분한 대답이었지만, 그것이 최고의 해답이라는 걸 알기에 제인은 더 이상 효은에게 반박할 수가 없었다.

그녀가 본 수많은 로맨스 소설과 드라마, 영화들이 다양한 변주를 꾀했지만 결국 하나의 결론으로 향했다. 해피 엔딩. 그러기 위해서 가장 중요한 것은 마음. 다른 무엇도 아닌, 나 자신에게 솔직해지라는 것이었다.

"뭐, 그래. 이건 내가 제3자니까 할 수 있는 충고겠지. 나도 바보같이 헤맸잖아. 그 사람…… 2년 동안 혼자 외롭게 만들었고. 막상 내 일이 되면 쉽지 않다는 거 알지만 이 말은 꼭 해 주고 싶어."

효은이 제인의 손을 붙잡았다. 무언가를 말할 때면 그녀의 손을 잡아 주던 할아버지 태호처럼 언젠가부터 그녀도 상대방의 손을 잡는 게 버릇이 되었다. 손을 잡고 이야기하면, 진심만을 전할 수밖에 없었다.

"제인, 네가 아픈 일은 만들지 마."

아프지 마, 효니. 울지 마. 그럼 내가 아프단 말이야. 제인은 늘 효은에게 그렇게 말해 주었다. 잠들지 못하는 밤, 이불을 뒤집어쓰고 혼자서 몰래 눈물을 흘리고 있으면 다가와 그녀를 꼭 끌어안아 주었다. 너를 울게 만든 그 사람. 내가 꼭 잡아 죽이겠다고. 무시무시한 말을 건네기도 했는데, 그게 제인 나름의 큰 위로라서 효은은 결국 울다가 웃을 수밖에 없었다. 둘은 그때를 추억하며 다시 마주 보고 웃었다.

효은을 보내고 집으로 향하는 길, 제인은 시간을 확인했다. 승재가 회사에서 돌아올 시간이었다. 그는 자기 관리를 철저히 하며 바른 생활을 추구했다. 회사에 취직한 이후 한 번도 지각한 적이 없었으며, 퇴근도 정확했다.

제인은 승재의 그런 점이 어느 순간부터 믿음직스러웠다. 그 시간에 꼭, 그가 그 자리에 있을 것 같은 안정감.

그녀의 삶은 늘 불안정했다. 어릴 적, 그녀가 말문을 트기도 전에 부모님은 이혼했다. 번역 일을 하던 어머니를 따라가 호주에서 몇 년을 살고, 재혼한 아버지가 필라델피아로 직장을 옮긴 이후론, 그곳에서 성년이 되기 전까지 새어머니의 가족들과 함께 지냈다.

큰 트러블은 없었다. 옮겨 다니는 삶에 익숙해지다 보니 적응하는 건 쉬웠다. 그들의 생각과 문화를 받아들이고, 모나지 않게 굴면 그만이었다. 잘 다니던 대학에 흥미를 잃고 돌연 영국으로 유학을 떠난 것도, 운명처럼 한류에 빠져 한국어를 부전공하게 된 것도, 모두 그녀의 이런 불확실한 인생과 맞닿아 있었다.

좋게 말해 자유로운 영혼인 제인과 달리 승재는 흔들리지 않는 남자였다. 한국 남자들은 자유보다는 안정을 추구하는 편이야. 어느 한류 모임에서 만난 동양인 할머니의 말을 떠오르게 만드는 사람이 바로 그였다. 이런 남자라면 결혼이란 것도 해 볼만 할 것 같아. 그녀는 어느 날 문득 그런 생각을 하고 있는 자신을 발견하며 놀라기도 했다.

이혼한 부모 밑에서 자란 그녀가 결혼에 긍정적일 리 없었다. 그 때문인지 완벽한 남자들이 등장하는 로맨스 소설에 더욱 집착하게 됐다. 거기엔 무조건적인 해피 엔딩이 존재했으니까.

'제인, 인생은 환상이 아니야. 정신 차려. 남자 새끼들은 다 똑같아. 현실엔 그런 놈이 없다고. 책이 좋으면 그 안에서 살아. 괜한 사람 괴롭히지 말고.'

그녀가 만났던 남자들은 기대하면 할수록 실망만 안겨 주었다. 그리고 그게 정상이라고 말했다. 사랑을 속삭이며 그녀와 밤을 지새웠던 남자가 다음 날 다른 여자와 히득대고 웃고 있었다. 그녀는 그런 남자들에게 똑같이 대갚음해 주기도 했고, 자신 역시 이 만남을 가볍게 여긴 것처럼 굴기도 했다.

하지만 어느 것도 그녀를 완벽하게 위로해 주지 못했다. 그러다 효은을 만나게 됐고, 그녀와 우정을 나누며 행복을 느꼈다. 그래서 제인은 망설이지 않고 효은을 만나러 한국으로 날아갔다. 거기서 뜻하지 않게 만난 남자. 승재에 대한 감정 정리가 쉽지 않아 집으로 향하는 길이 더뎠다.

정신을 차리고 보니 승재의 형, 기수의 가게 앞에 서 있었다. 민서를 돌보면서 어느새 기수와도 가까운 사이가 되어 버렸다. 처음엔 그의 선택을 이해할 수 없었지만 지금은 대단하다는 존경심까지 들었다. '사랑'이란 게 그걸 가능하게 해 준 걸까. 제인은 아직 모르겠다. 그 사랑이란 걸 제대로 해 본 적이 없으니까.

"어, 제인 언니!"

가게 앞을 서성이던 제인 곁에 아는 얼굴이 다가왔다.

"아, 세연. 민서도 같이 왔구나."

아기 띠를 두르고 나타난 여인은 민서의 진짜 엄마 세연이었다. 제인은 아직도 그녀가 바람처럼 나타났던 날이 생생하게 떠올랐다. 민서는 제인의 품에 안겨 있었고, 기수는 그런 제인의 옆에 서서 민서를 웃기려 온갖 애교를 피우고 있던 중이었다.

누가 봐도 단란한 가족처럼 보였을 것이다. 제인은 세연의 눈빛만 보고도 그녀가 누구인지 알아챘으며, 또 무슨 오해를 하는지 알 수 있었다. 이게 눈칫밥을 너무 먹어서 그런가. 기수 또한 세연을 발견하고 그대로 얼음이 된 채 얼굴을 굳혔으니, 그 자리에서 제대로 정신을 차리고 있는 사람은 제인뿐이었다.

'고용주님, 조금만 떨어져 주시면 감사……'

'……죄송해요.'

세연의 첫마디는 그것이었다.

'뭐가? ……뭘?'

기수는 감정을 참지 못하고 세연을 다그쳤다. 여유로운 태도로 시답잖은 농담을 하고, 늘 웃는 얼굴이던 그가 전혀 다른 사람이 된 것처럼 무섭게 세연을 노려봤다. 그의 눈빛 속에는 홀로 민서를 돌보며 기약도 없이 그녀를 기다리는 동안 쌓인 애증의 감정이 담겨 있었다. 단순한 책임감이 아니란 걸 제인은 금방 눈치챌 수 있었다.

'세연이가…… 왔다고요?'

뒤늦게 상황을 정리하고 집으로 돌아가 승재에게 보고하자 그는 복잡한 표정을 지어 보였다. 자신의 형이 앞으로 걸어갈 험난한 길에 대한 염려라고 제인은 생각했다.

정말 그랬다. 기수는 다음 날 바로 세연과 혼인 신고를 하겠다고 승재와 제인에게 통보했다. 그것은 정말 일방적인 발표였다. 승재는 잠시 한숨을 쉬더니 자리를 피했고, 제인은 세연에게 '우리 이름 좀 비슷하지 않아요?' 같은 실없는 말이나 하며 웃어 주는 것밖에 할 수 있는 게 없었다.

그다음 일은 그녀도 자세히 알지 못했다. 민서를 데리고 세연과 함께 고향으로 내려간 기수는 일주일 만에 얼굴이 반쪽이 되어 나타났다. 세연은 얼마나 많은 눈물을 흘렸는지, 눈가가 빨갛게 짓물러 있었다.

하지만 그들은 기어이 부모님의 허락을 받아 내고 결혼식까지 올리며 단란한 가정을 꾸렸다. 제인에게는 낯선 광경이었다.

자신의 감정을 무엇보다 중요시하는 부모님은 그만큼 결혼에 대한 생각도 가벼웠다. 그녀와 나이 차이가 얼마 나지 않는 세 번째 아버지를 어머니가 소개했을 땐 결혼식은 하지 않는 게 어떠냐고 처음으로 딸로서 의견을 표현했다.

그러나 어머니의 생각은 달랐다. 내가 너를 낳기는 했지만, 네 인생과 내 인생은 별개이니 이해해 줬으면 한다고 했다.

"승재 오빠, 아니, 도련님 만나러 오셨죠? 안 그래도 지금 언니한테 전화하려고 했는데."

"응? 왜……?"

세연은 제인을 이끌고 기수의 가게 창문으로 향했다.

"저기 보세요."

세연이 손으로 가리킨 곳에는 승재가 앉아 있었다. 그리고 그의 옆에 나란히 앉아 다정한 웃음을 띠고 있는 낯선 여자. 승재가 그녀를 따라 미소를 지어 보이자 제인의 가슴속에서 뭔가가 쿵, 하고 떨어지는 것만 같았다.

"도련님이 저러면 안 되는 거 아니에요? 난 당연히 언니랑 잘되는 줄 알고, 사장님, 아니, 민서 아빠한테 두 사람 결혼 선물 아주 크게 해 줘야 한다고 적금까지 따로 들자고……."

"아, 잠깐. 세연. 우, 우리 그런 사이 아니야. 결혼이라니. 사귀지도 않았는데 결혼부터 해? 아이고, 그건 로맨스 소설에서나 가능한 일입니다요. 보이프렌 씨, 여……친 생겼나 보네. 잘됐어. 아주 예쁜데? 차분해 보이고. 저 남자한테는 저런 여자가 어울리지."

제인은 자신이 무슨 말을 내뱉고 있는지 가슴속으론 깨닫지 못하고 있었다.

"방해하면 안 되겠다. 난 그만 갈게."

"언니……."

제인은 돌아서 걸었다. 그런데 이상하게도 서러운 마음이 들었다. 억울하기도 했다. 이 답답한 체증의 원인이 무엇인지 잘 알고 있어서 더 가슴이 아팠다.

'제인, 네가 아픈 일은 만들지 마.'

그 순간, 효은이 했던 말이 떠올랐다. 제인은 걸음을 멈추고 다시 돌아섰다. 놀란 표정으로 그녀를 바라보는 세연을 지나쳐 곧장 가게 안으로 들어섰다.

손님인 줄 알고 큰 소리로 인사를 하던 기수는 제인인 걸 확인하곤 반사 작용처럼 승재를 바라봤다. 녀석은 등 뒤에 서 있는 여인의 존재를 알아차리지 못하고 있었다.

"여기 있었네요. 내가 얼마나 찾았는데."

제인은 성큼 두 사람 곁으로 다가섰다. 마치 그 둘을 갈라놓듯, 중간에 서서 승재를 내려다봤다. 제인의 등장에 놀란 승재가 얼른 자리에서 일어났다.

"제인 씨."

"냉장고에서 자꾸 이상한 소리가 나요."

"내, 냉장고요?"

승재는 당황한 기색이 역력했다.

"고쳐 준다고 했잖아요. 그 소리 때문에 글을 쓸 수가 없어요. 아무것도 할 수가 없다고요, 지금. 빨리 써야 논문도 완성하고, 영국에도 돌아가고, 그리고, 당신도…… 암튼, 그렇다고요."

따지듯 말하던 제인의 두 눈에 눈물이 차올랐다. 이런 걸 보고 꼴불견이라고 하는 것이다. 웬 노랑머리 미친 여자가 나타나 냉장고 때문에 울고 있다고 생각하지 않겠는가. 추했다. 승재에게 왜 이 여자와 함께 있는지 따지지도 못할 거면서 핑계를 대며 그를 괴롭히고 있는 꼴이었다. 제인은 부끄러움에 돌아섰다.

승재는 그제야 제인의 마음을 알아챘다. 그는 얼른 가방을 챙겨 그녀의 뒤를 따랐다.

"김 주임님, 죄송해요. 내일 봬요."

"아니, 한 주임님……!"

승재와 함께 온 부서 직원은 지금 상황을 파악하기도 전에 기수에게 서비스 안주를 건네받았다.

"사랑이 다 유치한 거죠. 그런 겁니다."

"네?"

직원은 더 어리둥절한 표정을 보였다.

제인은 뒤따라온 승재에게 잡히지 않기 위해 전력 질주를 했지만 역부족이었다. 그는 체력까지 단련된 공무원이었다. 꾸준함을 유지하기 위해선 몸 관리도 필수겠지. 승재에게 손목이 잡힌 제인은 어쩔 수 없이 몸을 돌려세웠다. 하지만 그의 눈을 똑바로 바라볼 순 없었다.

"……제인 씨."

약간, 한숨이 묻어난 승재의 목소리가 제인의 가슴을 더욱 시큰거리게 만들었다.

"알아요, 나도. 이렇게 이상하게 굴 생각은 없……."

"전화는 왜 안 받아요?"

승재가 오히려 답답해하며 되물었다. 맞는 소리이긴 했다. 효은과 만나는 동안 그에게서 몇 번 전화가 왔지만 제인은 일부러 받지 않았다. 아니, 받을 수가 없었다. 마음도 제대로 정리하지 못한 상태에서 전화를 받아 무얼 한단 말인가.

"사람 걱정되게…… 그러지 좀 마요. 오늘 퇴근 시간까지 하루가 얼마나 길게 느껴졌는지 알아요?"

"거짓말 마요. 그런 사람이, 다른 여자랑 같이 술 마시고 있어요?"

제인도 할 말은 있었다. 고개를 든 그녀는 승재를 또렷하게 바라봤다. 그러자 그의 입가에 감출 수 없는 미소가 번졌다. 좀 전에 함께 있었던 여자에게 보여 주었던 것보다 천 배는 더 달콤하고 다정한 웃음. 제인은 같이 따라 웃을까 봐 입술을 깨물어야 했다.

"좋아하는 사람이, 질투하는 모습을 보면 이런 기분이구나. 이제 알겠어요."

"누, 누가 질투했다고 그래요?"

"부서 사람이에요. 남자 친구도 있고요. 그리고 그 남자 친구가 내 동창이에요. 그래서 잠깐 들른 거였어요. 여기서 만난다기에. 혹시 제인 씨가 형 가게로 오지 않을까 싶어서 기다린 것도 있고요. 하루 종일 전화는 안 받지, 집에 가도 없지, 장효은한테 전화하니 답은 안 가르쳐 주고 수수께끼 같은 말만 하지. 오늘 내가 당신 때문에 얼마나 미칠 것 같았는지 모를 겁니다."

"나 좋아해요?"

제인이 다짜고짜 물었다.

"그걸 몰랐다고 말하고 싶은 거예요?"

승재의 눈빛에 서운함이 가득했다.

"그, 그건 아닌데…… 나, 영국으로…… 돌아가야 해요."

거짓말은 아니었다. 민서가 엄마를 다시 만났으니, 이제 그녀가 이곳에 남아 있어야 할 이유는 없었다. 쓰고 있던 글도 거의 완성된 상태였고, 마음에 걸리는 건 오직 한 남자뿐이었다.

"기다릴게요. 기다리는 거 잘합니다. 우리 형 봤죠? 피는 못 속인 다고⋯⋯."

"이럴 땐 가지 말라고 하는 거예요."

"아."

제인은 눈물과 함께 웃음이 터져 나왔다. 이렇게 아무것도 모르는 남자인데, 왜 이리도 그녀의 마음을 흔드는 것인지. 사랑이라는 게 그런 걸까. 한국 남자를 사랑하게 될 줄은 몰랐다. 한국 문화를 좋아해 토종 한국인보다 더 한국어를 잘하게 되었지만 어쩔 수 없이 이방인 이란 생각에서 벗어날 수 없었다.

마음을 준 효은이 보고 싶어 무작정 한국으로 날아왔지만 결국 돌 아가야 했다. 그녀는 어딘가에 정착할 수 없는 삶을 산다고 여겼다. 그렇게 자유롭게 살다 가는 거지. 그래서 여행자가 되기로 마음먹었 다. 그런데 뜻하지 않은 사랑이 그녀를 붙잡았다. 여자 맘도 모르고, 바른 생활만 하는 한 남자가 떠돌이 그녀에게 안식처가 있는 삶을 욕 심내게 만들었다.

"제인 씨가 가지 않았으면 좋겠지만, 그게 현실적으로 힘들다는 거 알아요. 영국에서 학위를 마쳐야 할 테고. 나도 고민하지 않은 거 아 니에요. 내가 따라가는 방법도 있으니, 우리 마음을 숨기지는 말아 요."

눈물을 닦아 준 승재가 제인의 손을 끌어와 잡았다. 두 사람은 나란히 걷기 시작했다.

"제인 씨랑 이렇게 손잡고 걷는 거 너무 해 보고 싶었는데."

승재는 또 코끝이 찡해지는 말을 순진무구하게 이야기했다.

"빨리 말했으면 좋았잖아요. 그럼, 손부터 잡았을 텐데."

제인은 부끄러운 그날 밤의 이야기를 아무렇지 않게 꺼내며 승재를 당황시켰다.

"수, 순서가 중요한 건 아니잖아요?"

"그건 그래요."

도란도란 이야기를 주고받다 보니 어느새 집 앞에 도착했다. 승재는 여전히 제인의 손을 꼭 잡은 채 도어 록 비밀번호를 눌렀다. 그때부터 두 사람의 심장이 동시에 뛰기 시작한 건, 문이 열리면 당연하게 하게 될 일 때문일지도 몰랐다.

띠리릭. 잠금이 해제된 후 문이 열리고 닫혔다. 곧 둘은 한 몸처럼 서로를 끌어안고 입술을 맞췄다. 조용한 집 안엔 달콤한 신음 소리와 고장 난 냉장고의 소음만이 존재했다.

2. 태수와 민아

지나칠 줄 알았던 차 한 대가 민아의 옆에 세워졌다. 조수석 차창이 내려가고, 아는 얼굴이 그녀를 향해 활짝 웃으며 옆자리를 눈으로 가리켰다.

"민아 씨, 타요."

윤진구 차장. 나이는 서른 중반인데 앞 머리카락이 벌써 반쯤 벗겨져 늘 뒤쪽 머리카락을 앞으로 모으는 버릇이 있는 부서 선임이었다.

변두리에 위치한 5층짜리 낡은 아파트로 이사한 민아는 모든 걸 선영에게 돌려주고 맨몸으로 나온 상태였기에 당장 취직자리부터 알아봐야 했다. 대기업에서 일한 경력이 도움이 되었는지 의료 기기를 판매하는 중소기업에서 곧장 그녀에게 일자리를 주었다. 홍보 팀 경력직으로 들어가게 된 그녀는 바뀐 업무에 적응하기 바빴다.

6개월. 나름대로 일을 파악하고 부서 사람들과도 어느 정도 친분
이 쌓였을 즈음, 사람들은 그녀에게 남자 친구와 결혼에 대한 오지랖
을 펼쳤다. 그리고 그 연장선상에 있는 사람이 바로 윤 차장이었다.
둘이 잘 어울린다며 부서 사람들이 일부러 자리를 마련한 게 한두 번
이 아니었다. 민아는 결혼 생각이 없다고 자신의 의사를 똑똑히 밝혔
지만, 사람들은 그녀를 가만히 내버려 두지 않았다.

　"괜찮습니다."

　"에이, 그러지 말고. 어차피 나도 야근하고 지금 가는 길이에요. 비
도 오잖아요."

　생각 없이 윤 차장의 차를 타 버리면 내일 아침 조회 시간이 시끄
러워질 것이다. 남자는 생각보다 더 입이 가벼웠고, 회사 사람들이 그
녀를 그의 썸녀쯤으로 생각하게끔 말하고 다녔다.

　민아는 인간관계에 지칠 대로 지친 상태였다. 예전 같았으면 뻔뻔
하게 가면을 쓰고 그녀의 목적을 위해 이 남자의 흑심을 이용했겠지
만, 이젠 더 이상 원하는 것도 없었다. 그저 죽은 것처럼 조용히 생을
이어 가고 싶을 뿐이었다.

　"이 앞에서 누굴 만나기로 했어요."

　대충 적당한 핑계를 대었다. 윤 차장은 믿지 않는 눈치였다. 끈질
긴 행동이 여자를 더 질리게 한다는 걸 왜 모를까. 민아가 한숨을 내
쉬며 고개를 드는데 정말 저 앞에 그녀를 기다리고 서 있는 한 남자가
보였다. 상황을 파악한 듯 그가 성큼성큼 그녀에게로 다가왔다.

"많이 기다렸어요?"

태수는 연인처럼 민아에게 자신의 우산을 씌워 주었다.

보름 만인가. 확실히 오랜만이긴 했다. 민아는 말없이 그와 함께 걸었다.

이삿짐 싸는 걸 도와준 그날 이후로도 태수는 주기적으로 민아를 찾아왔다. 그녀가 새집 주소를 알려 준 사람은 그가 유일했다. 아니, 들킨 것이라는 표현이 더 정확했다. 그는 자신의 억울함을 강조하며 기어이 이곳까지 이삿짐을 옮겨 주었으니까.

그렇게 태수와의 인연은 계속 이어졌다. 하지만 별다른 일이 일어나지는 않았다. 민아는 곧장 바뀐 직장 일에 적응해야 했고, 그쯤 태수 역시 선영이 맡은 해외 사업부의 전략 팀으로 부서를 옮기게 되었다.

민아의 파양이 속전속결로 이뤄지고, 선흥에 새겨진 그녀의 흔적들이 깔끔하게 정리되는 와중에도 선영은 태수라는 카드를 버리지 않고 오히려 더 가까이에 두었다. 권 이사의 제안을 거절하지 않은 건 태수의 선택이었다. 민아는 그가 이렇게 자신을 찾아오는 이유가 혹시 모를 2차 폭탄을 위한 감시라는 생각이 들었다.

선영에게도 민아를 정리할 시간이 필요했다. 그러기 위해선 그녀에게 또 다른 패가 있는지 없는지 파악하는 게 중요할 테고. 그것을 위해 태수는 아직까지 선영에게 이용할 가치가 있는 사람이었다. 그리고 그 역시 거절할 이유가 없었다. 원래부터 그의 목적은 더 높은 곳으로 올라가는 것이었으니까.

"살이 조금 빠진 것 같은데. 잘 좀 챙겨 먹지 그랬어요?"

그는 당연하다는 듯이 현관 한쪽에 우산을 놓아두고 집 안으로 들어섰다. 민아는 굳이 그를 거부하지 않았다. 억울함에 대한 보상이라는 억지를 부리는 남자가 조금은 불쌍하다는 생각도 했었다. 잠시 그녀를 헷갈리게 만들었던 감정의 흔들림은 그가 선영의 사람이 된 직후 사라져 버렸다. 차라리 이렇게 속내를 알고 나니 그를 대하는 게 편해졌다.

"몸무게는 그대로예요."

민아는 외투를 벗어 식탁 의자에 걸쳐 놓고 싱크대에 서서 주전자에 차 끓일 물을 받았다. 해외 출장이 잦아진 태수는 한국으로 돌아온 날엔 꼭 민아에게 들렀다. 그녀와 나누는 차 한 잔. 그것이 그의 목적이라는 것처럼 민아가 내려 주는 커피 한 잔을 마시고 자정이 되기 전에 집으로 돌아갔다.

서민아라는 여자가 궁금해졌다던 남자는 더 이상 그녀에게 다가오지 않았다. 동정을 호감으로 착각해 그녀에게 호의를 베푸는 것인지도 몰랐다. 민아는 그렇게 결론 내렸다. 그가 원하는 대로, 그녀에게 오는 것이 의미가 없어질 때까지, 그를 받아들여 주는 것. 그 정도의 감정은 그녀에게도 남아 있었다.

"아까 그 차장, 아주 끈질기네요."

태수는 민아가 건넨 머그 컵을 들고 식탁에 앉았다. 그리고 꼭 꺼내야 하는 얘기처럼 좀 전의 일을 상기시켰다. 민아는 자신의 몫으로 따른 커피를 들고 그의 맞은편에 앉았다.

"그 자리까지 올라갔으니 끈기는 있겠죠."

민아의 덤덤한 대꾸에 태수는 하하, 웃었다. 맞아요. 맞는 말이네요. 포기를 모르는 사람들이 정상을 차지하는 세상이었다. 지쳐서 단념하는 순간, 모든 게 끝이 나는 것이었다.

민아 역시 권선영의 딸이라는 자리를 포기함으로써 전부를 내놓아야 했다. 그 선택을 후회하지는 않았지만, 그녀가 치러야 하는 대가는 컸다. 아직도 깊은 잠에 빠지지 못했고, 꿈을 꾸면 선영이 나타나 그녀의 목을 졸랐다. 언제 끝날지 모르는 악몽이었다. 하지만 그것 역시 그녀가 감당해야 할 죗값이었다.

"피곤해 보여요."

민아는 맞은편에 앉은 태수를 건너다보며 말했다. 살이 빠진 건 오히려 그인 것 같았다. 다부지고 듬직한 어깨는 여전했지만 부드럽게 떨어지던 턱선이 이전보다 날카롭게 변해 있었다.

"……그런가요."

별일 아니라는 것처럼 자신의 얼굴을 쓸어내리는 그는 지쳐 보였다. 공항에서 곧장 온 듯 그의 복장은 각 잡힌 슈트 차림이었다. 굳이 이곳부터 들르지 않아도 될 텐데. 이제 그녀는 어디로 도망갈 생각이 없었다. 만약 도망간다고 해도 그의 지위와 능력이라면 손쉽게 찾아

내고도 남았다. 당신도 쉽지 않은 인생이네요. 민아는 입 안에 갇힌 말을 차마 내뱉지는 못했다.

"얼른 가서 쉬세요. 저도 쉬고 싶어요."

민아가 먼저 자리에서 일어섰다.

"아, 그래요. 다른, 별일은…… 없죠?"

이것이 목적이라는 것처럼 태수는 그녀를 따라 일어서며 말을 덧붙였다. 이쯤에서 그녀가 본색을 드러낼 것이라고 선영이 말했을지도 몰랐다. 6개월이 지나도록 그녀는 죽은 사람처럼 지내고 있었다. 정말 바라는 것이 아무것도 없는 것처럼. 선영으로선 그게 이해될 리 없었다.

"무슨 일, 있어야 해요?"

민아의 물음이 조금은 날카로워졌다.

"있을까 봐…… 걱정돼서 하는 말이에요. 없으면 됐습니다. 가 볼게요."

태수는 자신이 더 기분이 상한 것처럼 돌아섰다. 우산을 챙긴 뒤 현관문 앞에서 잠깐 멈춰 선 그는 다시 뒤돌아보지 않고 집을 빠져나갔다. 민아는 아무 일 없던 것처럼 찻잔을 치웠다. 습관이 되어 버린 듯 고개를 들어 시계를 확인하자 자정이 되기 30분 전이었다.

태수는 무슨 일이 있어도 그 시간을 어기지 않았다. 꼭 가족이 기다리는 가정으로 돌아가는 사람처럼. 그 사실을 깨닫는 순간부터 그녀는 더 외로워지고 말았다.

✳ ✳ ✳

"민아 씨? ……민아 씨!"

"……네?"

부서 동료의 부름에 놀란 민아가 고개를 들었다.

"계속 불렀는데 듣지도 못하고. 정신을 어디다 두고 있어요? 행사 상품 준비 다 됐냐고 차장님이 찾아요."

"아, 네."

민아는 여태껏 내려다보고 있던 핸드폰을 아예 가방 안에 넣어 버렸다. 어차피 업무에 필요한 연락은 사내 메신저로 모두 다 전달받을 수 있었다. 억지로라도 정신을 차려야 하는 게 맞았다.

"요즘 좀 이상한 거 알아요? 무슨 일 있어요?"

다그쳤던 게 미안했는지, 옆자리의 동료가 뒤늦게 걱정스런 물음을 건네 왔다.

"아, 아니에요. 그냥…… 컨디션이 좀 안 좋아서요."

"계속 야근하더니 몸에 무리가 왔나 보네. 뭘 그렇게 열심히 해요. 이 회사 뭐 볼 거 있다고. 그냥 대충, 중간 정도만 해도 돼요. 내가 민아 씨보다 나이도 많고 여기 회사도 오래 다녀서 하는 말이니까 새겨듣고. 알았죠?"

처음엔 텃세를 부리느라 민아에게 날카롭게 대하던 동료는 이제 어깨까지 두드려 주며 선배의 모습을 보였다. 민아는 고맙다며 웃어 주었다. 직장 생활을 잘하려면 때때로 가면을 써야 했다. 상황에 따라 맞춰 주면 그만이었다. 누군가의 충견으로 살았던 적도 있는데 이 정도의 가식은 손쉬운 감정 서비스였다.

문제는 전혀 다른 곳에 있었다.

'박태수.'

민아는 얼마 전부터 그 남자의 연락만 기다리고 있는 자신을 발견했다. 그는 한 달이 넘도록 그녀를 찾지 않았다. 그동안 아무리 먼 곳으로 출장을 떠나도 보름을 넘긴 적이 없었다. 그리고 오래도록 오지 못할 사정이 생겼다면 말 한마디 정도는 남겨 줄 줄 아는 센스를 갖춘 남자라고 생각했다.

결국 추측의 끝은 한 가지 결말로 향했다. 그때의 만남이 마지막이었던 건가. 그에겐 이제 더 이상 그녀를 감시해야 할 의무가 없는 걸까. 안녕, 이라는 말도 없이 사라져 버리는 것으로 그녀를 향한 억울함의 마침표를 찍는 건가. 허탈한 웃음이 나왔다.

또 무엇을, 바보처럼 기대하고 있었던 걸까. 그리도 처절하게 사랑을 구걸했지만 돌아오는 건 없었던 삶이었다. 어떤 것에도 미련을 가지지 않기 위해 모두 다 내려놓고 뒤돌아섰다. 누군가에게 나눠 줄 마음이 남아 있지 않다고 생각했다. 그 남자에게 기대하는 게 바보 같은 거라는 이성적인 결론도 내렸었다. 하지만 또 멋대로 심장 끝이 아려 왔다. 이도에게 주었던 마음과는 또 다른 먹먹함이 그녀를 잠식하며 정신을 혼란하게 만들었다.

— 서민아 씨, 내 자리로 와요.

기다림을 더는 참지 못한 윤진구 차장이 사내 전화로 그녀를 불렀다. 민아는 오히려 그가 고마웠다. 얼른 정신을 차린 뒤 작성한 행사 준비 리스트를 들고 그의 집무실로 향했다.

"뭐, 이 정도면 됐네요. 어차피 우리가 주선하는 행사는 아니니까, 크게 신경 쓸 거 있겠습니까?"

재촉한 것치고는 너무도 여유로운 견해였다. 민아는 그럼 이대로 준비하겠다고 깍듯하게 말한 뒤 뒤돌아서려 했다. 그때 윤 차장이 한 마디를 덧붙였다.

"오늘 저녁에 뭐 해요?"

마음을 접은 것이 아니었나. 민아는 윤 차장에게 시선을 두며 잠시 생각했다. 비가 오던 그날, 태수를 본 뒤로 윤 차장은 눈에 띄도록 그녀를 차갑게 대했다. 아무래도 그녀에게 다른 남자가 있다고 오해한 것 같았다. 민아가 바라던 바였다. 그의 관심을 받지 않는 동안 편했는데, 무슨 연유인지 또다시 흑심을 감추지 못한 눈빛을 뻔뻔하게 드러냈다.

"친한 친구가 레스토랑을 오픈했는데, 민아 씨도 갈래요? 총무 팀 정 대리도 같이 가 준다고 했는데, 둘이서만 가기 좀 그래서요. 내가 한턱 거하게 쏠 테니까."

흑심은 그녀의 오해라는 것처럼 윤 차장은 빠져나갈 구멍을 만들고 그녀에게 제안했다. 이렇게까지 하는데 민아도 굳이 거절할 이유는 없었다. 일부러 일을 만들어 야근하는 것도 이제는 지쳤다. 혼자서 그 남자가 앉았던 식탁 의자를 바라보고 있는 것도 그만하고 싶었다.

"네. 같이 갈게요."

민아의 승낙이 떨어지자 윤 차장은 더없이 활짝 핀 웃음을 보였다.

예상대로 총무 팀 정 대리는 레스토랑에 나타나지 않았다. 그에 대해 윤 차장은 여러 가지 핑계를 댔지만, 민아는 귀담아듣지 않았다. 눈앞에 있는 남자와 밥 한 끼 먹는다고 해서 그녀의 인생이 달라지진 않는다. 한편으론, 이렇게 그녀에게 목을 매는 남자와 결혼이란 걸 해서 다른 인생을 살아 보는 것도 나쁘지 않겠다는 생각이 들었다.

외로움은 덜어지겠지. 살아가다 보면 언젠가는 그녀도 이 사람에게 정이 생길 것이고, 이제까지 그래 왔던 것처럼 맞춰서 살아 버리면 그만이었다. 태어나자마자 부모에게 버려지고 양부모에게도 파양당한 마당에 어디로 흘러간들 삶이 크게 달라지는 않을 것이었다.

"음식은 입에 맞았어요? 오늘 같이 가 줘서 고마웠어요."

윤 차장은 민아에게 집 앞까지 데려다주겠다고 했다. 그녀는 거절하지 않았다. 편하게 내릴 수 있도록 문까지 열어 주는 남자의 정성을 무시하고 싶지도 않았다.

"맛있는 거 사 주셔서 제가 더 감사하죠. 조심해서 가세요."

민아가 나름대로 긍정의 표시를 하고 돌아선 순간, 아파트 1층 화단에 서 있는 한 남자가 보였다. 윤 차장은 그를 발견하지 못한 채, 차를 돌려 아파트를 빠져나갔다.

민아는 최대한 천천히 걸어가 그의 앞에 섰다. 서로 인사도 없이 시선만 부딪쳤다. 태수는 단 한 번도 보인 적 없는 차갑고 서늘한 눈동자로 그녀를 내려다볼 뿐이었다.

언제나처럼 앞서 계단을 오르던 민아는 뒤따라오는 태수에게서 희미한 술 냄새가 묻어 나오는 걸 뒤늦게야 깨달았다. 어린 나이에 팀장 직책에 오를 만큼 상황에 따른 대처 능력이 빠르고, 어떤 자리에서도 분위기를 잘 맞추는 편이라 술자리에 능통할 줄 알았다. 하지만 의외로 태수는 술을 싫어했으며, 어쩔 수 없는 자리에선 예의상 한 잔 정도만 받아 마셨다.

그래서 민아는 이제껏 그가 취한 모습을 단 한 번도 보지 못했다. 못 본 사이, 무슨 일이 있었던 걸까. 모두 잊겠다는 다짐이 무색할 만큼 그녀는 어느새 그를 걱정하고 있었다.

"이제…… 안 오는 줄 알았어요."

민아는 덤덤하게 먼저 입을 열었다. 문을 열고 현관으로 들어선 그녀는 태수가 들어오지 못하도록 그의 앞을 막아섰다. 예전처럼 그를 당연하게 받아들이면 안 될 것 같았다. 앞으로는 그러지 않는 게 그녀를 위해서 맞는 행동이었다.

"그래서…… 저 남자를 만나기로 했어요?"

태수는 반쯤 웃으며 물었지만 화가 난 듯 보였다. 민아는 그게 우스웠다. 이 남자는 지금 무슨 생각을 하고 있는 걸까. 우리는 왜, 이 의미도 없는 감정놀음을 하고 있는 거지. 이제는 끝내야 하는 게 맞았다.

"못 만날 것도 없잖아요. 나, 좋다는데. 난 누군가한테 순수한 사랑을 받아 본 적이 없는 사람이에요. 계산하고, 불안해하고, 실망하고, 그러면서도…… 나도 어쩔 수 없이 내 마음을 다 줘 버리는 거, 그런 거, 이젠 하고 싶지 않아요."

결국은 그녀가 브레이크를 걸었다. 이 정도 말했으면 태수도 알아들었을 것이다. 수면 위로 올라오지 않았을 뿐, 두 사람 다 이 관계의 문제점을 알고 있었다.

"이제야 좀 속마음을 말하네."

취한 태수는 평소와 다르게 자꾸만 눈빛이 짙어졌다. 민아는 그를 바라보고 서 있기 힘들었다. 한 달 만에 찾아와서는, 꼭 그가 그녀를 기다린 것처럼 말하고 있었다.

"취한 것 같으니까 그만 가요. 그리고…… 이젠 찾아오지 마요."

민아의 말에 태수는 웃었다. 웃다가 알 수 없는 표정을 짓더니, 지친 기색이 역력한 얼굴을 두 손으로 쓸어 냈다. 다시 그녀를 바라보는 그의 두 눈이 피곤해 보였다.

"이렇게…… 화를 잘 내는 사람이, 그동안 왜 아무 말도 안 했어요? 왜 한 걸음도 다가가지 못하게 했어요? 내가 당신 버린 양어머니 밑으로 들어가 버려서? 그 여자 스파이 노릇 하느라 어쩔 수 없이 찾아오는 것 같아서? 그러면 묻기라도 하든지. 왜 다 받아 주고 있었어? 목적 있는 놈이라고 욕하는 것도 아까웠어요?"

민아는 그가 왜 화를 내는지 이해하기 힘들었다. 누구의 잘못인가. 이 불확실한 관계에서 감정을 드러내지 않는 그녀가 문제였나. 민아는 자신을 탓하는 그가 미웠다.

"그러는 박 팀장님은 왜 나한테 딱, 그만큼만 행동했어요? 설마…… 내가 다가오길 기다렸다고 말하는 거예요? 그래서 한 달 동안 연락이 없다가 이렇게 불쑥 나타나서 화부터 내는……."

"당신이 연락하면 되잖아."

태수는 민아의 말을 끊어 버리고 간단하게 답을 던져 주었다. 그래. 그렇게 답답했으면 그녀가 전화하면 되는 것이었다. 그조차도 겁이 나 못 하는 바보가 되어 버린 걸 누구를 탓할까. 민아는 더 이상 입씨름을 하고 싶지 않아 돌아서 집 안으로 들어섰다.

"차 줄게요. ……앉아요."

모두 그의 말이 맞았다. 인정해 버리면 그만이었다. 그녀가 그에게 마음을 품었다고 해도, 그가 선을 넘어오지 않는다면 그녀 또한 그 선을 넘어갈 생각은 없었다. 이렇게 차나 마시는 사이로 지내면 되지. 애써 정리 같은 걸 할 필요도 없이, 이렇게 흘러가 버리면 되는 것이었다. 어려울 건 하나도 없었다.

"맛도 못 느끼는 차, 필요 없어요. 물이나…… 한 잔 줘요."

성큼성큼 집 안으로 들어선 태수는 그의 고정석이 되어 버린 식탁 의자가 아닌 소파 아래에 자리를 잡고 앉았다. 그의 행동이 평소와 다르자 민아는 마음이 더 복잡하게 얽혀 들었다. 그래도 어쩔 도리가 없었다. 그에게 물 한 잔을 건네주고, 가까이 있으면 큰일이라도 생기는 것처럼 부엌 안쪽에 자리를 잡고 앉는 수밖에.

태수는 민아의 행동 따윈 관심 없다는 듯 눈을 감고 소파에 몸을 기댔다. 잠시 두 사람 사이엔 정적이 흘렀다. 민아는 태수를 바라보며 앉아 있다 포기하듯 욕실로 향했다. 시계는 자정을 향해 가고 있었다. 그녀가 몸을 씻고 나오면 그는 돌아가고 없을 것이다. 평소보다 더 천천히, 꼼꼼하게 몸을 닦아 낸 뒤 민아는 욕실을 빠져나왔다. 그리고 잠시 멈춰 섰다.

그는 여전히 그 자리 그대로 머물러 있었다. 얼른 고개를 들어 시계를 확인하자 자정을 훌쩍 넘긴 시간이었다. 가야 한다는 것도 잊고 잠들어 버렸나. 민아는 젖은 머리카락을 수건으로 감싸고 태수에게 다가섰다.

"……팀장님."

조용히 그를 불렀다. 여전히 태수는 눈을 감고 있었다.

"박 팀장……."

어깨에 손을 가져다 대는 순간, 그대로 붙잡혔다. 태수의 눈이 느리게 떠졌다. 충혈된 눈동자가 꼭 조금 전까지 운 사람 같았다. 불쌍한 건 이쪽인데. 민아는 얼른 그에게 잡힌 손을 빼내려 했다.

"이거 놔 주······."

"오늘 여기서 자고 갈까요?"

말투는 평소처럼 능글거렸지만 어째선지 눈빛은 절박해 보였다.

"기다리는 사람 있는 거, 아니었어요?"

민아는 더 이상 모른 척하지 않고 물었다.

"아······. 그 사람, 이제 없어서······."

태수가 싱긋, 웃었다. 이게 웃을 일인가. 민아는 기가 찼다.

"맘대로 하세요. 언제는 제 말대로 하셨어요?"

기어이 이사를 돕겠다고 쳐들어와서는 이 집까지 따라오고, 꼭 친 오빠라도 되는 것처럼 뚝딱 이삿짐을 옮기고, 집 안 곳곳의 고장 나고 허름한 곳을 알아서 손보고, 약속이라도 한 것처럼 종종 집 앞으로 찾아와 그녀를 기다렸다. 결국엔 그가 나타나지 않으면 보고 싶다는 생각까지 하게 만들어 놓고선, 그녀의 의사를 묻는다.

"이불은 없어도 됩니다."

"줄 이불도 없어요."

새침하게 말한 민아가 굽히고 있던 무릎을 세웠다. 신경 쓰지 말자. 그 생각만 되뇌었다. 어차피 안방 문을 닫으면 거실에 있는 그는 보이지 않았다. 자고 일어나면 알아서 돌아가겠지. 그 이상은 마음을 쓰고 싶지 않았다. 돌아서는데, 그러는 게 맞는데, 어쩔 수 없이 몸이 되돌아갔다.

태수는 옷도 벗지 않은 채 소파 아래에 벌러덩 누워 버렸다. 코트를 입고 잘 건가. 왜 이렇게 그녀를 괴롭히는 건지. 일부러 이러는 것이 맞았다. 민아는 그의 곁으로 다가가 한마디를 건네려 했다.

"지금 바로 잘 거 아니면…… 내 말 좀 들어 줄래요?"

그의 목소리가 낮게 흘러나왔다. 소파 쪽으로 몸을 돌리고 누워 있어 태수의 얼굴은 보이지 않았다. 민아는 선뜻 대답할 수가 없었다.

"말할 사람이…… 없어서 그래요. 아니, 누구한테도 할 수가 없었는데, 민아 씨라면…… 괜찮을 것 같아요. 그냥, 술 취한 놈이 헛소리한다 생각하고 들어 줘요."

"……"

민아는 여전히 대답하지 않았지만 그의 곁에 조용히 앉는 것으로 자신의 뜻을 전했다. 기척이 느껴졌는지 태수가 고맙다는 말을 건넸다. 그러나 그녀가 있는 쪽으로 몸을 돌리지는 않았다. 꼭 얼굴을 보고는 할 수 없는 이야기라는 것처럼.

"어머니가…… 오래 아프셨어요. 아버지는 안 계십니다. 열 살 땐가, 술에 취해 쓰러져 계신 걸 내가 발견하고 병원에 모시고 갔는데 일 나간 어머니가 도착하시기도 전에 돌아가셨어요. 술이 무섭다는 거 그때 알았어요. 그래서 절대, 그 술에 지는 일은 만들지 말아야지 했는데…… 피는 못 속이나 봅니다. 이렇게 취하는 일이 생기는 걸 보니."

그런 이유가 있었던 거구나. 민아는 가만히 태수의 이야기를 들었다. 이 사람도 상처가 없을 것 같진 않았다. 그도 아픔이 있었기에 민아의 상처를 알아봤을 것이다. 그리고 곁에 있어 주는 것으로 그녀를 위로하고 있었는지도 몰랐다.

"아버지가 돌아가시고, 어머니는 더 힘들어지셨어요. 내가 빨리 성공해야 하는 이유가 거기 있었죠. 공부하면서 아르바이트하고, 군대에서도 돈이 되는 보직을 맡으려고 악착같이 윗선에 비볐어요. 부끄럽다고 생각한 적은 없습니다. 짊어진 인생은 무게는 각자 다르니까요. 그저…… 한 번씩, 어머니란 여자가 불쌍했습니다."

태수는 잠시 말을 멈췄다. 민아는 그가 울지 않았으면 했다. 그저 바라보고 있는 그의 등이 들썩거리지 않기를, 그렇게 바라고만 있을 수밖에 없었다.

"포장마차에서 치킨을 팔면서 나를 키워 놓고, 내가 선흥에 입사한 날 암에 걸린 걸 알았어요. 정말 불쌍하죠. 그래도 어쩌겠어요. 요즘 암은 병도 아니라는데, 난 이제 대기업에 입사했으니 제대로 치료받게 할 수 있을 것 같았어요. 몇 년은 잘 버텼어요. 근데 병이란 게…… 무섭더라고요. 나았다 싶으면 재발하고. 끝도 없이 돈이 들어가고. 의사들은 조금만 기다리면 신약이 나올 거라며 희망도 못 버리게 하고."

민아는 그쯤에서 태수가 왜 술을 마셨는지, 벌게진 눈을 하고서도 집으로 돌아가지 못하는지 눈치채고 말았다. 더 이상 그녀는 그 자리에 앉아만 있을 수 없었다. 그의 곁으로 다가가 시린 등을 끌어안았다. 놀랄 줄 알았던 그는 당연한 것처럼 그녀의 손을 꼭 붙잡아 이끌며 말을 이었다.

"권 이사님이…… 제안하더라고요. 최고의 의료진을 소개해 주고 최상의 치료를 받게 해 줄 테니 자기 옆으로 오라고. ……그래요. 거절 못 했어요. 평생 불쌍하게 산 사람, 마지막 가는 길은 후회 없도록 해 주자. 그게 민아 씨한테 어떤 모습으로 비칠지 아는데……."

"알겠어요. 알았어요. 이해했어요."

민아는 태수를 더 꼭 끌어안으며 그의 미안함을 덜어 주었다.

"……그리고 연락도 못 하고, 늦은 이유는…… 잘, 보내 드리고 오느라 그랬어요. 미안해요."

어쩔 수 없이 눈물이 치솟았다. 부모의 사랑 같은 건 느껴 본 적 없는 그녀였지만 그와 그의 어머니가 보냈을 마지막 시간을 생각하니 가슴이 아려 와 숨쉬기가 버거웠다. 그녀가 이럴진대, 그는 어떨까. 태수는 민아의 울음소리를 듣고 나서야 몸을 돌려 그녀를 바라봤다.

"왜 울어요? 더 미안해지게."

"……."

그는 오히려 덤덤한 눈빛으로 그녀의 눈물을 닦아 주었다. 그러다 그녀의 뺨을 다정히 쓸어내렸다. 태수의 손은 따뜻했다. 그리고 그녀를 끌어안아 주는 그의 가슴이 너무 넓고 포근해 민아는 그것으로 모든 걸 보상받는 기분이었다.

낳아 준 부모에게 버림받았어도, 껍데기뿐이었던 양부모에게 이용당했어도, 사랑이라고 착각해 마음을 주었던 남자가 그녀를 불쌍하게 바라보았어도, 그 어떤 것에도 미련을 가지지 않겠다고 다짐해 놓고 또 멍청하게 사랑이란 걸 마음에 품었어도, 그 모든 건 그녀의 탓이 아니라고 말해 주는 것만 같은 사람을 만났다. 민아에게 태수는 그걸 알려 준 사람이었다.

"술 마신 남자랑 하는 거, 별로인가……."

뺨을 쓰다듬던 태수의 눈빛이 다른 의미로 심각하게 변하자 민아는 웃음이 터졌다.

"안 해 봐서 모르겠어요."

"지금 해 볼래요?"

그가 적극적으로 물었다. 늘, 언제나, 밤이 짧았으면 하고 바랐던 민아는 처음으로 이 밤이 끝나지 않길 빌었다. 태수는 다급하게, 그러면서도 아주 다정하게, 민아의 입술을 머금었다.

3. 이도와 효은

편지엔 차분한 손 글씨가 써져 있었다. 언뜻 보기엔 효은이 고등학
교 시절 썼던 일기장과 비슷한 느낌이 들기도 했다. 이런 것도 닮는구
나. 효은은 단순하게 그런 생각을 했다.

이도가 출근을 한 뒤, 머뭇거리며 다가온 강 여사가 그녀 앞에 편
지를 내밀 때도 별다른 감정이 들지 않았다. 보여 줘야 하는 건지, 아
니면 모른 척해야 하는 건지. 그것을 자신이 결정하는 게 맞는 것인지
조차 한참 고민했다고 강 여사는 솔직하게 털어놓았다. 어찌 됐든 결
론은 당사자가 내리는 게 맞는다는 생각에, 결국 효은의 손에 편지를
쥐여 주었다.

[내 딸, 효은이에게]

그렇게 시작된 아버지의 편지 속 내용은 별다를 게 없었다. 김 교수

를 통해 그녀의 소식을 줄곧 듣고 있었다는 것. 현재 자신은 독일에서 조그마한 카페를 운영하며 살고 있다는 것. 한 번쯤은 그녀의 얼굴을 보고 싶다는 것. 언제든 한국으로 날아갈 준비가 되어 있지만 그녀가 원하지 않으면 앞으로 어떤 연락도 하지 않겠다는 것. 그러나 이 편지가 마지막이 되지 않기를 바란다는 것. 건강하라는 것. 그것이 전부였다.

그리고 편지와 함께 동봉된 것은 닳고 닳은 갓난아기의 사진이었다. 산부인과에서 급하게 찍은 것처럼 아기의 발에는 산모의 이름이 적힌 띠가 채워져 있었다. 효은은 그 아기가 자신이라는 걸 깨닫는 순간, 허탈한 웃음이 터져 나왔다.

이렇게 사진까지 간직하고 살았으면서 왜 한 번을 찾아오지 않았을까. 할아버지의 완강한 반대 때문이었다는 것을 알았지만 만나려면 만날 수 있었다. 모든 것은 의지와 용기의 문제가 아니었을까. 그는 효은이 태어나고 곧장 엄마가 아닌 다른 여자와 결혼했고, 몇 년 후 그 여자를 닮은 딸아이를 낳았다고 들었다. 효은이 아는 건 거기까지였다.

할아버지 태호는 단 한 번도 아버지의 이야기를 꺼내지 않았으며, 효은도 그런 할아버지의 마음을 이해했다. 죽은 엄마는 언제나 그립고 보고 싶은 존재였지만, 아버지는 아니었다. 그녀도 마음만 먹으면 만날 수 있었지만 그러고 싶지는 않았다. 아버지가 없는 애들이 한둘인가. 그녀도 그렇게 남들처럼 잊고 살았다.

이도가 아버지를 만나고 돌아왔다는 소리를 들었을 때도 혼란스럽지 않았다. 돈이 필요한 거면 그 사람이 줘 버렸겠지. 이제 와 그녀도 아닌 그녀의 남편을 만난 거면 아버지는 자신이 낳은 딸에게 미련도, 미안함도 없다는 걸 테니까. 효은은 더 이상 그에 대해 생각하지 않기로 결론 내렸었다.

이제 그녀의 곁에는 알 수 없는 외로움까지 모두 채워 주는 남자가 있었다. 더 욕심을 부려 괜한 상처를 받지 않는 게 현명했다. 더군다나 그녀는 지금 생명을 잉태하고 있는 중요한 시기니까. 효은은 그렇게 생각하고 이도가 편지를 보지 못하도록 탁자 서랍 깊숙이에 감춰 두었다.

"효은 양?"

"……네?"

"전화 오는 거 아니에요?"

강 여사와 늦은 점심을 챙겨 먹고 각자 취미 생활에 빠져 있을 때였다. 강 여사는 태어날 아이에게 입힐 배냇저고리를 만들고 있었고, 효은은 요즘 새롭게 빠진 고전 소설을 읽고 있던 참이었다. 책에 집중하지 못하고 계속 같은 페이지에 머물러 있던 효은은 잠시 다른 생각에 빠져 있었다. 멍하니 책의 모서리만 바라보던 효은은 강 여사의 부름에 고개를 들었다.

얼른 책을 내려놓고 효은은 핸드폰을 들었다. 보나마나 이도일 것이다. 한 시간 전쯤 점심을 먹고 오후 회의에 들어간다고 했었다. 생각보다 일찍 회의를 마치게 되면 남는 틈은 항상 효은의 몫이 되었다.

통화 버튼을 누르는데 예상했던 이름이 아니었다.

— 효은아.

"아, 네. 교수님."

전화를 건 사람은 김 교수였다. 할아버지가 돌아가시고 나서도 그는 효은을 자신의 딸처럼 챙겼다. 그녀가 임신한 사실을 알고 믿을 만한 산부인과 전문의를 소개해 주었고, 적어도 2주에 한 번은 그녀의 안부를 물었다. 오늘도 그런 전화인 줄로만 알았다.

— 몸은 좀 어때?

"잘 놀고 있어요. 저도, 아가도."

효은은 이제 제법 부르기 시작한 배를 살살 문지르며 대답했다.

— 그래. 잘 먹고…….

현철은 말끝을 흐리며 머뭇거렸다. 목소리도 평소보다 한 톤 낮았다. 효은은 그가 전할 나쁜 소식은 이제 없을 것이라고 생각했다. 혹시나…… 추측한 그것이라면. 저절로 책을 붙잡고 있는 손끝에 힘이 들어갔다.

"교수님."

— ……그래, 그래. 안다. 네 마음. 나도 이런 일 너한테 전해야 하는지 고민도 많이 했고, 근데…… 어째. 그 사람은 너 두고 간 아버지이기도 하지만, 내 친구이기도 한걸.

"……괜찮아요. 말씀하세요."

갑작스런 편지엔 이유가 있었다. 그렇다면 효은도 이해가 되었다. 그걸 받아들이지 못할 나이도 아니었다. 가장 소중했던 할아버지를 떠나보냈고, 이젠 없어선 안 될 한 남자의 아이까지 가졌다. 철없이 굴고 후회하는 게 얼마나 멍청한 짓인지 깨달았기에 먼 훗날, 그 누구도 슬프지 않도록 현명하게 행동하고 싶었다.

— 어디가 아픈지는…… 나도 정확히 몰라. 치료 중이긴 한데, 쉽지 않은가 봐. 그러니까, 그…… 미애 엄마가 나한테 전화를 했어. 이혼한 지 20년이나 지났는데, 어쩐 일인가 했지. 그냥, 한번…… 찾아와서 만나 달라고 하더라. 보고 싶은 사람들 만나고 가게 하는 게 맞는 것 같다고. 감정 같은 게 남아서 그런 건 아닌 것 같고. 애아버지니까…….

거기까지 듣고 효은은 전화를 끊었다. 강 여사에게 괜찮다는 웃음을 보이고 다시 책을 잡았지만 글씨가 뿌옇게 흐려졌다. 뭐가, 이래. 제대로 독하게 미워하지도 못하다니.

효은은 이것이 아무래도 배 속에 있는 '아찌' 때문이라고 생각했다. 아저씨를 너무 불러 태명까지 아찌라고 지어 버린 그녀의 단순한 결정이 마음에 들지 않는 아가가 엄마를 혼내는 것이라고. 그렇게 생각하는 게 오히려 마음 편했다. 결국 효은은 탁자 속에 감춰 놓은 아버지의 편지를 다시 꺼낼 수밖에 없었다.

❀ ❀ ❀

"영국에…… 가겠다고?"

핑계는 적절했다. 제인이 학위 때문에 몇 주간 영국에 갔다 온다기에 그 길에 붙어 독일에 다녀오면 되겠다는 계획이 섰다. 남은 건 이도를 설득하는 것이다. 미리 주치의에게 여행에 대한 허락도 맡았다. 안정기에 접어든 상태고 효은이 젊고 건강한 편이기에 비행기 좌석만 편안하고 괜찮다면 무리가 되지 않을 것이라고 했다.

"제인 혼자 보내기도 그렇고. 갔다가 안 돌아오면 승재는 어떡해요?"

"그럼 난?"

이도가 진지하게 말하며 풀던 넥타이를 반쯤 끌어 내렸다.

"아……. 그, 그렇죠……."

효은은 이도와 눈을 맞추지 못했다. 당연히 반대할 것이라고 예상은 했었다. 홀몸도 아니고, 특히나 몇 주 동안 그를 혼자 내버려 두는 게 효은도 마음에 걸리긴 했다. 하지만 지금이 아니면 기회가 없을 것만 같았다.

"핑계는 이쯤 하고, 진짜 이유를 말해 봐."

효은에게 좀 더 다가온 이도가 그녀의 턱을 들어 올렸다.

"무, 무슨 이유요?"

"너, 거짓말할 때 내 목 쪽 쳐다보는 거 알아?"

이도의 말에 효은이 침을 꿀꺽 삼켰다.

"내, 내가요?"

"처음에 난, 그 신호가 다른 의미인 줄 알았지."

효은의 목덜미를 느리게 쓸어내린 이도가 작게 웃었다. 분위기가 어쩐 요상하게 흘러갔다. 그걸 아는지 효은의 배 속에서 아찌가 발로 차 대기 시작했다. 효은은 얼른 한 발 물러서 그와의 거리를 유지했다.

"아찌 놀래서 발로 차요. 그만해요."

"만날 아찌 핑계는……."

이도는 능글맞게 웃으며 끌러 내린 넥타이를 다시 붙잡았다. 더 이상 그녀의 이야기를 듣지 않겠다는 것처럼 뒤돌아서 와이셔츠까지 벗었다. 효은은 어쩔 수 없이 솔직해질 수밖에 없었다.

"아버지가…… 보고 싶어요."

그대로 동작을 멈춘 이도가 되돌아섰다.

"일주일 정도도 마음대로 스케줄 조정을 못 하는데 내가 왜 회장 자리에 앉아 있어야 합니까? ……책임감이요? 그래, 비서님 말 잘하셨습니다. 내가 첫 번째로 책임져야 하는 사람이 누굽니까? 내 가족 아니에요?"

"아저씨."

"……선흥? 그게 뭐? 내가 여기, 실제 주인이 아닌 거 모르는 사람도 있나?"

"권이도 씨."

"긴말 안 할……."

"여보!"

효은이 처음으로 불러 준 호칭을 듣고서야 이도가 핸드폰을 내리고 그녀 쪽을 바라봤다. 독일에 꼭 가야겠다면, 아버지를 봐야겠다면, 무슨 일이 있어도 자기가 같이 따라가야 한다고 말하더니, 그는 곧장 박 비서에게 전화를 넣어 일주일 치 스케줄을 비우라고 명령했다. 한 회사를 책임지는 오너인 그가, 일주일씩이나 자리는 비우는 게 쉬울 리 없었다. 그리고 만약 일정을 뺀다고 해도 그가 없는 동안 피해를 볼 사람이 한둘이 아니었다.

매일 전쟁터에 나가는 사람처럼 넥타이를 매고 슈트를 입는다는 남자가 지금 자기가 가진 땅을 버리는 행동을 하는 중이었다. 효은은 더 이상 지켜보고만 있을 수 없었다.

"나, 일부러 못 가게 하려고 이러는 거 알아요."

"그럼, 안 갈 거야?"

곁으로 다가온 이도가 얄밉게 되물었다.

"아버지가…… 편찮으신가 봐요. 나도 우리 아찌 낳고 만나는 거, 생각해 봤어요. 아무리 의사 선생님이 괜찮다고 해도 혹시 모르니까. 근데…… 자꾸, 지금이 아니면 못 볼 것 같다는 생각이 들어요. 아니, 가서도……, 안 보고 올지도 몰라요. 평생 나 모른 척하고 산 사람인데, 아프다고 해서 왔다며 얼굴 보고 마주 앉아 있는 게 나라고 쉽겠어요? 그래도…… 아찌가 가재요. 외할아버지 만나러 갔던 적이 있다고, 내가 나중에 말해 줄 순 있잖아요. 안 그래요?"

웃으며 되묻는 효은의 두 눈엔 눈물이 가득 차 있었다. 이도는 가만히 그녀를 끌어안았다. 이제 절대 울리는 일이 없게 해야지. 행복한 일들만 가득하도록 만들어 주겠다고 다짐했지만, 그게 말처럼 쉬운 게 아니었다.

일에 치여 밤늦게 퇴근해 홀로 잠든 효은을 바라볼 때도 많았고, 외로움을 자처하는 성격 탓에 의도하지 않게 그녀를 서운하게 만든 적도 있었다. 사람은 쉽게 바뀌지 않았고, 그는 여전히 이 행복이 깨지지 않을까 전전긍긍하며 효은이 눈에 보이지 않으면 불안감으로 숨이 막혔다. 멋진 남편처럼 잘 다녀오라고 한마디 해 주면 될 것을. 효은의 마음에 깊은 상처를 내어 그의 앞에 드러내도록 만들었다.

"내가 잘못했어."

품에 안긴 효은이 웃는 게 느껴졌다.

"그 대신…… 박 비서는 보낼 거야. 그건, 당신이 양보해."

이도도 어쩔 수가 없었다. 효은은 알겠다고 고개를 끄덕였다.

❀ ❀ ❀

출국 날, VIP 라운지에서 제인을 만나기로 한 효은은 그녀의 옆에 붙은 혹을 보고 고개를 저었다. 차라리 공무원을 그만두든지. 저렇게 휴가를 써 대면 이 나라의 민원은 누가 해결한단 말인가. 효은은 제인의 캐리어를 끌고 있는 승재를 노려봤다.

"혹 달고 온단 소리는 없었잖아?"

"아, 그게……."

"내가 따라간다고 했어."

뻔뻔한 대답은 승재에서 흘러나왔다.

"근데 이 혹은 누구……?"

제인이 효은의 옆에 서 있는 재영에게 눈길을 주었다.

"야, 혹이 아니라……."

"박재영이라고 합니다. 권이도 회장님 비서 일을 맡고 있습니다."

재영은 깍듯하게 효은의 친구들에게 인사를 건넸다. 제인은 '그럼 그렇지, 그 집착 재벌남이 날 믿고 널 혼자 보낼 리 없다'며 재영이 보는 앞에서 이도의 험담을 늘어놓았다. 효은이 눈치를 주어도 소용 없었다. 오히려 재영이 그녀에게 괜찮다는 눈짓을 보내왔다. 어쩌다 보니 생각지 못한 조합으로 네 명이 함께 영국행 비행기에 올랐다.

효은은 영국에서 잠깐 시간을 보낸 뒤 독일로 향할 예정이었고, 제 인은 승재와 함께 남은 일정을 보내기로 사전에 합의를 해 둔 상태였 다. 꿀이 뚝뚝 떨어지는 눈빛으로 제인을 바라보며 한시도 눈을 떼지 못하는 승재를 보면서 효은은 둘을 놀리듯 여러 번 입덧하는 시늉을 했다. 그러면서도 입가에 떠오른 미소를 지우지는 못했다.

모두 다 행복을 찾아가는구나. 기대하지 않겠다고 다짐했지만 그 녀는 어쩐지 마음이 들뜨고 설레었다. 처음으로 그녀의 아버지를 만 나러 가는 길이었다. 아버지. 아빠……. 그 이름을 입에 올리는 친구들이 부러웠던 적이 있었다. 그녀는 '할' 아버지가 있다고, 괜찮다고, 긍정적으로 생각하며 속상한 마음을 다잡았지만 어쩔 수 없는 헛헛함은 그녀가 없앨 수 있는 것이 아니었다.

도착한 영국은 추웠다. 이곳 특유의 차갑고 낯선 공기를 맡자 그당시의 감정이 떠오르기도 했다. 어쩌면 그녀의 인생에 그 2년이 없었다면 지금의 사랑과 행복이 더 크게 와닿지 않았을 수도 있었다. 물론 둘도 없는 친구 제인을 만나지도 못했을 것이고.

역시나 감상에 빠져 있는 그녀를 이끌고 이리저리 다니는 것은 제인이었다. 유학 시절 친하게 지냈던 친구들을 만나고, 그들의 집에 초대받아 근사한 저녁을 먹었다.

재영은 마치 꼭 지켜야 하는 철칙처럼 늘 그녀의 뒤쪽에 서 있을 뿐, 무리에 어울리려 하지 않았는데 제인은 그런 재영까지 제 편으로 만들어 함께해야 직성이 풀리는 것 같았다.

'비서님이 여기 앉지 않으면 우리가 거기 서서 저녁을 먹겠어요.'

포크와 나이프를 들고 일어서는 제인을 보고 재영은 하는 수 없이 식탁에 자리를 잡고 앉았다. 제인이 한국어와 영어를 섞어 말하며 영국 친구들을 웃길 때면 효은과 같이 작은 미소를 보이기도 했다. 일이 아니라 휴가를 온 것 같다며 미안한 웃음을 흘리는 그를 보면서, 효은은 한 남자를 떠올릴 수밖에 없었다. 맛있는 것을 먹을 때나, 재미있는 이야기를 들었을 때나, 모두 함께 웃을 수 있는 이 자리에 그가 있었더라면. 효은은 또 그렇게 뒤늦은 후회와 욕심에 사로잡혔다.

— 재밌어?

화장실을 핑계로 자리를 빠져나온 효은은 조용한 베란다에서 이도에게 전화를 걸었다. 시차가 있어 그의 목소리에선 새벽의 피곤함이 묻어났다.

"제인 때문에 다들 웃어요. 덕분에 비서님도 휴가 온 것 같대요."

— 박 비서, 보내길 잘했네. 휴가도 제대로 못 줬는데. 우리 아찌가 여러 사람 행복하게 만드는구나.

이도의 말에 효은은 자신의 배를 쓰다듬었다. 긴 비행시간도 잘 견뎌 주어 다행이었다. 한국에 있을 때보다 더 잘 놀고, 컨디션도 좋았다. 그렇게 모든 게 다 괜찮은데 왜 이렇게 기분이 가라앉는지. 그 이유를 알아서 이제는 거짓말도 할 수가 없었다.

"근데 나는…… 오지 말 걸 그랬나 봐요."

— 응? ……왜?

모든 걸 아는 것처럼 이도의 목소리엔 웃음기가 섞여 있었다.

"뭘 해도, 당신 생각밖에 안 나요. 그땐 어떻게 2년이나 견뎠을까요……. 지금 생각해도 신기해요. 나도 참, 독한 여자다. 그렇죠?"

— 아니까, 다행이네.

"치."

— 보고 싶으면, 지금이라도 갈까?

그 말이 듣고 싶었던 것이다. 효은은 눈물이 핑, 돌고 말았다. 이럴 줄 알았으면서도, 혼자 가겠다고 그를 말렸던 스스로가 우스웠다. 말 만으로도 그녀는 만족했다.

"금방 돌아가요. 권 회장님의 별난 사모가 되긴 싫어요. 얼른 자요. 내일 출근해야 하잖아요. 나도 이제 정리하고 공항으로 갈 거예요. 또 연락할게요."

— 그래. 조심하고.

효은은 서둘러 전화를 끊었다. 아버지를 만나기도 전에 이도가 보고 싶어 한국으로 돌아갈 것만 같았다. 친구들이 있는 자리로 돌아간 효은은 다시 무리 속에 섞여 들어갔다.

❀ ❀ ❀

효은은 아버지가 운영한다는 카페 앞쪽 큰길에서 재영과 헤어졌다. 혼자 가 보고 싶었다. 흔들리는 그녀의 모습을 다른 사람에게 보여 주기 싫었다. 어쩌면 멀리서 뒷모습만 보고 되돌아갈지도 몰랐다.

한참을 그 앞에서 서성이던 효은은 마음을 다잡고 카페의 문을 붙잡았다. 그리고 그녀의 이름이 적힌 안내판과 마주했다. 이렇게 그녀를 그리워했다고? 그걸 증명하려고 이런 이름을 걸어 놓은 걸까. 효은은 불쑥 삐뚠 마음이 솟아 발걸음을 되돌렸다.

"빌콤멘……."

독일어로 '어서 오세요'라고 말하는 소리가 뒤쪽에서 들려왔다.

카페 안으로 들어오지 않고 머뭇대는 그녀를 보고 주인이 먼저 마중
나와 인사를 건넨 것이다. 효은은 뒤돌아 있었기에 목소리만 들을 수
있었다. 예상한 것처럼 낮고 차분한 목소리의 중년의 남자가 손님을
가게 안으로 부드럽게 유도했다.

"혹시, 한국분이세요? 괜찮으니까 들어오셔서……."

그녀를 알아보지 못한 걸까. 효은은 어쩐지 오기가 생겨 뒤돌아섰
다. 그녀를 마주한 남자는 잠시 할 말을 잃고 서 있었다. 이렇게 가까
이에서 보면 모르지 않겠지. 그렇게 닳고 닳도록 갓난아기 때 사진을
들여다봤다면 한눈에 알아보는 게 정상이겠지. 효은은 남자를 지나쳐
당당히 카페 안으로 들어섰다.

"여기는…… 뭐가 맛있어요?"

그녀가 아버지에게 처음으로 건넨 말이었다. 허둥지둥 그녀의 앞
으로 온 중년의 남성은 또다시 무슨 말을 꺼내야 할지 모르겠다는 듯
가만히 서 있기만 할 뿐이었다. 꿈이라고 생각하는 것 같았다. 이럴
거면서 편지는 왜 보냈을까. 아프다는 사실을 숨기지도 못했으면서,
왜 효은의 등장이 마지막 선물이라도 되는 것처럼 눈시울을 붉히는
지, 그녀는 이해할 수가 없었다.

"커피 주세요."

"커피는……."

당황한 성일이 효은의 배를 내려다보며 염려스러운 표정을 지었
다.

"연하게 한 잔 정도는 괜찮아요. 마시고 싶어요. ……내려 주시는 커피."

아버지란 말은 쉽게 나오지 않았다. 태어나 단 한 번도 불러 본 적이 없으니 당연했다. 효은은 긴장하지 않은 척, 두 손을 내리고 소매 끝을 붙잡았다. 성일이 또다시 허둥대며 주방 안으로 들어서는 걸 보고서야 카페를 둘러보았다. 생각했던 것보다 더 작고 아담했다. 여기서 벌어들이는 돈은 그저 용돈으로만 쓰는 걸까. 생계를 이어 나가는 장소라기엔 공간에서 느껴지는 열정이 부족해 보였다.

"카페인 없는 걸로 만들……었어요. 마셔 봐……요."

성일은 금방 커피를 만들어 왔다. 그러고는 존대와 반말 사이에서 고민한 듯 어색하게 말을 걸어왔다. 불편하고 낯선 건 그도 마찬가지일 것이다. 피가 섞인 부녀 사이라고 해도, 여태껏 살아온 인생 속에서 같이한 시간이 없었다. 그가 이곳에서 카페를 하고 있다고 편지를 보내지 않았다면 그저 스쳐 지나갔을지도 모를 사이였다. 그의 얼굴에서 그녀의 모습을 찾기도 어려웠다. 그를 이미 만난 이도는 다른 생각이었을까. 이 사람을 보고 그녀를 떠올렸을까. 효은은 아버지에게 건넬 그다음 말이 떠오르지 않아 찻잔 손잡이만 매만졌다.

"이렇게 찾아올 줄은…… 몰랐다."

조금은 정신을 차린 성일이 효은의 맞은편에 앉으며 먼저 말을 건넸다.

"친구 따라 올 일이 있었어요. ……겸사겸사."

효은은 커피를 한 모금 마셨다. 연하게 느껴지는 향과 적당히 쓴맛이 그녀의 입에 맞았다. 따뜻한 온기가 몸속으로 퍼지자 긴장된 마음도 조금은 풀렸다.

"김 교수가 영국으로 유학 갔다는 얘기 해 줬어. 영국이면…… 가까운 거리였는데, 용기가 안 났다."

효은 역시 마찬가지였다. 영국에서 유학 생활을 하면서 독일을 생각하지 않은 건 아니었다. 그녀의 아버지를 만나기 위해 이도가 독일에 다녀온 사실을 알고 있었으니까. 하지만 그 당시 효은은 다른 생각을 할 수가 없었다. 이도를 떠나온 것만으로도 힘들었다. 그를 잊지 못해 밤마다 앓았던 그녀는 이미 지쳐 있었다. 더 이상 누구에게도 상처받기 싫었다.

아버지 성일에게서 위로를 받을 거란 생각은 하지 않았다. 이제 와 찾아간들, 그와 그녀가 다른 부녀처럼 잘 지내게 될 것이란 희망도 품지 않았다. 그저 한 번 만나는 것으로 오랜 숙제를 해결하고 싶었다. 그 마음은 지금도 마찬가지였다.

"독일엔 얼마나 있다 갈 계획이니? 시간 괜찮으면 내가 관광이라도……."

"아빠, 오늘 왜 이렇게 추워. 나, 수프 하나만…… 어?"

생각지 못한 불청객이 들이닥쳤다. 적어도 효은의 입장에서는 그랬다. 당황한 성일의 모습이 눈에 들어왔다. 20대 초반쯤 되어 보이는 젊은 여자가 그들이 있는 곳으로 다가왔다.

"미애야."

"혹시 언니 맞아요?"

성일이 말리기 전에 미애라는 여자가 먼저 효은에게 물었다.

"이렇게 만날 줄이야. 반가워요. 나, 언니 동생 미애예요. 아, 아빠 한국 성이 뭐더라. 맞다. 장. 장미애예요."

효은의 앞에 아무렇지 않게 손이 내밀어졌다. 그녀를 보고 해맑게 웃는 얼굴이 어쩐지 익숙했다. 효은은 이렇게 자신이 성일의 딸이라는 것을 깨닫게 될 줄은 몰랐다. 피가 반밖에 섞이지 않았는데도 미애라는 여자는 효은과 미소가 닮아 있었다.

"나, 손 아픈데."

"너, 왜 이렇게 버릇이 없어? 이리 와, 얼른."

성일은 급히 자리에서 일어나 미애를 끌고 주방으로 데려갔다. 티격태격 두 사람이 나누는 대화가 효은의 귓가에 또렷하게 들려왔다. 이번엔 진짜 열심히 한다니까. 진짜, 아빠밖에 없어. 엄마한테는 비밀이야. 성일의 팔에 팔짱을 끼며 칭얼대는 모습을 보는 것만으로도 마음이 시렸다. 이런 모습을 보려고, 이런 감정을 느끼려고 온 건 아닌데. 효은은 자리에서 일어났다.

"저, 약속이 있어서 가 봐야 해요."

"어, 언니! 벌써 가요? 아빠랑 좀 더 있어 줘요. 아빠가 언니 얼마나 기다렸는데. 맞지, 아빠? 난 이쯤에서 빠져 줄게요. 그럼, 다음에 또 봐요."

찡긋, 윙크까지 건네며 여동생이라고 말한 아이가 사라졌다. 여동생. 그 생각을 한 자신이 우스워 효은은 허탈한 미소를 지었다. 성일이 곧 그녀의 앞으로 다가와 미안한 표정으로 변명했다.

"쟤 엄마가 야단 한 번 안 치고 키워서 그래. 네가 이해해 줘. 약속 장소가 어디야? 내가 데려다줄까? 어차피 오늘은 일찍 접고 들어가려고……."

"쟤는…… 아픈 거 알아요?"

결국 독한 말이 튀어나오고 말았다. 평생 나한테 미안한 마음이었다면 마지막까지 노력해 달라고, 조금 더 다정하게 말해 줄 생각이었다. 그녀는 이제 한 생명을 책임지게 되었으니, 좀 더 성숙하게 그를 대하고 싶었는데. 그게 쉬운 일이 아니었다.

"효은아."

성일이 그녀의 이름을 불렀다. 또 눈물이 울컥, 쏟아질 것만 같았다. 그녀는 어쩔 수 없이 돌아섰다. 이렇게 헤어지면 이젠 만날 수 없을 것이다. 그렇다고 해도 더 바라보고 있을 자신이 없었다.

"그 녀석 말이다."

효은이 문손잡이를 붙잡는데, 성일이 급하게 말을 내놓았다. 그 녀석이 누굴 말하는지 단번에 이해했다. 효은은 발걸음이 떨어지지 않았다. 아버지가 생각하는 권이도는 어떤 남자일까. 할아버지처럼 그를 알아봤을까. 그렇다면 우습게도 이 모든 서운함이 풀릴 것만 같기도 했다.

"독일에 찾아오도록 만든 게 나야. 네가 어디까지 알고 있는지 모르겠지만…… 그 녀석이 너한테 갖고 있는 마음이 뭔지 알고 싶어서 네 엄마 유언장까지 보냈어. 나한테 그럴 자격이 없다는 거 안다. 그래도 내가, 내 눈으로 확인해야 마음이 놓일 것 같았어. 네 옆에 있는 게 주식 때문이라면 내가…… 네 옆으로 가겠다고 말했다."

효은은 알지 못하는 얘기였다. 그녀는 다시 돌아서 아버지를 바라봤다.

"그래. 네가 받아 주지 않을지도 모르는데, 그래도 난 갈 생각이었어. 교수님, 그러니까 네 할아버지 돌아가시고, 네 옆에 진심으로 널 위해 줄 사람이 아무도 없다면 이젠 내가 가야 하는 게 맞는다고 생각했다. 그렇게 말하니 그 녀석이 그러더구나."

효은은 장례식장에서의 일이 떠올랐다. 뒤늦게 독일에서 돌아온 그는 그녀의 앞에 무릎을 꿇은 채 한참 동안 굳어 있었다. 그때 효은은 이도가 어떤 변명도 하지 않아 미웠다. 가장 힘든 순간, 그녀의 옆을 지켜 주지 못했다는 서운함보다 모든 잘못을 시인하는 것처럼 아무 말도 하지 않고 바닥만 보고 있는 그의 모습에 대한 실망감이 더 컸다.

"주식을 포기할 수도 없고, 널 이용해서 회장 자리에 오를 생각이었던 것도 맞는데, 네가 기댈 수 있는 사람이 단 한 명이라면 그게 자기가 되게 해 달라고 했어. 네가 자기를 버리는 일은 있어도, 자기가 널 떠나는 일은 없을 거라고……. 그 말을 할 때의 눈빛이 꼭…… 살려 달라는 것 같았어."

정말 그는 약속을 지켰다. 그녀가 그를 버리고 떠났는데도, 언제 돌아올지도 모르는 그녀를 묵묵히 기다렸다. 우리는 끝난 사이라고 가슴에 못을 박고, 야멸찬 눈으로 그를 밀어내도, 단 한 번도 돌아설 생각을 하지 않았다. 언제나 거기에 서 있었고, 그녀가 올 때까지 기다리겠다고 했다. 효은은 어느새 흘러내린 눈물을 훔치고 아버지를 향해 웃어 보였다.

"맞아요. 이제 내가 기댈 수 있는 유일한 사람이에요. 그리고 우리 아기도 곧 태어날 거예요. 그러니까…… 아……버지도……, 내 걱정은 말고, 치료 열심히 받으세요. 지금도 가장 후회되는 게 뭐냐면, 아픈 할아버지 옆에 좀 더 있어 주지 못한 거예요. 내…… 여동생이 나처럼 후회하는 거, 보고 싶지 않아요. 알겠죠?"

성일은 효은의 말에 고개를 끄덕여 주었다. 그것으로 된 거라며 효은은 마지막 인사를 건네고 카페를 빠져나왔다. 마음이 홀가분하면서도 또 무거웠다. 만나고 나면 시원할 줄 알았는데, 마냥 그렇지도 않았다.

이럴 때 그 사람이 옆에 있었다면, 속상하다며 투정이라도 부렸을 텐데. 아버지 옆에서 애교를 부리는 여동생이 부러웠다고, 누구에게도 하지 못할 말을 그에게만 솔직하게 고백했을 텐데. 효은은 또 그렇게 아쉬움이 생기고 말았다. 처음부터 이기심 같은 건 잊고 내 옆에 있어 달라는 말을 했어야 했나. 결국은 후회를 남겼다.

거리로 나서자 바람이 더 차가워졌다. 효은은 옷을 더 단단히 여미고, 길을 건너기 위해 횡단보도 앞에 섰다. 재영을 다시 만나야 한다는 생각에 핸드폰을 꺼내자, 이도에게서 짤막한 문자가 도착해 있었다.

[고개 들어 봐.]

설마. 효은은 얼른 앞을 바라봤다. 횡단보도 건너편에 이도가 서 있었다. 모델처럼 멋진 슈트 차림으로, 지나가는 외국 여자들의 눈길을 한 몸에 받는 그의 시선은 오직 한 곳으로 향해 있었다. 효은은 마음이 급해졌다. 얼른 신호가 바뀌길 바랐다. 그런 그녀의 마음을 눈치챈 듯 저 너머에서 이도가 소리쳤다.

"뛰지 마. 내가 갈게!"

알았다고 고개를 끄덕이는데 효은은 가슴이 뜨거워졌다. 그녀에겐 이도가 있었다. 서운한 것도, 속상한 일도 그와 나누면 금세 사라질 것이 분명했다. 그의 따뜻한 포옹 한 번이면 모든 게 잊힐 것이다. 가족이란 그런 것이라고 태호가 말했었다. 그 따뜻한 가정을 꾸리고 싶었던 그녀의 바람이 어느새 이뤄진 것을 이제야 깨달았다.

"······은아."

신호가 바뀌고 이도가 뛰어왔다. 효은이 먼저 그를 안았다.

"보고 싶었어요."

이도가 고개를 내려 그녀를 바라봤다.

"나만큼은 아닐 거야."

그의 진지한 고백에 효은이 웃음을 터뜨리며 또다시 이도의 품에 안겼다. 아찌가 불편하다며 발로 차는 게 느껴졌지만 이번엔 어쩔 수가 없었다.

❋ ❋ ❋

독일에서 돌아온 효은은 곧 만삭이 되었고, 출산 예정일을 며칠 앞두고 꼬박 하루 동안 진통하며 아찌를 낳았다. 이도는 효은과 마찬가지로 밥도 물도 먹지 않으며 그녀의 곁을 지켰다. 아찌의 탯줄을 자르는 순간, 그의 눈시울이 잠시 붉어지긴 했지만 탈진한 효은이 자꾸만 이도의 이름을 불러 감상에 젖어 있을 수 없었다.

아찌는 이도를 닮은 아들이었고, 효은은 그것에 만족하며 자신이 낳은 조그만 생명체에게서 눈을 떼지 못했다. 이도는 그런 효은에게 서운한지 자꾸만 자신 쪽으로 고개를 돌리도록 만들었고, 뜬금없이 둘째는 없을 거라며 미리 못을 박기도 했다.

제인은 영국에서 돌아온 후, 〈외국 여자가 사랑한 한국 남자〉란 일기 형식의 로맨스 소설을 발간해 무사히 작가로 데뷔했고, 출판사들의 러브 콜을 받으며 차기작을 준비하던 중 뜻하지 않게 승재에게 청혼을 받았다. 결혼하기엔 아직 이른 나이가 아니냐면서 효은에게 진지한 상담을 요청해 왔으나, 차기작 제목은 〈외국 여자와 결혼한 한국 남자〉가 어떠냐고 물으며 이미 마음을 정했음을 감추지 못하고 효은에게 어이없음을 선물했다.

어쩔 수 없이 제인과 승재의 결혼 준비를 돕게 된 효은은 결혼사진을 찍는 스튜디오에서 우연히 태수를 만나게 되었고, 선흥에서 퇴사하고 자신의 회사를 차리게 됐다는 소식을 전하며 그가 건넨 명함에서 공동 대표에 올라 있는 민아의 이름을 발견했다.

아버지는 효은과의 약속을 지키기 위해 마지막까지 살아 내려 노력했지만 결국 이생의 삶과 이별했다. 장례식장에서 만난 여동생은 한참을 서럽게 울다 아찌가 보고 싶다고 했다. 그녀는 효은이 남긴 전화번호로 이따금 화상 통화를 걸어 와 아찌에게 이모란 말을 가르쳤다.

아찌가 어설프게나마 '이모' 란 말을 따라 하게 됐을 즈음 효은은 최 박사에게 다시금 러브 콜을 받아 심리 센터로 복귀하게 되었고, 이도는 그녀와 퇴근 시간을 맞추려 애쓰다 박 비서에게 잔소리를 듣곤 했다.

이도는 이제 효은이 옆에 없으면 깊이 잠들지 못했고, 효은은 이도의 품에서 그의 심장 소리를 들을 때마다 행복하다는 생각을 했다.

'행복해요.'

그렇게 효은이 말하면 이도는 편안한 웃음을 지으며 그녀에게 입을 맞췄다.

www.b-books.co.kr

www.b-books.co.kr